目次

一般文壇と探偵小説　江戸川乱歩　9
指紋　佐藤春夫　23
開化の殺人　芥川龍之介　91
刑事の家　里見弴　111
肉店　中村吉蔵　151
別筵　久米正雄　199
Nの水死　田山花袋　225
叔母さん　正宗白鳥　251
「指紋」の頃　佐藤春夫　277
解説　北村薫　289

開化の殺人　大正文豪ミステリ事始

『中央公論　秘密と開放号』（大正七年七月十五日）

江戸川乱歩

当時名編集長とうたわれた滝田樗陰《たきたちょいん》の編集で、全冊あらゆる意味の秘密に関する随筆と創作で埋めたが、創作欄には「新探偵小説」と銘うって、谷崎潤一郎《たにざきじゅんいちろう》「二人の芸術家の話」佐藤春夫《さとうはるお》「指紋」芥川龍之介《あくたがわりゅうのすけ》「開化の殺人」里見弴《さとみとん》「刑事の家」の四篇を並べ、更《さ》らに秘密を取扱える戯曲と題して、中村吉蔵《なかむらきちぞう》、久米《くめ》正雄《まさお》、田山花袋《たやまかたい》、正宗白鳥《まさむねはくちょう》の脚本をのせた。我々が探偵小説を書きはじめるより数年早く、文壇にかかる機運が動いていたことは、探偵小説の歴史を考える上に、忘れてはならない事実。その意味でこの中央公論特別号は貴重な資料である。

（『幻影城　探偵小説評論集』「探偵小説雑誌目録」より『中央公論』の項を抜粋）

一般文壇と探偵小説

江戸川乱歩

　昭和二十一年十一月、木々《きぎ》君と一緒に出席した「新小説」の文芸座談会で、現代の流行作家坂口《さかぐち》安吾《あんご》君と初めて顔を合せ、この人が大の探偵小説愛好家であることを知った。その会には評論家平野《ひらの》謙《けん》君も見えこの人も非常な探偵小説通なので、速記をやめてからの雑談は探偵小説で持ちきり、時ならぬ探偵小説座談会の観《かん》を呈《てい》した。

　その縁で十二月の土曜会[*1]には坂口君の出席を乞い、探偵小説について感想を話して貰ったのであるが同君はヴァン・ダイン乃《ない》至《し》甲《こう》賀《が》三郎《さぶろう》流の純本格論者で、自分も一度どうしても読者に犯人の当てられないような長篇探偵小説を書いて見たいということであった。このことは「新小説」（正月号）の座談会記事の中にも明言してあるのだから、我々は大いに期待していていいと思う。

それと相前後して、私は銀座裏の「ルパン」[*2]で入院直前の織田作之助《おださくのすけ》君に出会った。やはり初対面であったが、お互に少し酔っていたので、握手などをしてちょっと話し合った。その時私が「探偵小説を書く気はないか」と訊ねたところ「僕は書こうと思っている。この次に新聞に書くよ」と答えた。酒の上かも知れぬが兎《と》に角昂然《かくこうぜん》としてそう断言したのである。

それから又暫くして、高見順《たかみじゅん》君がやはり探偵小説に興味を持っていて、土曜会にも行って見たいと漏らしていた由《よし》を同君の知人から伝え聞いたことがある。その他坂口君の言によれば「太宰治《だざいおさむ》も探偵小説が書けるよ」というのである。

この間、水谷《みずたに》、角田《つのだ》両君と話がこの事に及んだ時、雑誌編輯《へんしゅう》者はいたずらに探偵作家の少《すく》ないことを嘆いてばかりいないで、こういう外部の達人たちにも働きかけなくては嘘だと話し合ったのであるが、今日はこれに関聯《かんれん》して、明治以来所謂《いわゆる》純文学の作家にして探偵小説に食指を動かした人々のことを思い出して見ようと思う。

これについては資料が沢山《たくさん》あるので、詳説すれば一冊の本にもなるが、ここにはごく簡単にその最も顕著なものだけを抜書きするわけである。

一般文学界の人々が探偵小説に関心を示す時は、必ず探偵小説そのものの隆盛期であって、後者の隆盛が前者に作用するというのが歴史上の事実である。そういう隆盛期の第一の時期は黒岩涙香《くろいわるいこう》を中心とする翻訳探偵小説流行時代であった。涙香の探偵ものは明治二十年の「法廷の美人」にはじまって二十五年の「何者」に至る数年間で、涙香はその間に探偵小説ばかりを三十数篇翻訳している。原作はボアゴベイが最も多く十五六篇に及び、ついでガボリオー四篇、グリーン、コリンズというような順序である。二十六年頃から後はバーサ・クレイやブラッドンなどのミステリーのある家庭小説風のものを翻訳するようになり、「噫無情《ああむじょう》」「巌窟王《がんくつおう》」などもこの後期の作に属する。随《したが》って涙香探偵小説の全盛期は明治二十年から二十五六年までということになる。

この時期に一般文壇の作家にして探偵小説に筆を染めた人々は非常に多いのであるが、主なものを挙げて見ると、須藤南翠《すどうなんすい》の「殺人犯」（明治二一年）幸田露伴《こうだろはん》の「是は是は」「あやしやな」（二二年）山田美妙《やまだびみょう》の「盗賊秘事」（二四年）坪内逍遥《つぼうちしょうよう》の「大詐欺師」「雷小僧」（二五年）半井桃水《なからいとうすい》「目鬘」以下数篇（二四、五、六年）少しく後になっては徳冨蘆花《とくとみろか》の「探偵異聞」（三三年）伊原青々園《いはらせいせいえん》の「うこんしごき」（三四年）などがある。以上は皆探偵小説と銘うって書かれたものであるが、そうでないもの、例えば尾崎紅葉《おざきこうよう》の「紅白毒饅頭」広津柳浪《ひろつりゅうろう》の「黒蜥蜴」「八幡の狂女」「変目伝《へめでん》」などをも挙げると際限がない。

この時期に最も特筆すべきは春陽堂の「探偵小説」と名づける叢書《そうしょ》であろう。明治二十六年から七年のはじめにかけて二十六冊を出しているが、作者は紅葉門下の硯友《けんゆう》社の作家が主で、凡《すべ》て匿名、中に泉鏡花《いずみきょうか》だけは本名のままで、「活《いき》人形」という一冊を書いている。匿名のうち筆者の分っているのは江見水蔭《えみすいいん》の「四本指」三宅青軒《みやけせいけん》の「火中の美人」など。大部分の筆者は私にはまだ分っていない。この叢書は後に明治四十三年「探偵文庫」と改題して九冊に纏《まと》めて再刊されている。これは三六判の上下の一方の隅を切断してポケット用に便したもので、その形からして当時「六角本」と呼ばれていた。

以上は創作又は翻案ものであるが、純然たる翻訳について云うと、饗庭篁村《あえばこうそん》のポー「ルーモルグの人殺し」「黒猫」（明治二〇年）関直彦《せきなおひこ》がデュマのモンテ・クリストを訳した「西洋復讐奇譚」（二〇年）坪内逍遥がグリーンのXYZを訳した「贋金づかい」（二一年）森鷗外《もりおうがい》のホフマン「玉を懐いて罪あり」（二二年）原抱一庵《はらほういつあん》のコリンズ「白衣夫人」同じくムーンストンを訳した「月珠」（二冊とも二四年）内田魯庵《うちだろあん》のポーの黒猫を含む「鳥留好語」（二六年）など枚挙《まいきょ》に遑《いとま》がない。

この時代、探偵小説が全読物界を席巻した勢は大正以後の如何《いか》なる隆盛期と雖《いえど》も到底及ぶべくもないのである。その最も分り易い一例は、この時期には東京の各新聞の小説欄を殆んど探偵小説が占領していたという事実である。涙香は「今日新聞」「絵入自由新聞」「東西新聞」「江戸新聞」などにも書いたが、前半の大部分は「都新聞」の記者として同紙に執筆し、明治二十五年自から「萬朝報《よろずちょうほう》」を起すに至って、その後は専《もっぱ》ら同紙上に連載した。当時は探偵小説によって新聞が売れたといっても過言ではなく他の諸新聞も競って探偵ものの作者を物色し、南陽外史《なんようがいし》、丸亭素人《まるていそじん》、菊亭笑《きくていしょう》庸《よう》などが「中央新聞」その他に拠って筆陣を張り、坪内逍遥が涙香のあとを受けて、「都新聞」に、条野採菊《じょうのさいぎく》が「やまと新聞」に夫々《それぞれ》創作の探偵ものを書いたのも、森田《もりた》思軒《しけん》が「報知新聞」にジュール・ヴェルヌ原作の「盲目使者」その他の翻訳をしたのも皆この勢の然らしむる所であった。

主題からはそれるが、序《つい》でに記しておくと、この余勢《よせい》は更《さ》らに探偵実話隆盛時代を生むに至ったのである。それは「萬朝報」の創立によって涙香を失った「都新聞」が前記逍遥の創作探偵ものや涙香の弟子の不知火《しらぬい》生の翻案ものなどを連載したが、読者に受けないため、窮余《きゅうよ》の一策として社員であった元警視庁刑事の経験談に拠って「探偵叢話」というものを連載しはじめ、これが当ったので他の新聞も真似るようになり、探偵実話時代を招来したのである。その題名を例示すれば「清水定吉」「五寸釘の寅吉」「鼬《いたち》小僧」「蝮《まむし》のお政」「法衣屋お熊」「自転車お玉」の類である。

この勢に影響されて著名の作家にして探偵実話を書くものも二三に止まらなかった。半井桃水の「目鬘」「長尾拙三」の如き、青々園の「うこんしごき」「強盗士官」「五寸釘の寅吉」の如きその一例である。

これら各新聞連載の実話は悉《ことごと》く単行本として出版されたが、その出版書肆《しょし》は東京では大川屋、金槇堂、金松堂其他《そのほか》、大阪では駸々堂《しんしんどう》、奎文堂《けいぶんどう》、昭文館其他。この辺に今の赤本屋の濫觴《らんしょう》があるように思われる。（尤《もっと》も赤本という名称は徳川時代に始まったのだが）私は嘗《か》つて所持本の広告などによって、これらの赤本探偵実話のリストを作って見たことがあるが、大川屋の探偵実話は百冊を越え、駸々堂の「探偵文庫」「探偵小説」両叢書は七十冊に及んだ。他の十数軒の同種書肆のものを加えれば、その総数は実に夥《おびただ》しいものである。これが幾度となく版を重ね、明治末期、大正の中頃までも、所謂赤本として、場末の本屋、夜店、貸本屋に並んだのである。

それにつぐ明治三十年代から大正のはじめ頃までは探偵小説沈滞時代とも云うべきであるが、しかし其間《そのあいだ》にも明治三十二年には南陽外史によってシャーロック・ホームズが初めて紹介せられ、続いて押川春浪《おしかわしゅんろう》、本間久四郎などがドイルを訳し、明治四十二年には鷗外のポー「うずしお」の訳があり、同年三津木《みつぎ》春影《しゅんえい》が、フリーマンのソーンダイク博士を紹介した。

大正期の探偵小説は明治期とは逆に、先ず一般文壇にその機運が動き、それに追従する形で専門の探偵作家が生れて来たと見るべきであろう。

谷崎潤一郎の名が大衆化したのは大正期に入ってからであるが、明治四十三年の「新思潮」に「誕生」「刺青《しせい》」「象」「麒麟《きりん》」などを発表したのが最初であった。これらの短篇も異常なる唯美主義《ゆいびしゅぎ》の作品ではあったが、更に一層ミステリー文学への近似《きんじ》が感じられるのは大正五年の「魔術師」あたりからであろう。大正六年の「ハッサン・カンの妖術」同七年の「金と銀」「人面疽」「白昼鬼語」同八年の「呪われた戯曲」「ある少年の怯《おそ》れ」同九年の「途上」などが谷崎怪奇文学の頂上期をなしている。私はこれらの作を憑《つ》かれたるが如く愛読した記憶がある。そして私の初期の怪奇小説はやはりその影響を受けているし、横溝《よこみぞ》君なども谷崎文学の心酔者であって、例えば「鬼火」と「金と銀」、「面影双紙」と「ある少年の怯れ」、「蔵の中」と「恐ろしき戯曲」等その着想が酷似しているほどである。

谷崎潤一郎についでこの種の作風に優れた作家は芥川龍之介と佐藤春夫であった。前者の「偸盗《ちゅうとう》」「開化の殺人」「地獄変」「影」「妖婆」「疑惑」後者の「指紋」「オカアサン」「ある陳述」などがそれであり、殊に後者の三篇は純探偵小説と称して差支《さしつかえ》ないものであった。

大正のはじめから同十年前後にかけて犯罪と怪奇の文学を発表した著名作家を列挙して見ると、正宗白鳥「人を殺したが」木下杢太郎《きのしたもくたろう》「空地裏の殺人」宇野浩二《うのこうじ》「二人の青木愛三郎」「人癲癇」本田耕右衛門ものシリーズ、長谷川如是閑《はせがわにょぜかん》「ある謀殺犯人の陳述」短篇集「奇妙な精神病者の話」の諸篇、鈴木善太郎《すずきぜんたろう》短篇集「暗示」の諸篇、鈴木泉三郎《すずきせんざぶろう》の諸戯曲などがあり、久米正雄の如きは大正十二年（？）「時事新報」に長篇探偵小説「冷火」を連載し、当時の人気スター鈴木伝明《すずきでんめい》主演によって映画化されたほどであった。ほかに文士ではないが、二科会の天才画家村山槐多《むらやまかいた》は文章をもよくし、大正初期押川春浪の主宰した「冒険世界」[*3]に「悪魔の舌」「殺人行者」「魔猿伝」の三つの怪奇探偵小説を書いている。

　大正期文壇の一角に燃え上ったかくの如き犯罪と怪奇への情熱を具体的に象徴するものとして、大正七年夏の「中央公論」臨時増刊「秘密と開放号」を挙げることが出来る。その創作欄には芸術的新探偵小説と銘うって、谷崎潤一郎「二人の芸術家の話」佐藤春夫「指紋」芥川龍之介「開化の殺人」里見弴「刑事の家」の四篇が、また秘密を取扱える戯曲と小説という題下に中村吉蔵「肉店」久米正雄「別筵《べつえん》」田山花袋「Nの水死」正宗白鳥「叔母さん」の四篇が列《なら》んでいる。当時の名編輯長滝田樗陰の企劃《きかく》であった。

この時代的傾向は一方では岡本綺堂《おかもときどう》の半七捕物帳の登場を促すこととなった。綺堂は大正五年「文芸倶楽部」に翻案探偵小説「黒沢家の秘密」を書いたが、翌六年からは同誌に半七捕物帳を始め、松居《まつい》松葉《しょうよう》の翻案探偵小説と隔月に連載し、これを二年間つづけたのが捕物小説の最初である。

これと並んで外国探偵小説の翻訳が段々行われるようになった。森鷗外がポーの「メールストローム」を「うずしお」と題して「文芸倶楽部」に訳載したのが明治四十三年、同じく「モルグ街」を「病院横丁の殺人犯」と題して「新小説」に訳載したのが大正二年であった。谷崎精二《たにざきせいじ》がポーの短篇集「赤き死の仮面」を訳了したのは大正三年頃であり、大正九年に至ってこれが出版せられた。また大正元年には「文章世界」「青鞜」などにポーの怪奇小説が屢々《しばしば》訳載されている。一方大衆的な部面では三津木春影がフリーマンの短篇をはじめて紹介したのは明治四十二年度の「冒険世界」。その題名は「奇絶怪絶飛来の短剣」というのであった。これが「呉田博士」叢書の第一作であって、明治末より大正はじめにかけ同叢書はフリーマンとドイルの翻案を交えて第五冊まで出版せられ、非常な人気を博した。三津木春影はやはりこの頃ルブランの「８１３」を「古城の秘密」同じく「空ろの針」を「大宝窟王」と題して翻案出版し、私と同年代の少年はこれを非常に愛読したものである。

大正七年には保篠龍緒《ほしのたつお》の訳になるアルセーヌ・ルパン叢書が金剛社によって企劃せられ、大正十四年までにルパンもの十冊ほどを出版している。また同社は大正十年頃からルレタビーユ叢書に着手し「黄色の部屋」以下ルルーの長篇七八冊を出している。同じ頃玄文社は玄文社探偵叢書を計劃し、小田律《おだりつ》などの訳によってルブランその他を出版し、また白水社は近代世界快著叢書を企劃し、田中早苗《たなかさなえ》、福岡雄川《ふくおかゆうせん》などの訳によってコリンズ、ルブラン、ドイルなどの作品を紹介した。博文館は森下雨村《もりしたうそん》の監輯によって探偵傑作叢書を始め、大正十年から昭和二年に亙《わた》ってルブラン「虎の牙」以下各国探偵小説五十冊を翻訳出版している。

雑誌「新青年」は森下雨村を編輯長として大正九年正月から創刊せられ、号を重ねるに従って探偵色を濃厚にし、盛んに海外探偵小説を訳載したほか、屢々探偵小説ばかりの増刊を発行し、大正十二三年の交《ころ》、遂《つい》に日本人の創作探偵小説を生むに至る機運を作ったのである。大正九年から十二三年にかけて、西田政治《にしだまさじ》、横溝正史《せいし》、水谷準《じゅん》、角田喜久雄《きくお》、甲賀三郎、私などが相前後して所謂《いわゆる》創作探偵小説を書きはじめ、小酒井不木《こさかいふぼく》、大下宇陀児《おおしたうだる》、城昌幸《じょうまさゆき》はそれより稍《や》やおくれ、夢野久作《ゆめのきゅうさく》、浜尾四郎《はまおしろう》、海《うん》野十三《のじゅうざ》は更らにおくれて出発しているが、これらの作家を生むに至った時運には、一方では前記一般文壇に於ける犯罪怪奇の文学の盛行と、又一方に於《おい》ては「新青年」

を中心とする外国探偵小説翻訳の流行と、この二つのものが両々《りょうりょう》相半《あいなか》ばして作用したと見るべきであろう。

かくして大正末期以来、探偵怪奇の文学の中心地帯は前記「新青年」出身の諸作家に移ったのであるが、この勢いは又逆に一般文壇に再作用して、当時プロレタリア文学評論家として重きをなしていた平林初之輔《ひらばやしはつのすけ》が盛んに探偵小説評論を執筆し、またその頃の「新感覚派作家」片岡鉄兵《かたおかてっぺい》、今東光《こんとうこう》その他探偵小説に筆を染めるものも少なくなかったのである。

試みに「新青年」大正十五年正月増大号を見ると、左の如くあらゆる分野に亙る作家に探偵小説を執筆せしめ、ズラリと顔を並べたところ正に壮観というべきである。

小酒井不木（恋愛曲線）
広津和郎《ひろつかずお》（台北の夜）
平林初之輔（予審調書）
正木不如丘《まさきふじょきゅう》（赤いレッテル）
横溝正史（広告人形）
角田喜久雄（赤はぎの拇指紋）
岡本綺堂（三つの声）

水谷　準（蠟燭）
甲賀三郎（ニッケルの文鎮）
長田幹彦《ながたみきひこ》（夢魔）
江戸川乱歩（踊る一寸法師）
白井喬二《しらいきょうじ》（唐草兄弟）
谷《たに》　譲次《じょうじ》（紳士カプラン）

大正末から昭和初めにかけて「苦楽」「婦人公論」その他多くの雑誌が探偵小説号を出したが、それらの中では新潮社の「文学時代」昭和四年七月の探偵小説号が最も文壇的な匂《におい》を持っていた。試みにその内容を記せば、評論には平林初之輔「現下文壇と探偵小説」森下雨村「日本探偵小説発達史」座談会には森下、甲賀、大下、浜尾、加藤武雄《かとうたけお》と私の六人、探偵小説創作欄には岡田三郎《おかださぶろう》、尾崎士郎《おざきしろう》、間宮茂輔《まみやもすけ》、内田《うちだ》百《ひゃっ》閒《けん》、甲賀三郎の五人、専門家は甲賀君一人で、他は今から考えるとちょっと意外な顔振れである。

昭和八年に小栗虫太郎《おぐりむしたろう》、同九年に木々高太郎《たかたろう》が出現して探偵小説界は第二の隆盛期を迎えたが、この時期には林房雄《はやしふさお》、村山知義《むらやまともよし》、中条百合子《ちゅうじょうゆりこ》などが探偵評論に筆を染め、雑誌「探偵春秋」は木々君と林房雄、杉山平助《すぎやまへいすけ》と私の対談会を催し、その速記を掲載したりしたものである。

甚《はなは》だ簡略ではあったが、一般文壇と探偵小説界の交流について回顧した。いささか年少の作家、編輯者、読者諸君の参考に資するを得ば幸である。

（初出『宝石』昭和二十二年四、五月号
底本『江戸川乱歩全集　第二十六巻　幻影城』光文社文庫、二〇〇三年）

*1　土曜会　江戸川乱歩が中心となり定期的に開催した、探偵小説に関わる業界人の情報交流会。昭和二十一年（一九四六年）六月十五日に第一回会合が行われた。翌年にはこの会のメンバーによって正式な組織として「日本探偵作家クラブ」が発足し、現在まで続く「日本推理作家協会」の前身となった。

*2　銀座裏の「ルパン」　バー「ルパン」。昭和三年（一九二八年）創業。里見弴、菊池寛、泉鏡花をはじめ文豪たちから愛された。現在も営業している。

*3　冒険世界　村山槐多の「悪魔の舌」などが掲載された正しい雑誌は『武俠世界』。『冒険世界』と記したのは乱歩の思い違いか。『武俠世界』は『冒険世界』の編集長であった押川春浪が博文館退社後に立ち上げた文芸誌。明治四十五年（一九一二年）創刊。

指紋　私の不幸な友人の一生に就ての怪奇な物語

佐藤春夫

R・Nは私の少年時代からの唯一の親友であった。彼が二十の時に、その愛する芸術上の見聞を博《ひろ》めるために洋行をしてからも、数年間は折にふれて、パリから、フロオレンスから、ロンドンから、いろいろの面白い手紙を（それは私が今まで見た日本字で書かれた文章のうちの最も天才的なものの一つである）くれることを忘れなかったが、彼がロンドンへ行ってから二年目、洋行してから六年目、一九〇七年八月十一日という日附のはがきを最後にして、それまでにだんだん文句の短くなって行った音信が、ばったり絶えてしまった。それでも、私は成可《なるべ》く欠かさないように心がけて私からの手紙を出して居たのである。私の手紙は多分見て居たのであろう。発信者である私の手へ舞いもどるようなことは一度もなかったから。併《しか》し、返事は一つも見られなかった。私は私の唯一の親友の生活をこうして暫《しばら》く見失って居た。それを知りたいにも、その母を洋行前に無くして後の彼には、身寄りというようなものは一人もなかった。そうして私にさえ手紙をくれないほどなのだから、日本に居る他の誰にも手紙を書いて居ようとは考えられなかった。私は彼が異郷で恋愛にでも熱中して居るのかとも想像した。それならば何《いず》れそのうちに便りもあろうと思って居たのに、それも空頼みであった。私はとうとう「去る者は日に疎《うと》し」と思わざるを得なかった。ところがそれから四年目である一九一一年に七月十一日のロンドンのスタンプ（彼自身は日附も何もして居なかった）のあるはがきで彼は、思い出したように私に宛てて帰朝する旨だけを手短かに書いて寄こした。その後カイロから、シンガポオルから、香港《ホンコン》から、上海《シャンハイ》から文句は何もない絵はがきをくれて、彼がロンドンから帰朝する旨を知らせてからやっと一年半ばかりを経た一九一二年もずっと暮になってから、彼は思いかけない私を訪ねて、ひょっくり私の玄関へ現れた。私は彼を一目見た瞬間に、「健康を害して居るな」と思った。彼は全く精力を消耗し尽した人のように見えた。そうしてそれは決して旅の疲れなどとばかりは言えない程度のものであった。彼はどう見ても三十位の人とは見えなかった。そうしてその一種異様なふけ方は、老人のようでもあるし、又、壮者のようであった。表情は非常に鈍くなって、ただ目の光だけが宝玉のように光輝燦爛《こうきさんらん》として居るのであった。そう言っただけでは、他の人にはその時の彼の容子《ようす》は未だはっきりとは想像出来ないであろう。が、唯《ただ》あまり愉快な容貌でなかったろう位には推察してもらえるであろう。私は今はそれ位で満足して置こう。

　十幾年振りかで会いながら、彼は私に向って決して楽しそうに話しかけようともしないのであった。私は我々が未だ少年であった時に、彼がいかにブリリアントな座談者であったかを回想しながら、人間というものはこうも変《かわ》るものであろうかと疑った。彼はただいかにも物憂げな調子で私の話しかけるのに答えた。健康を害して居るのではないかと私が尋ねた時にも、（正実《せいじつ》に言うと私は少し想像を逞《たくま》しゅうして Syphilis[*1] ではないかと思ったのだ）彼はただ、「いいや」と一語いったきりであった。併し私は彼に就《つい》て私に関する彼の友情を疑うことはよくない。というわけは、兎にも角にも、彼は日本へ来ると最先《さいさ》きに私を訪ねてくれたのだから。解らないことはそればかりではない。その時彼は「東京に住むつもりだ」と言って置きながら、二三日すると彼は不意に長崎へ行くと言い出した。私は最初はそれを「ただちょっと長崎へ行く」という意味に解釈した。長崎は彼の故郷であったから。併し、彼は長崎で住むのだと言い直した時に、私は何故となく彼の言うことが解らない気持ちがした。彼は長崎の生れであったけれども、幼少の頃から東京で育った。それに彼は長崎には彼の不愉快な絶交になって居る親類がいるというので、以前からひどく長崎の土地までを憎んで居たからである。

彼はあたふたと長崎へ出発した。私は彼が長崎に着いたという報知だけは得た。けれども私は彼に手紙を書くわけには行かなかった。というのは彼が出発の時の約束を無視して、私に彼の宿所を教えてくれなかったからであった。

十年前の打解けた親友は、今では私には謎になって現れて来た。そうして若し彼がそれきり私の目の前に現れて来なかったならば、私が最後に彼に会った時の彼の印象から考えて、私もスピリチュアリストの仲間入りをして、私は私の最も親しい友達の幽霊と――しかもそれをそれとは気づかずに、数日間一緒に暮したのだと考えたかも知れない。実際その時も私には何だかそんな気持ちもしないではなかった。けれどもそれから半年ばかりの後に、私は再び私の「謎の親友」が、長崎から帰って私の家へ来たのを迎えた。

その時には、彼は前よりはいくらか元気がよかった。そうして彼は、再び考えをかえて東京へ住むことに決心したこと、私に彼と一緒に生活する意志があるかどうか――即《すなわ》ち、その時には既に妻を持って居た私の家庭へ彼が寄寓《きぐう》したいと言うのであった。

「そうすれば、私は君達の厄介になる代りに家を一つ建てて上げたいのだが……」

彼はそう言って、それに対して即座の返事を与えかねて居る私に、私の顔をじっと見つめながら歎願《たんがん》する人の口調で、併しゆっくりと、低い声で言い足した。

「ね……私をかくまってくれ給え。」

「私をかくまってくれ」？　この言葉を、私が初めて彼から聞いた時、私は非常な大事を予想せざるを得なかった。と同時に、若しやR・Nは気が違ったのではあるまいかという考えが、突然胸に浮んだ。けれども、彼の説明を聞いて居るうちに、私の心配と疑問とは、幸《さいわい》にも少しずつ氷解されるように思えた。

彼は大要《たいよう》次のような事を英語で話し出した——多分私以外の人にあまり聞かれたくなかったからであろう。それともそんな風な話をするには、英語の方が適当だと考えたのであったかも知れない。実際、その時はそうでなかったにしても、彼はそんな風な芸術的感覚を、以前はよく実生活の上に活用させて居たものだから、私としては、今ここでも彼の話を、彼の話したとおりのような英語で書けたならば、さぞ趣があるに相違ないと思うのだが、私にはそれは出来ない。いや、いかなるその語学の大家でも出来ないであろう。というのは彼のその時話した英語は、単純で明晰で、それで居て非常に混雑したリズムをもった文字ばかりをわざわざ択《えら》んだかと思えるような異様な言葉であったから。――それで、彼は言った。

「何時《いつ》であったか、私が未だ君に対して手紙を書くだけの根気を持って居た当時に、私は多分君に Thomas de Quincey の 'Opium Eater'[*2] を推賞したように思う。それともそんなことはなかったかね？　その前後のことだ。私は或る日ロンドンのイストエンドで一人の男に出会った。その男はもとマドロス[*3]だったというので、今でも――その時でも同じようにマドロスの風をして居た。私はその男と居酒屋で向い合った。二人は互に親愛を示し合いながら酔っぱらった。酔っぱらえば酔っぱらうだけ一層親愛の度を加え合った、全く見ず知らずの人であったけれども。今思えば、私はあまり多分の好奇心を持って居すぎた……私の一生は多分、「人間はあまり沢山の好奇心とあまり少しの意志とを持ってはいけない」というモオラル[*4]になることだろう。それはそれとして、私はその男に向って、「私はこれから後とても何時でもお前と遊び度《た》い」とそんなことも言った。最後に「今夜はお前の最も面白いと思うところへ私を連れて行け」とそんなことも言った。それでその男が私を連れて行ったところは、何処であったと思う？　それは阿片窟《アヘンくつ》だったのだ……。私はそこへ入りびたりになった。君は勿論《もちろん》阿片の酔心地というものを知るまい――阿片の酔心地というものは、一口に言えば、芸術そのものの Ecstasy だ。五体のすべてを以て聞く美しい Extravaganza[*5] だ。

嗟《ああ》！　少くとも、その頃ではそうであったのに！」

彼はそう言って深い吐息をした。そうして暫くは何か物思いに耽《ふけ》るように、いかにも重苦しい憂鬱の表情を示しながら、何かを底に湛《たた》えた深淵のように沈黙した。それがいかにも意味深げであった。その理由で私はその時の沈黙を忘れずに居たが、それは、余程後になって思い合されることがあった。

　暫くして彼は言いつづけた——

「私は、三四年のうちに阿片丁幾《チンキ》*6の四千滴に相当する量を一日のうちに用いねば居られなくなった。私には君に向って手紙一行、はがき一枚書くだけの根気もなくなった。併し、私には、いい事か悪い事か、未だ芸術上の野心も残って居た。そうして流石《さすが》に阿片にばかり溺《おぼ》れて満足して居れるほど、デカダンにはなって居なかった。私はせめてはその阿片の量をへらそうと努力した。けれどもそれも殆《ほと》んど無駄であった。私が日本へ帰ろうと決心したのは、その時である。そこには阿片窟などというものはない。私は早く其処へ帰って健全な生涯に帰ろう。私は思い立った。佐藤君、私はその時魔《ま》睡《すい》の夢のなかで君の姿をよくありありと見たものだ…………

「私は一日一日と延びて居る私の決心を、敢然《かんぜん》として実行することにした。そうしていよいよ帰朝の途に登る——正しい生涯に近づこうという前日、私はその夜、今夜こそれが最後だと思いながら、幾百度歩んだかわからない道——そうして普通の人は多分一生に一度も歩かないであろう細い道を辿《たど》って、天国への入口よりもっと狭い扉をくぐった。その地下室にはその夜も、マドロスのゼエムス（あの男は確かそういう名であった）が、私の来るのを当てにして金もたずに、其処に居るのであった。私は彼に「もう明日からは私を当てにしては来るな」とそう言った。ゼエムスはその理由を尋ねたから、私は帰国する旨を、正直に答えた。ゼエムスはお前の国には、こんな天国（阿片窟のことである）がなくって可哀想だと言った。私は答えなかった。併しゼエムスはちょうど悪魔はこうもするであろうと思うように私の耳もとで、その嗄《しわが》れたぜえぜえ言う声でうわ言のように囁《ささや》きつづけるのであった——旦那のようになってはもう駄目ですぜ、とてもこの魔薬はやめられません。もしどうしてもお帰りなら、せめては港々へお寄りなさい。ところは皆私が教えて上げます、港々の阿片窟のあるところを。いや、旦那などのような金持にはそんなものは無駄だ。それよりも手とり早く、港へ下りたら、ポリスマンに、幾らかを握らせて——それは多ければ多いほどいい——さて空を指しながら、「彼処《あそこ》はどこだね？」と聞いてごらんなさい。空を指して見せるんですよ。それが合図だから。忘れてはいけません。いや、大丈夫、他のことは忘れても、情婦の顔を見忘れても、阿片の事に就てなら何でも、一生忘れる気づかいはないのだから、旦那は今、そんなことは一切忘れるつもりで居るだろうが。それで若し其処が見つかったらば――きっと見つかるから――その家の奴にそう仰言《おっしゃ》い。「目の窪の三つある髑髏《どくろ》」が教えたと。そう言いながら、彼はシャツの胸を押し開いて、肩のところの丸味を利用して入れ墨した眼窩《がんか》の三つある髑髏をつき出して見せた。ゼエムスは尚も悪魔のギタアル*7のような声で語りつづけようとした。私はあまりうるさかったから、金をたたきつけてやった。……私は其の後、船室での幻に、極く平静な月光の海上を進んで行く悪魔その物の船の高いマストに、眼窩の三つある骸骨のゼエムスが、ぶらさがって働いて居るのを見たことがあった……

「私は船に乗る時に、錠剤になって居る阿片をわざと三千粒ばかりだけ手に入れて置いた。それは私には十五日分にしか当らない。私はそれを船のなかでこっそりと極く少しずつ用いて、だんだんと量を減しながら用いて、君と再び会う時にもうオピアムイイタアではなくなって居ようと心に誓うたからである。それを果して実行したかどうかを咎《とが》めるな。私は最初は、あの時ゼエムスが言った言葉が本当だろうか、それともうわ言か、或は金をせびるための出たらめか、それを確めるためだと私自身に言いわけをしながら、そうして実際そういう疑問を解きたい好奇心から、又告白しなければならないが、私の阿片はもう殆んどなくなっても居たから、私はカイロへ着いた時に上陸すると、思い切ってゼエムスの言ったとおりのことをして見た。ところがゼエムスの話したのは皆本当であった。私は日のことも何も忘れて其処の阿片窟で睡《ねむ》って居た。私は船の出帆に乗り遅れた。私はコンスタンチノブルでも悪い日を費した。シンガポルでも、香港でも、上海でも。その間でも私はだんだん量を減して行くようには努力した。私は決してオピアムイイタアとして日本へ帰るまいという決心を翻さなかった。私の道徳的な自覚からも、それ以上に又日本に阿片窟のないことの私自身にとっての不便を思うことによって。

「ところが上海に居る時である。私は其処の阿片窟の支那人から「若し日本へ帰ったら、長崎M・B町十九番地の劉《リュウ》という支那人の家へ出入してやれ」と、そう一言云われた。言うまでもなく其処にも阿片窟があったのだ！」

ここまで語って来た彼は、不意に何か言葉がものに突きあたったように、驚いて口を噤《つぐ》んだ。私はただ彼の言葉にうっとりと聞きとれて居た。というのは、彼の語り出す事柄が、それほど暗黒な事実でありながら、彼の言葉を通してそれを聞く時、現実的な力はすっかり消える代りに、何か童話風の詩を読むような空想と感興《かんきょう》とを私に与えたから。そうしてそれが一一彼自身の謎を私に解いても行ったから。

けれども今になって思えば、それは彼の生涯をもって物語った怪奇な物語としては、ほんの発端に過ぎなかったのである。

　彼は根気が無くなって居るどころではない、寧《むし》ろ狂的に見えるような熱心と感興とを持ちつづけて居るらしく、他のすべてのことは忘れて居るらしく、家の設計を企て初めた。その間、彼は私にさえ一言も口を利かない日がつづいた。その設計を見た時に、これほど精細なそうして明確な、然《しか》も不思議な間取りの図を見て、専門家は我々の前で驚いた。家は半年ばかりの間に南向の丘の上へ建てられた。（それが即ち今日私の住んで居るこの家である。大きくはないけれども、チャアミングで、その上実に住心地がいい。これはあの当時外国から私にくれた彼の沢山の手紙と一緒に、正しく彼のこの世に残して行った芸術品の一つである）「阿片を用いることは絶対にやめる。しかしそれは即座に出来得るものではない。私は少しずつ量を減じて十五ヶ月の間には、きっと絶対にやめる」そういう彼の堅い言質《げんち》を信用して、私の家は彼のために彼一人の阿片窟になった。そうして私自身も今では「阿片を喫《す》う人」をかくまって居るという秘密を持たねばならなかった。私はそれが洩れることのないようにと思って女中さえ使うことが出来なくなった。Ｒ・Ｎはその点では私以上に用心深かった。彼は七間ある家のうちの二室を彼自身のものにして使用した。そのうちの一室は家根裏《やねうら》であった。そうして其処こそ、彼のその秘密を恣《ほしいま》まにする場所である。彼がどういう風にしてそれをして居るか私は決してそれを見ようとはしなかった。私はそんなものを見るのが怖ろしかったのだ。若し一目でも見るようなことから、知らず知らずにその方に近よって、自分自身もオピアムイイタアにならないとも限らない、私にはそういう誘惑に対する脆《もろ》い性質があったから。こんなわけで私は阿片に就ては何の知識もない――R・Nの口から聞いた事以外には。併し乍《なが》ら、私は阿片の夢がどんなに不快にR・Nを襲いつつあったかということだけは、ここで述べることが出来る。私は夜中に、或は白昼に三階になって居る家根裏の一室から、その床と二階の天井とを透《とお》して、そうして家じゅう全体に、むしろ私の世界全体にまで拡がりながら、彼の呻《うめ》き声が、眠って居る、或は書物を見て居る私にまで聞えて来た。それは丁度死を面前に見て居る病人――寧ろ病獣のような物凄さで、私を驚かせ、苦しませ、歎じさせ、心配させ、又正直に言えば腹立たせもして、それがあまり長くつづく時には、私自身さえもその声に合せて呻り出しそうになった。事実、そうしたことも屢々《しばしば》あった。或る日のごときは、どうしていいか解らなくなった私をして、とうとうこの青髭部屋《ブルウベアスルウム》＊8へ駆け込ませたほど、物凄く呻きつづけ、叫びたてるのを聞かねばならなかった。私はその時には彼に対する心配と自分自身の腹立ちとを両方、等分に、同時に感じながら、思わずあの狭い急な家根裏への梯子《はしご》を飛び上った。併し、あまりの不気味さにしばらく其処に突立った上、辛うじて決心をしてその部屋へ入ろうとした。小さな扉には固い錠があった。私は合鍵をとり出した――ひょっとすると、今、R・Nが死にかかって居るのではないかと思ったから。私は扉を三分ほど隙《あ》けて、先《ま》ず一とおり内部を窺《うかご》うた。その時は白昼であったから、小窓から差し込む冬の日光が、このうす暗い部屋のなかへ帯になって流れ込んで、それの一端が、寝椅子に打倒れたまま身動きもせずに居る彼の横顔へまともに照りつけて居た。その南の小窓はちょうど獄窓《ごくそう》にそっくりであった。その上にR・Nのいかなる観念からであったか、獄窓と全く同じような厳重な鉄格子さえ篏《は》められて居た。それ故、部屋の床の上に晴れがましく当って居る日影にも鉄格子の影が縞になって投影して居た。その小さな日向には、彼の愛育して居た若い小猫が、平気ですやすやと眠って居た。その平然たる様子が私には憎々しかった。私は思い切ってつかつかと部屋に侵入してR・Nを呼びかけた。彼は、呻き乍ら「何だ」と問い返した。彼はぶるぶると身をわななかせ、苦痛の表情で顔がゆがんで、しかもそんな状態に居ながら普通の状態の人のように会話するのが、その時私には最も不気味に感ぜられた。私は手をかけて彼を揺り起した。彼は私のその動作で

初めて目を開けたが、私をいかにも不思議らしく、見知らぬ人のように見上げ見下ろして居たが、

「おお、佐藤君！」

不意にそう言って、彼は寝椅子の上によろけながら跪座《きざ》した。そうして私の体を抱くようにして、彼はさめざめと泣くのであった。可哀そうに、こうして私の友達は頭が腐って、狂気しかけて居るのだ、そうに違いない、と私はその時そう感じた。そうして私もついセンチメンタルになって涙がこぼれそうになった。

けれども、これらは彼の極く悪い状態に居る時であって、そんな状態は一週に二度か多くて三度位しかなかった――呻り叫ぶようなことは。そうして幸にも、彼の阿片量は少しずつは減じて行きつつあるようであった。平静な日も（それが何の加減であるかを私は知らない）十日に一度はないではなかった。その日には、彼はあの童話風の空想と壮麗とを無制限に含んだ彼の見聞談や、或は実に奇妙な事柄の上に奇妙に組立てられた――それで居て明晰に私を同感させるような奇論を私に聞かせて私を蠱惑《こわく》した。実際、彼の意見は事毎《ことごと》に不思議であった。しかも彼自身にとってはそれは極く平凡な普通な見解としか思っては居ないらしかった。一例を言えば、活動写真に就てである。彼は活動写真を芸術の最も新らしい立派な一様式だ、そうして科学が芸術に

向って直接寄与した唯一のものであると断言した。それはヴァルガア*9なグロテスクな、またファンタスティクな美だ。それに就て、彼はながながと私にその理由を説明して聞かせた。それは何等の間違った点のない立論で、且《か》つ一篇の散文詩のような議論として私をよろこばせた。（私はせめてはそれだけでもここへ書いて見たい。しかしこの原稿の紙数や〆切りやの関係から、必要な道草も喰って居られないことを遺憾とする。併し、何時か好機を得て彼が私に聞かせたうちの私を敬服させた事柄を、彼の代りに私が書き列《つら》ねるであろうことを約束する。）彼はそういう議論だけではなく、実際に於《おい》ても活動写真を異常に愛好して居た。子供がそうする以上に愛好して居た。活動写真は阿片の夢のなかの極く平凡なものに似て居る。私はオピアムイイタアとしての初期にはあれ位のものをよく見たものである。それが私にとってはなつかしくもあり、悲しくもある——と彼はそんな事も言った。そうして一ヵ月に精々一度位、彼が外出出来るような日には、必ず私や私の妻を浅草へ誘うのであった。私の妻はこの半狂人と一緒に町を歩くことを、否、一緒に住んで居ることをもひどく好ましく思って居ないらしかった。その上それを言うことを私にも遠慮をして居た。それが私にもよく解る。又無理のないことでもある。それ故、彼が外出しようと言い出す時には、たといそれがどれほど私にとって多忙な日であっても、私は何時でも彼を連れて外出するのであった。それが私のこの友達への義務でもあり、又私の妻への義務でもあった。

或る日であった。私はまたしても浅草の活動写真へ彼のお供をしなければならないことになった。私は彼の択ぶままに、D館の「女賊ロザリオ」という写真を見ることにした。気がついて見ると、その日は日曜だったものだから、我々は電車のなかでも、D館のなかでも満員の人込《ひとごみ》に苦しめられた。「女賊ロザリオ」というのは（見た人もあるかも知れないが）米国のグリインフラグ会社の傑作だそうで、表題のような女賊を頭にした盗賊達の出て来る探偵物で、筋はあまり目さきの変ったものではなかったが、画面のとり方にはなかなか絵画的な、それで居て清新なところがあった。それから女賊になる某という女優は、弁士の説明によると「当時米国に於けるバンパイヤ女優の権威」なそうだが、成程《なるほど》なかなかチャアミングであった。殊《こと》に男装のような乗馬服で出て来るところが就中《なかんずく》よかった。R・Nはフィルムのとっつきから——あの緑の旗がひらひらと風に翻えるグリインフラグ会社のマアクを見る時から、既にもう白昼の幻を楽しむ人のように、場所も、時間も、傍に私の居ることも、大勢の群集に揉《も》まれて居ることさえ忘れたらしく、恍惚《こうこつ》と見入って居るのであった。そのいかにも廃人らしい喜び方の表情が、寧ろ私を悲しくした——この時ばかりではなく、毎時もこんな機会にはそうであるが。画面はずんと転展して行った。ちょうど、女賊ロザリオがその子分の運転手ジョンソンという男と、或る酒場の片隅で何かのたくらみを耳打ちするところであった——画面は彼の表情を見せるため大映《おおうつ》しになった。初めはロザリオの顔だけしか、見えない。ロザリオは見かけはいかにも可憐で高貴で若い貴婦人のような顔を、強い光の逆光線で、我々の眼の前へ大きく現した。そうしてにっと皓《こう》歯《し》を見せて笑う。その顔は実際妖艶であった。ロザリオの命令を承知したジョンソンが、大きく頷き乍ら、その凄い顔をひょいと見物の方へふり向けた、

「お！」

突然、こんな低いけれども鋭い叫びと一緒に、私は、むずと私の片腕をつかまれて驚いた。

「おい、君どうした？」

私は思わず動悸を高めて、私の腕を捉えて居るR・Nをうす暗がりのなかに凝視した。こんな人込みに蒸されて、R・Nは春先きでもありてっきり発狂したと思いながら。R・Nは、併し、

「いや何でもない、何でもない。」

そう言いながら、私の二の腕を離すと直《す》ぐその手で彼の額の汗を拭《ぬぐ》うた、別段暑い筈《はず》はないのに。併し私は彼のその二度目の声が案外落着いて居るので少しは安心もし

た。私はもう帰ろうと言ったけれども、彼は返事さえしようとはしなかった。彼は再び熱心に、けれども以前のようにうっとりと見恍《みと》れるのではなく、眼を鋭く光らせながら眺めつづける様子だった。……ロザリオの盗賊団は、日常決して手袋をその手から外すことがなかった。けれども運転手ジョンソンの手袋は何時の間にか擦り切れて居た。それを、その職業のために指の感覚が幾分鈍って居るジョンソンは少しも気づかなかった。そうして或る犯罪の場所へ、うっかり指紋を残して来た。その指紋が再び大映しで、顕微鏡下の或る黴菌《ばいきん》か何かのように不気味なほど拡大されて見物の目の前へ現れた。

「よし！　さあもう帰ろう」

R・Nは、再びこんなことを叫びながら、私の腕をとらえると、それをぐっと圧《おさ》え、犇《ひしめ》き合って居る見物をどんどん押し分けて、私を外へ連れ出そうとした。

「嗟《ああ》、R・Nはとうとう本当に気が違った。」私は心のなかで、そう呟《つぶや》きながら、彼のするとおりになって外へ出た。最初、私は彼が私をどうかするつもりだろうと考えたのだ。が、別段そんな様子もない。外へ出て白昼のなかで見ると、R・Nはその疲れ切った顔の上に何だか薄笑いをさえ帯びて居るのである。彼は黙々として、あれきり一語も言わずに私と列《なら》んで歩いた。列んで電車へ乗った。それから彼が再び口を利いたのは、私が須田町で彼に乗り換えを促した時であった。彼は私が立上っても、やはり座ったままで、「私は丸善まで行く積りだ」とそう言うのである。私はこの狂人をどうするわけにも行かなかった。そうして私も彼に従って丸善まで行かなければならなかった。丸善の前まで来るのを待兼ねて彼は立上った。真先きに電車を下りた。丸善のあのU字形の階段を、彼は駆け出さんばかり性急に上って行った。

「フランス語か英語かで書かれたもので、指紋の研究のオオソリティになる書物はないか」彼は、店員に向ってそう尋ねた。そうして店員は、英語にもあるにはあるが、独逸《ドイツ》語ならば更にいいのがあると答えた。R・Nは、それならばというので英語でも独逸語でもそれに関するものならば皆買おうと言った。そうして可なり大部な書物も二三冊あるにも拘《かか》わらず、R・Nは未だそれだけでも満足出来ないと見えて、その他のそれに関する研究書目をすっかり調べさせて、それらのすべても悉《ことごと》く大急ぎで取寄せるようにと依頼した。その外に独逸語の研究に必要な書物を、文法書やら辞書やら、それに店にあった例の指紋の書物の七八冊をも加えて、殆んど積上げて二三尺もある程の買い物をした。そのうちの英語で書いた一冊だけは彼のポケットへ納めて、あとは出来るだけ早くとどけるようにと言いながら、彼は私のアドレスと私の名前とを書き残した。（この時ばかりでなく、何か名告《なの》りをしなければならぬような場合には、彼は大てい私の名を告げて居たようである。亜米利加《アメリカ》ローサアンゼルスで発行される週刊の活動雑誌も私の名宛で、彼のところへとどいて居たから。こんなわけで、若しこの文章が自然、丸善の店員諸氏の誰かの目に入るような機会があったならば、序《ついで》に言って置きますが、あの時、奇妙なちょっと読む人の少ない書物をあれほどどっさり買込んだ奇特な研究家で、且つ奇特な購買者は、実は私ではなかったのである。それ以来丸善では今でも私宛に雑誌「學燈」[*10]を送ってくれて居るから、ちょっと此処へ書いて置く）その不思議な熱心な指紋の研究者は、改めて言うまでもなくR・Nである。彼は丸善の店を出るや否や、電車のなかからそのポケットのなかの一冊を耽読《たんどく》し出して居た。

その二三ヶ月の間、私のこの不幸な狂気の友人は、何の為めであるか、再び家の設計にとりかかった時の——否それよりも幾層倍《いくそうばい》かの狂気の熱中をもって、指紋の研究に全く没頭して居た。最も私を驚かせた事は、彼が独逸語の書物を読むために、独逸語をわざわざ研究し初めた一事である。しかもその結果が実に超自然的であるのを見て、私は更に更に一驚を喫しなければならなかった。いかに英と仏の二国語をマスタアして居るとは言え、この狂気のR・Nは二十日足らずで、自由にその独逸語で書かれた書物を充分に読みこなしたからである。好んで誇張して言えば、語学的才能の全くない私は、あの使徒行伝のなかの奇蹟――主が昇天して後、四方に伝道した彼の弟子達がその地に到るや否や、直《ただ》ちに異邦の言葉を解し話し得たという奇蹟を、まのあたりに見るようにさえ思った。それ等の彼の読書の間を、彼の非常に愛して居た猫は、じっと彼の書物の前に坐って、彼の主人と一緒にその書物を眺めて居るのを私は屢々見た。

私は妻にも言いつけて、決してこの不幸な友人の心に逆わないように、その上にも注意せよと告げた。

或る日、突然、この指紋研究家は長崎へ行こうと、厄介なことを言い出した――今度は阿片を吸いにではない、是非とも君にも行って貰わなければならない、とそう言うのである。もう秋の初めになりかかって居た。私はN展覧会へ出品するかも知れない心組で描きかけた、私の画を捨ててでも、やはりこの狂気の友人に同行しなければ気が済まない。気候の関係であろうか、否、それよりも指紋研究に凝り固って以来、不思議と阿片を用いたり、呻ったりしなくなった彼は、その頃ではよほど活気づいては居たけれども、私は未だ彼を一人でそこへ行かせるわけには行かない。私は同行した。R・Nは例の通り汽車のなかでも、重苦しく押し黙って、その代りには、彼は彼自身の指でもって、絶えず彼自身の眼前の空間へ文字を書いて居るのだった。始め私はそれを唐草模様かとも思った、しかし気をつけて見ると、それは

If If If If

If If If If

とその同じ文字を幾度でも、書いて居るのだった。それが幾時間かつづくとそのうちその単語がだんだん文句に変ったようだ。道連れはありながら話相手もない徒然《つれづれ》な汽車のなかで、私はそんなものをでも観察して居るより外に仕方がないのであった。

始めその文句は一向解らなかった――何しろ非常に早く空間に書かれる文字なのだから、然もその上にそれが熟練されない私の語学だから。けれどもそれは少しは読めるようになった。それは私の観察を誇ることには決してならないであろう。寧ろそれ等の文字がどれほど繰返し繰返しされたかという事実を示すだけだ。空間の文字は幾百哩《マイル》かの間を次のように走った――*Provided that there are two finger patterns quite similar*……後はどうしても解らない。「全く同一の指紋が二つあるものとすれば……」やれやれ、まだ指紋のことだ。一体R・Nは何を考えて居るというのだろう？　そのうち彼の気分が私自身にまで乗り移った。*Provided that there are two finger patterns quite similar*……私

は口のなかで言う、それが口について私を困らせる。広島を過ぎたころには、私はそれをつい口にして言った——*Provided that there are two finger patterns quite similar*……するとR・Nは耳敏《みみざと》くそれを聴きとったが、別だん、驚いた様子などはなく、即座に日本語で答えた——屈托げに、

「そうとも。だが、実際はたった一つなのだ。それが問題の中心さ。」

私はR・Nの意志のままに、決して途中下車などをせずに、下の関へ来ても、連絡船を待合すほんの二三時間を休んだきりで、真直ぐに長崎まで彼について行かねばならなかった。我々は東京を出てから三日目（？）の朝に、長崎の停車場へ着いた。彼は私にあたりを見まわす余裕さえも与えようとはしないで、大股に歩き出した。丸善の二階へ登った時ほどの早足であった。停車場を出ると目の前へ真一文字に開いて居る海岸に沿うた片側町の大通りを、真一文字に南の方へである。そうして五六町（か或はそれ以上）も歩いた頃、彼は尚も真直ぐに歩みかけて居た足を少し引き返しながら、「こちらへ曲ろう、その方がいい」と独言のように、又私に相談するように言いながら東の山手の方へ直角に曲った。その路は巾《はば》三間位の堀割《ほりわり》に沿うて居た。そうして目の前には高い山が目に爽やかに聳《そび》えて、その中腹には寺の山門のようなものも見えた。太陽はその山から少し高いところに昇って居た。船の汽笛が聞えて来る。学校

通いらしい子供がちらほらと見えるその道を、又二町も行くと、今度は古い比較的丸く反れた石橋――それには四角な石の欄干もついて居た。その橋を渡る時に、後をふりかえると、高い黒く聳えた教会堂の塔の窓がらすが一枚目を眩《まぶ》しく反射して居たことと、それからその橋の下を覗くと未だ青い到底食うことは出来ないような蜜柑が、ちょうど今そこへ投げ込まれたように印象深く水々《みずみず》しく、折からの上潮に漂うて居るのとを私は見た。もう一度南の方へ曲った我々は、砥石《といし》のような自然石をでこぼこに畳んだ細い不規則にくねった道を歩いた。小鳥を軒につるして居る家が右側にある。道は少しずつ勾配《こうばい》になった。だんだん急勾配になった。それは長崎の古い市街らしく、小さな家ばかりで穢《きたな》いけれども趣のある町であった。勾配を昇りつめた時に、私は腰を延《のば》しながら、立《たち》とまってポケットから出した煙草へ火をつけた。家と家との間から港の海とそれを包んだ岬の一角とが、三尺ほど見えた。さすがに少しは疲労したのであろう、R・Nも其処では私と一緒に立ちとまった。けれども私より先にまた歩き出した。石畳のある道は山の中腹を半円形に曲って山の側面へ出ると、太陽が真上から我々の顔にあたった。両側の家は今までのうちで最も汚く、両側にそれらの家があっても道は市街のなかとは考えられないほど野蛮な傾斜で滑るように落ちて行く。工場の鉄板をたたく音が港らしい気分をもって町全体を震わせ、睡眠不足の私の頭にかんかん響いた。道は全く平になった。R・Nは何か私に言いかけたけれども、今度は私の方で口を利くのが厭《い》やになった。小さな支那料理の軒が殆んど軒並に、五六軒置きに見られるところへ来た。R・Nは少し自信がないらしく左へまがったが、五六町行くと又左へ曲った。そうしてすぐ右に折れた。其の道は今までのそれと同様にやはり石甃《いしだたみ》のある、併し今までのそれよりはもっと狭くって精々一間位の露地であった。その露地が三四町一直線に、道というより深い溝渠《こうきょ》の感じをもってつづいて居た。それからはよく覚えられなかったが——私の不注意と、それ以上にその道筋の複雑とに依って——我々はやがて一軒の家の前に立った。「ふん、空家になった」とそう言いながらR・Nはその空家の隣りである家へ這入《はい》って居った。そこはバアであった。今起きたばかりの様子で、顔にそばかすのある三十女が、やっと掃除の塵の納りかかった部屋に立って居た。その女は外国人である。けれども私には何国人であるかは解らない。但し、英語で茶を言いつけたR・Nの言葉に従って、我々に紅茶を用意した。茶をもって来た女にむかって、R・Nは何か簡単な、しかも私には解らない言葉を言った。女も同じように私に解らないことを言った——何れも英語ではあったけれども。多分、私の直覚では二人はあまり上品でない冗談でも言い合ったらしい。女はそれを言いながら我々の傍の椅子へ腰かけた。そうして両肘をついて二重になって居る顎《あご》を固めた両手の拳の上へ乗せた。R・Nはそれを見ながら、ポケットからシガレットケエスを出して、それを彼の女の前へ、その木の卓の上へカルタを打つ人のような手つきで投げ出した。そうしながらR・Nは喋り出した。女が答える。それから女の方が余計に喋り出す。私には大抵はよく解らない。早口でもあるし、俗語ばかりのようでもあるから。併し乍ら、いくらか解るところもないではない——例えば、「隣の空家はあれは貸家であろうか」「然《そ》うです。けれどもあんな家を借りてどうなさるの」「私はお前さんと同じ店を開いて競争しようと思う……兎に角、貸家か？」「貸家は貸家です、併し、借りる人もなければ、借りたって住めるものではない」「何故？　そんなに荒廃して居るのか」「否、併しあそこは荒れて居る以上だ。あの家は化物が出るのです！」「化物！　そんな馬鹿なことを私は信じない」「あの家では夜中に天井から血の滴るのを見た人もある。その滴る一滴一滴の音だけならば、彼処に住んだすべての人が、五家族——少くとも二十人の人が皆一様に聞いたという。私はそれを彼等自身の口から直接に聞いた。彼等は皆一週間以上を越えて住むようなことは決してなかった。今では隣人で、この家に就て知らぬ人は何人もない……」「この今の家主は誰だ、何町の誰だ？」「家主は知らない、けれども日本人の床屋、この裏の橋を渡って真直ぐ行ったところの日本人の床屋へ行けば解るだろう」「……」何か言いながら

R・Nは立上った。ポケットから五十銭銀貨をとり出したR・Nはそれを木の卓の上へ投げた。それがぴんと一つ跳ね上って床の上へころげ落ちる。彼はその代にもう一つの五十銭銀貨をとり出した。女は愛嬌笑をしてそれを二つ拾って居る。R・Nは傍に居た私の存在をも忘れて居たらしく、一人すたすたと店を出た。「ふむ、血が滴る？血が滴る？」とそうひとり言を呟きながら、その店と先刻の空家（これが多分以前の阿片窟ではないか知ら）との間の、巾四尺程な、やっと人間の一人が通れるほどの露地へ入った。露地を出た。其処はすぐ堀割で、あの空家やバアの裏壁との間に一間か九尺か位の空地を残して居る。露地の出口と殆んど一直線に、同じく巾四尺ほどの木の粗末な橋が二間ほどのその堀割を向側に渡して居る。その出口と橋との間の空地へ来ると、R・Nは不意に其処へ佇立《ちょりつ》した。其処へ突立ったまま、何か方角を考えて居る。

「そんなところへ突立ってどうしたのだ？」

「ふむ、此処かも知れない、ふむ。」彼はそう言った。併しそれは私に向ってではない。彼自身のひとり言なのだ。それから、小汚いバアを出てから、今初めて私の存在に気づいたらしく、私に向っては次のような事を言った。

「君。ここを覚えて置いてくれ給え！」

そう言った彼は、彼自身の立って居る場所を、彼自身の靴の下を指差した。それから二三歩後すざりして、彼の蝙蝠《こうもり》傘の尖《さき》で地上へ地面を愛撫するようにそっと×印をした。さて橋の方へ歩き出した――「土は汝の上に軽かれ」(それは外国で人を弔う言葉なのだ)と呟きながら。もうこの男のすることは、解らぬことだらけだった。けれども、就中《なかんずく》、この一年間の前後を通じてこの時のこのしぐさや表情ほど私に不可解なものはなかった。それには何か深い意味がありそうに其時《そのとき》私は考えた。が、すぐそれを打消した、どうせ気違いのすることだから、其上に私自身に関して言えば、私は不眠不休の旅行の為めにとうとうよほどの神経衰弱になってしまったから。こんな日が若し十日もつづかれたら、私自身もR・Nと同じようになるに相違ない。

R・Nは直ぐその「日本人の床屋」を見出した。彼は私に通弁せよと言って、そうして、「あの堀の向うのお化けの出る家は君が差配《さはい》をして居るのか。それならば、私はそんな噂などには一向無頓着だから、それを借りるかも知れない。面倒だがちょっとなかを見せてくれ、」とそうその床屋へ私を通じて申込んだ。不愛想な床屋の不愛想な女房は、我々が今通って来たとおりの道を案内して、五つ六つある鍵をじゃらんじゃらん言わせながら前に立って歩いた。そうして、再び狭い木の橋を渡り、×の印のあったところを通ると、あの空家の裏口を開けて、我々を先ず這入らせ彼の女はその扉のところに、我々の物好きをうるさがるような顔附きで立って居た。うすくらがりの家のなかはかび臭かった。どこかでこおろぎがないて居た。今我々が這入って来た扉からの光線をたよりに、R・Nは、一つの窓を開けた。金に輝いた太陽の光が愉しそうに部屋のなかへ舞い乍ら流れ込んだ。私は以前私の家のR・Nの家根裏部屋を覗いた時のことを思い出した。そうして早く家へ帰って、或は、家へ帰らなくとも一度ぐっすり眠りたい慾望《よくぼう》で一杯になって来た。R・Nは我々の思惑には一切無頓着で熱心にあたりを見まわして居る。家は表は古い煉瓦《れんが》造りで内部は大部分木造になって居る。又、殆んどすべてが古煉瓦を畳んだ土間である。

「君、このうちをよく覚えて置いてくれ給え。君をわざわざ此処まで連れて来たのは、この家を見せたかったからだ。」

R・Nは私の耳もとでそう囁いた。「見給え、天井（指さして）は古い。その割合に床（見下して）はごく新らしい。この家は三四年前に手入れをした筈だ――ちょうど私が君の家へかくまって貰いに行ったころにね」言いつづけながら、彼は私を家の或る一隅へ、今は台所になって居るところへつれて行った。「ね、以前はここに入口があったのだ――窖《あなぐら》の入口が。だから見給え。（彼は彼の蝙蝠傘の尖でその床を、とんとんとたたいて見せた、又二尺ほど距《へだ》った他の部分も。その二つをたたき較べた）どうだ。このとおりだ、少し注意すれば音が違うのに気がつく筈だ」正直に言うと私にはその違いがよく解らなかった。彼は直ぐ私のその心を見抜いたらしく、「君にはまだよくわからぬようだが」そう言いながら流し元のところまで歩んだ。その流しというのは二方は家の壁を利用し、他の直角な二方はやはり古煉瓦を積み上げて、その上に木の板を幾板か張り合せたものだった。その流しは新らしく（即ちR・Nに憑《よ》れば四年前に）出来たものと見えて、板の張り方などは極くぞんざいだった。且つ新らしい板は住む人がなくて水を流されない為め板と板との間にすき間が出来て居た。R・Nは目敏くもそれを見て置いたと見える。何をするかと思うと、彼は絹糸（?）で出来て居る彼の手袋の片方をとり出してそれを嚙み解ぐした。手袋は縷々《るる》と解けて、即座に一間以上の糸になった。どうするのかと尚も見て居ると、彼は彼の時計について居た小さな金メダルを外し出した。それが外れると、例の糸の一端へこの金メダルをさげて、それを流しの板と板との隙間から落し込んだ。金メダルの重さに引かれて、流しの板の上にほぐし重ねられて居る糸は、ずるずると滑りながらだんだん下の方へ呑まれて行く。彼はいかにもその即座の思いつきに満足したらしく、私の顔を見ながら会心の笑を洩すのであった。実際その時は私も思わず叫んだ。

「成程！　ずい分深い。」

その時、ちょうど今までは扉のところから何処かへ行って居たものと考えられる例

の床屋の女房は、

「未だ、御覧なさいますか。」

そう、多少訝《いぶか》しそうに、又多少腹立しそうな大声で、扉からなかを覗き込んで叫んだ。その声が、妙に家のなかへ陰惨に反響した。R・Nは未だ先刻の笑いを浮べたまま私に囁いた。「あの女に金を一円ばかりやれ。それから一二分間、いい加減なことを言って断って居てくれ。私も直ぐ出て行く。」

私は彼の言うとおりにした。女は辞退しながらその金を受けとった。R・Nも直ぐ出て来た。女は我々に対してあまり無愛嬌だったと気がついたらしく、私には聞きなれない長崎地方の方言でやはりあんな家は借りなかった方がいい事、その家に起る怪事——それは物好きな人達が試みにその家にとまる時には決して何の変事もないのに、いざ人が住んだとなるや否や、直ちに噂の通りの怪事——夜の九時頃から二時頃までは毎夜必ず天井から血の滴る音がすること、……などを訥弁《とつべん》な口で話すのであった。R・Nが今更のように非常な注意と陰気な表情とでその話を傾聴して居るさまは、目立って私にも看取《かんしゅ》出来た。我々は直ぐ床屋の女房とは別れた。その時、R・Nはさも心配そうに言った。

「おい。あまり急いで糸を上げたので金メダルは糸から切れた。窖のなかへ落ちてしまったよ。どうしたらいいだろう。」

「そんなに惜しいものかい。」

「いやメダルなどは何でもない。だがあんなものを落して置いては危険だ。足がつくからね」

「何？」

彼は私の問いには答えようとはしなかった。そうして辻待《つじまち》をして居た人力車を手を上げて呼んだ。車夫はR・Nを見ると、‘*Where?*’ と変な英語で尋ねた。（それは無理もない事であった。もともと外国人風の顔立なとこへ、永らく洋行して居たのでR・Nは、その風采に於て日本人より外国人に近かった。）R・Nは「ステイション」という。我々の車は東京の日本橋の裏通りの或る部分や、下谷《したや》の何処だかによく似たような町を通って居た……あまり疲れて居たので私は車の上で居眠りをして居たと見える。車の梶棒が下りたので私は始めて目が覚めた。我々はもうステイションへ来て居た。R・Nが車夫に ‘*Where?*’ と聞かれた時、「ステイション」と答えたのを、私は彼がその附近へ宿をとることだとばかり信じて居た。ところがそうではないらしく、「三時十五分にも汽車がある」などと云って居るのを見て、私は驚いた。

「ねえ君、一晩ぐらいは何処かへとまろうじゃないか。私にすれば折角《せっかく》来たのだから少しは見物もしたい。それに第一非常に疲れ切って居る。今も車の上で眠った位だ。」

「それはそうだろう。だが眠るのは、博多か門司か広島か大阪か京都かにしよう。いや一層のこと東京へ行ってゆっくり眠ろう――成るべく長崎から遠ければ遠いだけいい。実は長崎は私にとって本当に厭やな記憶があるのだから。どうぞ勘弁してくれ。」

R・Nはそんな事を言う。それから彼はポケットを捜しながら、「そうだ、忘れるところだった――僕も大分疲れて居る――これを出さなきゃ」見ると、彼は予め用意して居たものと見える、二通の外国行きの手紙を持って居た。

「この手紙こそ僕の運定めだからな。」

　私には今更のことだが、何のことだか解らないことばかりだ。この暴君のような、気違いのような、又非常に多忙な探偵のようでもあるこの友達のおかげで、私はとうとう長崎も見ず、眠る間もなく――食事は朝も昼も停車場の食堂で食ったが――三時十五分の汽車に乗らねばならなかった。汽車へ乗ると頭は一層混乱する。来る時汽車のなかで覚えた例の奇妙な文句が、汽車に揺られて居ると何時の間にか、車輪の音と調子を合せて思い出され、それが口について私を苦しめ出した――*Provided that there are two finger patterns quite similar*…………*Provided that there are two finger patterns quite similar*……*Provided that*……*Provided that there are*…………（以下何百遍でも）………

R・Nの畜生め！　私をも気違いにするつもりか！

　珍らしくも突然私の部屋へ入って来た彼を見ると、手に二つ折りにしてひろげた雑誌か何か持って居る。それは或る日の灯《ひ》ともし頃だった。彼はその手にしたものを、私の目の前へつきつけながら、何時にない活気を帯びて言った。「これを見給え！　これを！」実をいうと、その頃には既に彼に対しては心配や不安を通り過して、寧ろ彼の一挙一動に好奇心を動かし初めて居た私は、彼の言うままにそれを手にとって見た。何だ。又、あの活動写真雑誌か。そこには十五六行ばかり、赤いインキでアンダアラインした場所がある。インキの色は新らしくごく鮮かで、その英文は訳して見ると大体次のような意味だ——

　ウイリアム・ウイルスン、その人はグリンフラグ会社の専属俳優にして「XYZ」を初舞台として、「女賊ロザリオ」「汽車泥棒」其他の映画に現れて、端役ではあったとは言え、江湖の活動写真愛好家に依りてその深刻なる芸風を認められ、それに依って多大の将来を嘱目され居たるウイリアム・ウイルスンは、十月二十七日突然行方不明となった。その原因は全く知るべくもないけれども、彼は元来英国風の姓名を名乗るにも不係《かかわらず》、独逸人らしき風貌を具備して居る点より判断して、時節柄多分独探《どくたん》＊11なりし者が、それの発覚の心配のために、この怪しむべき挙動に出でたるものなるべしと評判されて居る。何は兎もあれ、我々は活動写真愛好者の立場よりして、この有望なる少壮俳優を、突然我々の眼界から見失ったことを最も惜しむものである。

　その間私の眼の動くところをじっと凝視して居たR・Nは、私が読み終ったのを見るや否や、言った。

「おい、そのウイリアム・ウイルスンというのは、そら「女賊ロザリオ」のなかで運転手ジョンソンになった男だぜ……まあ、私の部屋へ来なさい。君は私を狂人だと思って居るようだが、或は本当にそうかも知れないが、私は今日こそ君に対して、私が君の家にかくまって貰って居た本当の理由を告白するつもりなんだから。」

　彼の部屋へ誘われた私は、彼の机の前で彼と相対して腰をかけた。彼はしばらく、ほんの二三分黙って考え込んで居たが、それは今から私に告げようとする事柄の順序を考えて居たのだろう。彼は不意に立上って、先ずその混乱した部屋の片隅のトランクの上にあった彼の手袋を拾い上げた。そうして、その双の手袋をばたばたと打合して塵を払うと、何のつもりだかそれを両方の手にはめた。（今のさっきも、彼は私が彼を狂人だと思って居ることを狂人らしい敏感で看破して、不平を言ったが、実際彼のすることは、この通りに一つ一つ狂人らしいのである。）手袋をはめると、彼は再び机の方へ帰って来た。さて錠を下して居る机の抽斗《ひきだし》を手袋のはまった幾分不器用な手つきで開けると、中から大事そうに一つの金色の時計をとり出した。手袋のはまった手でそれの竜頭《りゅうず》を押すと、両蓋の時計の文字板のある方の蓋がぴんと開いた。さて初めて気がついたらしく、私にその机の上にある燭台へ灯をともすようにと頼んだ。私は言われたとおりにした。R・Nの部屋のなかは電燈の光と燭台からの光とで、手のまわりのすべての物の影が二つずつになった。R・Nは手にもって居た時計をその蠟燭の光のすぐ前にかざした。

「どうだ、君。この蓋のうらに見える指紋が見えるかい。」成程R・Nからそう言われて見ると、そこには我々が硝子《ガラス》や陶器や或は金属の光滑な表面から、偶然にも屢々見出すであろうような指紋が、一つ、極めて鮮やかに、繊細に、くっきり印せられて居るのであった。それは勿論人間自身の手の油で偶然描き出されたものである。私は一見してそれ丈《だ》けのことを認めると、私の手を差し出してそれを自分の手にとって見ようとした。併し、「その時計へはそのどんな部分へも決して外の指紋を残すようなことがあってはならないから、若しこれを見たいなら私のように手袋をはめるがいい」とR・Nは言う。私は面倒だから手をひっ込めると、彼はまた不機嫌に「手にとって見よ」と言う。私は彼から手袋を片手ずつ借り受けて、そんなことをしてまでその時計の指紋を見つめなければならなかった。私がしばらくそれを見入って居ると、彼は言った。

「よく見給え。それがウイリアム・ウイルスンの指紋だよ。少くとも女賊ロザリオの手下の運転手ジョンソンがマホガニイの机の角へ残して行った指紋だよ。何故って、それはあのフィルムに表われる指紋と全く同一なものなのだ。」

「そりゃそうかも知れないね。が併し」と私はこの狂気の友人の妄想を憫《あわれ》みながら、寧ろ労《いたわ》るように言った。「が、併し、私はあの時の大映しの指紋を見覚えては置かなかった。指紋などというものはいかに大映しになったって覚え込まれるわけのものではない。最も複雑な世界地図を幻に見て、その通りを記憶して置けないようなものでね。」

彼は大きく頷いた。「君の言うことは一々尤《もっと》もだ」と私の少々皮肉なつもりの言い分を彼は真正面から正直に同感しながら、ひとり言のように、「ふむ、これはやはりここから説明し出してはいけない。」彼は立上った。そうして部屋のなかをくるくる歩きまわった、そうしてようよう改めて話し初めた、やはりくるくる歩きながら。

彼は語り出した。「君、君は長崎に阿片窟があることは——あったことは知って居たね。否、知って居たどころではない、ついこの間君と一緒にその家のあとへ行って見たのだっけ。私は少し頭がわるくなって居る。が、決して気が違って居るのではない。（自分で気違いではないという気違いほど困ったものはない、と私は思った。）私は外国から帰ってすぐその阿片窟へ行った。私はどうしても阿片なしでは生きては居られなかったから。私は君にかくれてそこで半年住んだ。私は外国人らしく振舞った。阿片窟の支那人へ高い金を出して其処へ住込んで、阿片を喫った。その時の気持ではもう一生を棒にふってもいいから、阿片に惑溺《わくでき》する覚悟だった。併し私は半年で帰って来た。それには深い理由があるのである。君、僕を恕《ゆる》してくれるだろうね。私は未だ君にさえ秘密にして居ることがあったのだ。私は長崎でひょっとすると人殺しをしたかも知れんと思って東京へ逃げて来た。そうして君にかくまって貰って居た。が安心し給え。私は決して殺人者ではなかったのだよ。殺人者は彼奴《あいつ》だ！　てっきり彼奴だ——ウイリアム・ウイルスンだ。あの活動俳優のジョンソン——ではない、ウイリアム・ウイルスンだ。」彼は小休みなく苛々《いらいら》するように歩きまわって居る。言うことがひとり言のようになる。時々、私を思い出すと見えて、君とか佐藤君とか呼びかけるが、話し方は全く一人言の調子なのだった。そうして大体次のようなことを話しつづけた。「或る晩のことである、私は何時ものとおり阿片に耽って居た。そうしてうつらうつらと魔睡の夢を見つめて居た。その夜私の夢に現れたのは、一面の湖水を前景にして――その湖水は実に度々私の夢に現れたものだが、それは非常に静かで、最も碧《あお》く、海よりももっと曠漠《こうばく》として居た。だが私はそれが湖水だということをよく知って居る。というのは、その海のように曠漠とした平静な水面の対岸に、やはりそれと同じように巨大な建築物が見えるからだ。それは自然の風景を十二倍した位の巨大さだ。その晩の風景は今も言うとおり、湖水を前景にして自然を十二倍した巨大さで或る古城が現れた。その古城の未だ後には回々教《フィフィ》*12の殿堂だと見えるドオムが、やはり少くとも自然を十二倍した位に、古城の凹凸のぎざぎざや銃眼のある城壁に半分隠されて重り合って居る。城壁の後に回々教の殿堂という対照は理智的に考えるといかにも飛び離れた組合せではあるが、夢のなかではそれが最も合理的なリズムで調和されて居た。そう。それに明るい月光が照して居た――私は水さえ見ればきっと月を、月さえ見ればきっと水を見た。海のように広漠な水面の夢なのだ。そうして銀のような光が降って居る。その水面から時々ライラックの芽が出て、ずんずん成長して見て居るうちに大木になって花が咲いた。白い花だった。白い花だったところを見るとライラックではないのかも知れない。梨の花かも知れない。それが、その一本の木と同じように生育し花を開くところの無数の木によって、一夜の夢のうちに深い大きい森林になった。花ざかりの森林である。然もその森林はやはり水面にあるものと見える。水面がどうかした機《はず》みでごく静かに大きく揺れる時には、同じように、この水の上に浮んで居る花ざかりの大森林も、底気味悪く、船暈《せんうん》に似たような不快を私に感じさせて、ゆらゆらと動揺した。そんな都雅な、又、より以上に馬鹿げた、けれども荘厳な風景だの、或は天に沖《ちゅう》するような巨大な機械――それには金属性のさまざまな形が、「整頓の混雑」といいたいような、譬《たと》えば Albrecht Dürer[*13] の構図の或るもののような趣に、ぎっしりつめこまれて居る巨大な機械――金属の多様多形の破片から成り立って居て、ごく静かに歯車から歯車を渡って、だんだん波及して、大仕掛にのろのろと運行する奇妙な建築物、そんなものが阿片に酔って居る私のよく見る夢で、それ等のものが或る期間を置いて間歇《かんけつ》的に交々《こもごも》現れては、私を脅しながら楽しませ、苦しめながら酔わせるのであった。が、私は今阿片の夢のさまざまに就て君に説明する筈ではなかったのだった。若し、君にしてそれを知りたいならば De Quincey を読む方が早道だから……それでその夜のは自然を少くとも十二倍大に拡大したほどのロマンチックな風景だった。古城とドオムと銀を流した曠茫たる水面とが現れたのだ。そのドオムを月の光が滑り落ちて居た。よく見ると前景である一面の湖水の上には長い橋があって、その橋の上を無数の騎兵が進軍して居るのが、遠く見えるのだった。この騎兵は後で考えて見ると英国の竜騎兵の盛装したものに似て居たように思う――英国で戴冠式の時、私はそれを見たのだが。一帯の光景の心持が、この騎兵が現れ出してから急に変って来た。非常に騒々しい賑やかな感じがし出したのだ。譬えば世界中をあらゆるもの音だけが一杯に占領したと仮定して、然も私は全くの聾《ろう》なので、その物音を耳では聴くことが出来ない。その代り五官の外のもの、或は聴覚ではなく触覚か何かで空気の混乱を通して感知するような具合なのだ。その時である。私の夢のなかへ不意に武装をした騎士（私はよく古代や中世紀のものを夢に見た）が現れて、それが城壁を、どういう風にだかはっきりとは解らないが、兎に角、城壁の内部をずんずん透して湖水に面して現れて出た。それと同時に、気がついて見ると、あの碧い、古画に描かれた聖母の衣服の色のように碧い湖水には、生きて眠って居るのだか死んで居るのだか、何れにせよ、全く身動きもせずに横《よこた》わって居る一人の人間が、瀞《とろ》んだ水面に、水の表面に、恰《あたか》も陸に上げてある船のようにぽっくりと浮んで居るのである。片一方の壁を透して出て来た騎士は手に長い槍を持って居た。槍の穂尖《ほさき》が月光できらきら煌《きら》めいた。騎士も、陸上の船のように全部浮上って居る男も、他の風景と同じく、非常に大きい。その水にぽっくりと浮んだ男と、兜《かぶと》をつけた騎士との、少くとも長さ一間以上もある横顔は、鮮やかな月の光を浴びて、私の眼の下へはっきりと浮び出して居る。突然、騎士の槍が非常に長く突き出された。何か爆発する音がすると一緒に、水の面に浮上って居た男の脇腹から、血が滾々《こんこん》と溢れ出て、聖母の衣服のように碧かった水の面一面へ滲《にじ》み渡る、と湖水は一面に真赤になった……人の呻り叫ぶ声が山彦《やまびこ》しながら、私の耳へ遠くひびいて来た。かたかたかたかたと早足で階段を上るか或は下りるかする足音がする。私は大きな声で呻りながら、私の外にも呻る人があるのに気がついて、それと一緒に呻りながら、ひょいと眼が覚めた。併し！　見れば眼を瞠《みは》った私の前には、夢のなかで見たと、殆んどそっくりで、ただ形だけは全く縮小されて、一人の人間が呻きながら倒れて居る——夢のなかで見たと殆どそっくりに——ただ形だけは全く自然大にまで縮小されて、水面の代りに床板の上で。彼の頭のずっと上にぼやけて光って居る燭台の、その燭台の皿の地下へ落す黒い円形の大きな投影の下で、呻きながら倒れて居た。彼の枕もとには、豆ランプ——それで阿片へ火をつけるのだ——が、この燭台そのものの投影のなかで、僅《わずか》に方一尺ばかりをほんのり赤くして、彼の男の額と鼻面《はなづら》とを真ともに光らせて居た。片肘で自分自身の重い体を釣り上げるように支え起した私は、私のぼんやりした信用し難い眼の六尺ほど前の方でこんな状態に居る一人の人間を、別に大した感激はなしに見下して居た。ただ現実と夢幻との切り離し難いこの混同を怪しんだ。それも極く微かな私の判断力でである。私は板で出来てその上へ藁《わら》布団を置いた寝台の上に居たし、呻いたり血を出したりして居る男の方はじかに床の上に居るのだ。私は未だ半信半疑であった。私は宙にぼやけて光って居る燭台をもっと下へおろして、今のような燭台それ自身の物影ではなく、その光のなかでよくそれを見ようと、その宙にある燭台へ手を伸ばそうとして、ひょいと瞳を上げると、今までは宙に浮いて居ると思った燭台は宙に浮いて居るのではなく、誰か人の手で持たれて居たのだった。私は手を見て初めて其処に居る人の顔を見上げた。その男は多分、今、物音に驚いてここへ駆け下りて来たのであろうこの阿片窟のおやじなのだった。更に気がついて見ると、私の片肘は、私が自分の体を支えて居るのではない方の片肘は、この支那人の力強い手で釣り上げられて居る。彼は直ぐ私の顔の前へ肉迫して突立って居た。私はそれをやっと今始めて見出した。部屋がそれ程に暗かったのではない。私がぼんやりして、物を知覚する普通の自然的な順序というものを間違ったらしい。私が彼の顔を見上げた時、彼は冷やかに私を見下して、宙に浮いて居るものと私には思えた彼の手にある燭台を動《うごか》して、血を床板に滲ませてぐったりなって居る男を、光線のなかで私に示した。支那人はその呻き尽してもう何も叫ばない男を、突きながら——足の尖で突きながら、私の顔をにらまえた。いや、ひょっとすると私をにらまえて置いてから、その男を蹴ったのだ。いや、一度倒れて居る男の肩を足の爪先きで突いて見て、それから改めて蹴ったのだ。倒れて居る男は、其の男は汚い身なりの外国人だったと思う。それとも立派なモオニングを着て居たか知ら——私はそれを忘れた。夢の方がよく覚えて居る。夢のなかでは水色の得体の知れない着物だった。その後の夢でもそうであった。一たいだと、この阿片窟は何時も十人や六七人は居る筈であった。その前夜か、或は前々夜の如きは、その窖のなかは魔睡して居る男で一杯だった。それだのに、その夜だけが私とその男と二人きりだった。何でも船の都合か何かで、船乗りは皆、殆んどこの港に居なかったに相違ない。阿片窟のおやじの支那人は——其奴《そいつ》は四十八九歳位のあばたのある大きな顔を持った男だったが——私を殺人者だと言った。私は、そう言われて私の夢のことを思い出すと、若しや、自分は夢のなかで夢遊病者がするように、実際、夢中で彼を刺し殺したかとも考えざるを得なかった。少くとも私には私自身ではないと証拠立てる何物をも持たなかった。私は支那人に対《むか》って言った——自分は死んで居る男とは全く無関係な男であること、それ故その男を殺すべき理由のないこと、けれども夢中で或は殺さないとも限らないこと、君とても後暗《うしろぐら》い商売をして居る以上、この不可解な私の、或は何人かの殺人を公然の事件にするわけには行かないであろうこと、それ故自分はこんな機会でこの場所にかかり合いになった関係上、君——その支那人に金を千円やること。私はそれ等のことを彼と相談した。彼は寧ろ喜んで居る様子であった。私は外国のこんな場所へ出入する宿無しどもがするように、靴下と足の裏の土着かずの間に隠して保存して居た現金を、その場で彼に手渡しした。そうして死骸をとり片着けることを承諾させた。そうして置いて、私はこの厭わしいものから、私の顔をそむけて、体を寝返りさせた。顔を壁の方へむけた。私の寝台は壁に真ぐくっついて居た。壁はほの白く、私の豆ランプの火はそのほの白い壁に対しては赤黒かった。私はもう一度眠ろうと思って、眠って今の不愉快な現実の現象を、せめては何かもっと超自然なものにしよう——どんな不愉快なものでも超自然になれば美だから——と、あせったけれども、流石に私もあまりとび離れた自然そのものを見たこととて、阿片も何の力もなく、いかに燻《くすぶ》らして見てももう再びは夢に入ることが出来なかった。若し私が本当に狂人だとすれば、私は言うが、多分その時に気が違ったのだろう。私の神経はちょうど黒水晶の結晶の林立のような形をして居た。と、不意に私は私の耳にチクタク、チクタク、チクタクという音を聞き出した。はて、と思ってそれに聞き入ると、それは正しく私が偶然耳を当てて居た壁を伝うて聴かれる音である。私はその見当を見定めようと、本能的にその方へ目を向けると、目のとどいたところに一個の時計が見えるのである。それは壁のなかである。私は実際その時壁を通して物を見たのである。ありありと、白昼に眼前二尺のところにある現実よりももっとありありとそれを見た。三十分ばかり見つづけた。そうしてそれは遂《つい》に見えなくなった。チクタク、チクタク、チクタクは何時までも聴かれた。突然遠くの方から汽笛の音が空間を突裂いてひびいた。それは多分、もう朝なので、夜明けなので、造船所の笛の音だろう。私は起上った。最も元気よく起き上った。あの支那人を起して、この壁を破らせてその時計を拾おうと、決心したからである。私は立って歩み出そうとした。危くあの死骸につまずく所であった。支那人の奴は承諾をして置きながら、直ぐに始末すると承諾しながら、未だそのままにして居たのであった。私はその血に塗《まみ》れた死骸と一間置きで夜を明したのだった。今思うと怖ろしい。けれどもその時はただ支那人の違約だけがひどく腹立しかった。私はあの支那人が眠って居る扉をたたいた。蹴った。そうして「おい又五百円やるぞ」と吐鳴《どな》った。支那人は直ぐ彼の妻の部屋から出て起きて来た。私は言った——お前が若し私にあの部屋の壁を破らせるなら、今直ぐ破らせるならば五百円やろうと。彼奴は眼をこすりながら私に蹤《つ》いて来た。私は窖へ下りると、その私の寝台のある壁を指して言った——「ここだ。それからもし中から時計が一個出たらば、きっと出るに相違ないが、それは俺が貰うぞ」支那人はそんな事はどうでもいいように、小さく頷いて承知した。我々は、私の眠って居た寝台をとり外した。見ると私の寝台でかくれて居た壁の下の方に、これ位の（彼は拇指と人差指とで輪をつくって見せて）穴が二十も三十も、蜂の巣のように穿《うが》たれて居た。私は驚いた。支那人は一向驚かなかった。私は其処を破った。薄っぺらな板で出来て居たから。すると、私は更に驚いた、驚いて叫んだ。併し支那人は決して驚かない。彼は、支那人は私に説明をした――それらの穴は、土のなかの大きなものも壁の上の小さなものも、この部屋に空気を入れるために、設けられたものである、と。成程、私をそれほど驚かした直径三尺もあるその穴からは、私の手にもって居る豆ランプへも、私の顔へも風が感じられた。もう一足踏み込もうと、ふと足もとを見ると、あった！　私が先刻ありありと見た通りの時計が！　それがその時計だ。指紋のある時計だ。私は支那人の命ずるとおりに、屍骸の足をもった。そうだ確かに足だった、支那人は自分で頭の方を持ったのだから。君、人間の体というものは死んだ方が倍も重くなるものだよ。我々はその屍骸を運び込んだ。あの壁を破った奥へ、時計の出たところへ、風通しの穴のなかへ。支那人はその屍骸を足をもって一間ほど、曳き擦って来た。その足を穴の入口で待って居る私に渡した。我々は自分の背中を穴の上部の土に圧えつけられながら、二疋の蟻《あり》のようにそれを運び込んだ。両手で屍骸の両足を持ち上げて、私は後すざりして這った。支那人は先ず自分の手を放した。屍骸の頭がどしんと地に落ちて地響きした。支那人は反響する重苦しい低い声で「よし」と言った。私は私の手を放した。屍骸が土の上へ置かれた時、径三尺ほどの穴は、大きな死骸で殆んど閉塞されて居るのを私は見出した。私はその屍骸の上をのさばり這うと、屍骸と体を重り合せ、屍骸の顔と自分自身の顔とを殆んど擦り合さんばかりにして——私は死人と接吻せんばかりにして、ようようその穴を出て来た。支那人は片手に赤皮の靴をさげて、窖から上って行くところだった。その靴は多分あの屍骸の靴なのだ。私は屍骸の冬の大理石のように冷たい素足を握ったことを忘れ得ないから。部屋の床の上には、巨人（私の夢に現われたほどの）の指で撫でとったインキの滴のあとのように、羽箒《はぼうき》で掃いたような血のあとが、屍骸のあった場所から穴の方へかすれて居るのを見た。私はもう一度、あの穴の入口に立ってなかを覗いて見た。どういう理由でそんなことをしたのだか私にも解らない。見ると、穴の彼方から仄白《ほのじろ》い夜明の光が、かすかに一すじ屍骸の胸の上から顔を這い伝いながら、この地下の窖へ忍び寄って居た。その夜のさまざまな光景が、実際と殆んど全く同じ具合にその後の私の阿片の夢にきっと現われた。その一夜の記憶は、阿片に依って作用の鈍って居る私の頭からも、決して消えない。そればかりか、その夜はただ一つの妙な昂奮《こうふん》であったものが、後になって初めて異常な怖ろしさに変って来た。時が経過すればするだけその怖ろしさは加わった。然もその後の日の阿片の夢のなかでは、正しく私自身がその殺人者になって現れて来た。私は穴のなかで、自分の殺した屍骸の上をのさばり這うて屍骸と私自身の体とを重り合せ、屍骸の鼻と自分自身の鼻とを擦り合せ、私の唇は屍骸の氷のような唇にさわり——どういうわけか、夢のなかでは、私はこうしてこの屍骸を自分の花嫁ででもあるかのようにしっかりと抱擁して、わなわなと慄《ふる》えながら、動物的の恐怖と、人間的の悔悟とで私は何時までも何時までも泣いた、泣き叫んだ。私の叫ぶのを聞いて、支那人が駆け下りて来る。私は捕えられたものの悲しさで一層に泣き叫んだ。と、目を見開くと、それは支那人でない。私の最も親切な友達だった。おお、佐藤君だ。君自身だった。私はあまりに異常な私自身の夢と、この温かな現世の友情との、あまりのかけ離れ方に、そうしてそんな二つがほんの一瞬時の変り目から来るために、私はその変り目に気がつくと思わずも涙が流れ出たのだ。佐藤君、私は幾度か君にとり縋って泣いたろう。私はまただ私の阿片の夢ばかりではなく、長崎の阿片窟でも、私自身は無意識ではあったとは言え、実際にあの死骸である男を殺した者は私自身ではなかったかと思うようになり出した。私は夢中で殺した。それ故私は夢中で懺悔《ざんげ》するのではなかろうか、私はそうも思った。そうして懺悔の涙をもって君にとり縋《すが》るようにもなった。そう思い初めると、私が私の潜在意識と第六感とで発見したと信じて居るあの犯罪者と、証拠物件である時計とは、犯罪者は私自身であり、時計は私自身のものではないか、と疑われた。事実に於て、私もやはり金の時計を持って居た。それはどうかした機会で無くなった。（それはどうしてであるか忘れた。私はそんな些細な面白くないことは昔から直ぐ忘れる。阿片を用いるようになってからは殊にひどい。それは人にやったのか、落したのか、売ったのか、盗まれたのだかのどれかだ。）私は一ころ時計の蓋のうらの指紋と自分自身の指紋とを、一つ一つ較べ合して見るために、私の気分のいい日を全く殆んど費した。時計の蓋のうらにあるものはたしかに私のものとは違って居た。そうして私の眼に時計に印せられた指紋を、それの一つ一つの渦の巻き方を、拡大鏡で眺め暮して居るうちに、全く悉く記憶してしまったほどである。私の眼底へ——視神経そのものへその指紋が印刷されたようなものである。その時計の指紋と私自身の十の指紋との外に、佐藤君、私は、君達夫婦の指紋も覚えて居た筈だ——それは重《おも》に拇指と人差指とだが——君達はよく私のキネマガジンの口絵である光沢紙の表と裏とへ君達の指紋を残して居たから。私はよく物を忘れるが、覚えて置こうとしたこと、或は一たん覚込んだことなら決して忘れるということはない。忘れて居るようでも、必要に応じてありありと最も明確に記憶のなかで突嗟《とっさ》に再現することが出来る。——重に視力に就ていうのだが。それが私の最も奇異な能力だということを、私はあの時に発見した。それは「女賊ロザリオ」という活動写真を見た時だ。然《そ》うそう！ その時は、非常な人ごみのなかに、私の隣席に、右隣りに君が居た。佐藤君、君は物覚えのいい人だ。だからあの時のことをよく思い出して見給え、私があの時どんなに愕《おどろ》いたかを。大映しになった男の——あの運転手ジョンソンの顔が、女賊ロザリオの巨《おお》きな笑顔の横で、ひょいと我々の方へふり向いた瞬間であった。私はその男、目の前の画のなかの逆光線を浴びた男の顔が、あの私の夢のなかの月光を浴びた騎士の顔に寸分違わないことを直覚的に見た。そればかりか、それは上海の阿片窟で度々見た顔だったことさえ、一時に思い出された。併し、私はその時私のその直覚をすぐ馬鹿馬鹿しく思った。私が単にちょうどあの時の夢ほどの大《おおき》さの人間の顔を見た瞬間、私は私の夢を映画のなかへ投げ込んだだけだと思いなおして自分自身を打消した。それから、この様子だと自分は今に何を見ても阿片の夢のように怪異に見え出し、若しかすればあの自分自身が殺人者である夢が、何もない空間へでも、阿片を用いない時にでも、見え出しはしないかという心配さえ閃《ひら》めいた。映画は普通の大きさになった。併し、それが一たんそう思われ出してからは、夢のなかの槍を持った騎士であるという気持は多少減じたけれども、上海の阿片窟で二年半か三年か或は三年半か以前によく見た男に相違ないという気持がしてならなくなった。そうしてその男が上海のあの阿片窟の戸口へ歩いて来た時の様子が実に明瞭に私の眼に浮び初めたのである。その時であった——再び大映しになって指紋が現れたのは、私はそれを一瞥《いちべつ》するや、それはフィルムから幕の上へ映写されたのではなく、私自身の眼底に予め刻みつけられて居たあの金時計の蓋の裏にある指紋の印象が、何かの作用でその幕の上に、これだけに拡大して映し出されたのではないかと疑われたほど、それほど同一なものであった。ただそれらの相違というのは、前者は自然物の小ささで且つ金時計の蓋のうらにあることと、後者は貴族のライブラリィのマホガニイの机の上にあって且つ画に現われる世界全体の形が自然物の十倍或は十五倍大であることだけである！　指紋そのものの模様に到っては、その最も複雑な自然のMiniature（微細画）の輪廓《りんかく》に到ってはそれこそ千分の一分一厘も相違しては居なかった。私はそれを確信した。それの確実な証拠は今後で直ぐ君にも見せるが、今はまあ僕を信用し給え。それで、

一タイ世ノ中ニ全然同一ナ——イヤ、相等シイ模様ノ指紋ヲ持ッタ指ガ二本以上

アルデアロウカ？

こういう問題が、それが私にとっての重大な問題になって来た。そこに十六冊だけ指紋に関する書物がある。それは私がその問題の解答を確実にするために私が読んだ

ものであるが、そのどの頁に、「全然相等シイ模様ノ指紋ガアルデアロウ、」と書かれた行があるか。どの書物にもそんな報告や研究やは一つもない。けれども「自然の神秘は人間の研究や報告で尽きるものではない」というならば、それほど神秘な自然が、魔睡して居る男の潜在意識を通して殺人の事実を見せ、殺人者を直覚させないという理由がどこにあろうか。全然相等しい指紋だって二つも三つもあるかも知れない、と言い張るならば、私もあの活動写真に出て来た男が正にあの時の殺人者に相違ないのだ、と言い張り得る権利がある。が問題の要点はそんな漠然たるものではない。私はたしかにあの男――「女賊ロザリオ」の運転手ジョンソン――即ち俳優ウイリアム・ウイルスンが、その犯罪者に相違ないということを、私自身でごく冷静に客観的に認め得るようになって、若しかするとあの殺人者が自分ではないかという怖ろしい自分自身に対する嫌疑を自分自身に晴らして、その上にあの厭わしい悪夢から逃れたい、というのが私の目的である。私はそれを認め得てもっと軽快な心持を抱くようになりたい。私は学者的の熱心をもって指紋に関する書物を耽読し初めた理由はそれであった。最も妙なことには、そのうち何時しか、私は長崎の阿片窟に於ける私の見た――というよりも寧ろ関係した殺人事件というものは、そもそもそれの全部が夢ではないかと思われ出した。事実にあった通りのことをあまり度々《たびたび》夢で見る、そのために事実そのものまでが夢に感じられ出した、という私の心理が君に同感出来るだろうか。いや、そんな事は君の同感するとしないとには拘わらない、私の経験した事実だから。果《はて》は、長崎のM・B町に、私の生れ故郷であるところの長崎に阿片窟があったということさえも、唯の夢ではないかと私には思われて来た。併し、それと同時に一方では、確にそれ等の全部は疑うべくもない事実だと信じても居た。そうしてそれらのすべてを夢だとする心持は、自分の関与した厭わしい事どもから逃避しようとする浅ましい卑屈な心の所為だとして、自分の一方の心で責めるのであった。その事実を事実だと認めようとする方の私が、君を長崎へ連れて行った。私自身がそれを認めると同時に第三者である君にも、長崎に阿片窟があったことだけでも、せめてはそれの跡でも君に見て貰いたかったからだ。私は或は代は変って居ても、やはり何か其処にはそんな場所が今でもあるかとも考えたから。其処は今は幽霊屋敷になって居た——天井から血が滴るのだ。天井から血が滴るのだ。それは実際あることかも知れない。その血が滴って、聖母の衣服よりも碧い水面を真赤にするのだ。私はそれをよく知って居る……床板へなすりつけてあった血だ。それから私たちは、その男を土中の穴へ、窖の風穴へ運び込んだのだ。私は、あの時——君と長崎へ行った時、最も狭い露地から小さい橋へ出る間で私が突立ったところ、×の印を画いたところ、あの下あたりにその男が——ウイリアム・ウイルスンに殺された男が埋められて居るのだよ。

「君は先ず以下のことを承認しなければならない。それでなければ、私は話しつづけるわけには行かない——

(1)世ノ中ニハ全ク相等シイ形ヲ具《ソナ》エタ二ツ以上ノ指紋ハ絶対ニナイ事。

(2)上海ノ阿片窟ニ出入シタコトノアル男ガ、長崎ノ阿片窟ヲ知ッテ居テ、ソレニモ出入リスルコトノアリ得ベキコト。例エバ私自身ノゴトキガソレダ。

(3)殺人者ハ映画ノナカヘ決シテ現ワレ得ナイト云ウ原則ハ何ニモナイ。従ッテ、長崎デ殺人ヲシタ人間ガ、亜米利加デ活動写真ノ俳優ニナルコトノアリ得ベキコト。但シ、ソノ殺人ハ世間ニ知レナイモノデアル。

(3)は少しロマンチック過ぎて君には承認し兼ねるかも知れない。しかしそんなことは絶対にあり得べからざることだとは、果して何人が宣言出来ようや。況《いわ》んや、それは事実なのであるから。兎に角、私は最初にいろいろと研究もし、考えもした上で以上の三つの事を自分自身で承認した。そうして私は私の直覚や潜在意識というようなものをも仮りに信用した上で、私は長崎から、二通の手紙を出した。一通は佐藤君、君の名前と所とを借りた。それはローサアンゼルスのグリインフラグ会社へ宛てたものだ。(私は内心、この狂気の友人が私の名前などを濫用して、無暗《むやみ》なことをしてくれたのでなければよいが、とその時考えた。）それからもう一通は、同会社の専属俳優のウイリアム・ウイルスンに宛てたものだ。私はその男は同会社の専属ではないかも知れないが、同会社のフィルムに表われる以上、何か関係があるだろうと思ったからだ。その文句は次のようなものであった。

日本長崎に於ける阿片窟は厳重なる同地警察署のために発見せらるると同時に、同所に於ての貴君の殺人事件は、貴君の同所土窟附近に遺失しありたる金時計の指紋と、貴君がフィルム「女賊ロザリオ」に於て世界に示されたる指紋との全く偶然（？）なる符合により、機敏なる日本警察の注意を喚起したるものの如し。貴君にして若し身に覚あることならば、即座に貴君自身を守るにあらざれば、貴君は非常なる危険を冒すこととなるべし。

上海阿片窟に於ける貴君の親愛なる一友人より

ここまで来て、私はさっきの今日私の手にとどいたキネマガジンの消息欄を見せる筈だった。私はうれしさのあまりそれを君に早く見せすぎた。一体あの二通の手紙は長崎の停車場で投函したのだ。あ、君はそれを見て居たね。我々が長崎へ行ったのはあれは十月四日である。それは重要なことだ。普通ならばローサアンゼルスまで郵便は二十日位でとどく筈だ。けれども戦争以来郵便は甚《はなは》だ不規則だ――活動写真の雑誌が時々非常に延着して私を待遠しがらせるほどだ。で私はその私の手紙をウイリアム・ウイルスンが何時見たかは大抵解る。」

そう言いながら、何時の間にか私の傍の机の前に来て腰を下して居たR・Nは、机の最も大きな抽斗から、何か写真でも這入って居るらしい郵便物をとり出した。そうしてそれを私に渡した。

「さあ、それはグリインフラグ会社の出した郵便物だ、やっと十日ほど前に、君の妻君から受けとった。若しあるならば、映画の目録というようなものを送ってくれるようにと、私は君の名でその会社へ申し込んだのだ。私はそんなものを欲しいよりも、その会社から来るものの日附けが見たかったから。それは十一月の十六日に出して居る。すると私が出した手紙は少くもそれより以前にその会社へ着いたのだ。それと同時に投函したウイリアム・ウイルスンへのものもきっと十一月十六日頃に着いたと思って差支えない。彼の手には直ぐ入ったかどうかはわからないが十一月二十四日——彼が行方不明になった日までには、私の手紙はきっと彼の目に這入ったものと見做《みな》してよかろう。彼は私の手紙を見てから行方不明になったのだ。それからちょっとそれを貸し給え。その映画目録はただ何でもいい、手紙の着した日を知る方便に送って貰ったのだったが、その目録が計らずも又用立った。ウイリアム・ウイルスンの初めて映画に現われるようになったのは、「X・Y・Z」という活動写真だったろう。雑誌の記事にそうあったから。その「X・Y・Z」は一九一四年に出来た写真だ——その目録に依れば。それならウイリアム・ウイルスンは一九一四年以前には活動写真の俳優ではなかったのだ。それはそうでなければならない。でも彼は一九一二年の夏に——たしかそうだね、長崎から僕の帰ったのは——一九一二年の夏、彼は長崎で殺人をしたのだから。活動写真の俳優が長崎や上海でうろうろしては居ないから。君はまだウイリアム・ウイルスンが殺人者だとは決定しないと言うだろう。（彼はしたりげに微笑を含んで）そうだとも、私だって、これだけの事実に若し私自身の潜在意識と直覚能力との信用がなかったなら、次の二つの疑問には必ず逢著《ほうちゃく》する筈だ。それは私だって考えては居る。

(1)若シ、ウイリアム・ウイルスンガ、私ノ手紙ヲ見タコトノ為メニ行方ヲ晦《クラ》マシタノデナイトシタ場合。

(2)「女賊ロザリオ」ノナカニ現ワレタル、マホガニイ机ノ一角ノ上ノ指紋ガ、運転手ジョンソン——即チウイリアム・ウイルスン自身ノモノデハナク、他ノ何人カノモノデアルカモ知レナイ事。

以上の二つである。私を信用しない人は、その二つの場合を想像するであろう。或は私が、あの指紋のある金時計を壁のなかで拾ったという事実でさえ、或は、私の見たものはことごとく私の魔睡の夢で、私の理窟は気違いの独断だというかも知れない。実際私だって時々はそう自分自身でも思う位なのだ。だがここが肝要なところだ。「世ノ中ニ全ク形ノ相等シイ指紋ヲ持ッタ指ガ二本以上アリ得ルカ？」ここにある十六冊の指紋の書物の――指紋というものは必ず一つ一つ相異るものであるが故に、種々の証拠として重大なる理由を持つ、という根柢《こんてい》から書かれたこれらのすべての書物の、何の頁《ページ》何の行にそんなことが書かれてあるか。世の中に全く相等しい指紋がどうしても二つ以上はない以上、どんな懐疑者でも自分自身の眼を疑って、それを刳《く》り抜こうとでも思わない以上、最後に唯一つ次のことだけはどうしても信じなければならないのだ――

(1)コノ時計ノ蓋ノ内部ノ指紋ト、「女賊ロザリオ」ノフィルムニ現ワレル指紋トハ全ク形ガ相等シイ事。

或は、私を少しは信用しようという人には――

(2)私ガ殺サレテ居ル人間ノ傍カラ拾ッタコノ時計ノ蓋ノ内部ノ指紋ト、「女賊ロザリオ」ノフィルムニ現ワレタル指紋トハ全ク形ガ相等シイ事。

即ち、

世ノ中ニ全ク形ノ相等シイ指紋ヲ持ツ指ガ二本以上アリ得ナイ以上ハ、最後ノ(1)ノ場合モ(2)ノ場合モソレラ二ツノ指紋ハ同一ノ一本ノ指ニ依ッテ印セラレタモノナラザル可カラザル事。

さて、今の(2)以上に、だんだん私を信ずる度が多くなれば多くなるだけ、最も多くなれば——その頂上では私自身が私自身を信用する最大限度の時と同じように、遂には「ウイリアム・ウイルスンガ長崎ノ阿片窟ノ殺人者ニ相違ナイ」というところまで私に一致するであろう。」

荒唐無稽な話から、迷宮を行ったり来たりするような論理めいたことまで長々と語って私を悩ませた私の友人は、やがて彼の机の抽斗を三たび開けながら、太い巻尺のようなものをとり出した。それは活動写真のフィルムであった。「これを私は買って来た」と言いながら、彼は徐《おもむ》ろにそれを展《ひろ》げつつ、昂奮して不気味なほど光って居る瞳で私を電燈の下へ呼び電燈の光にそれを翳《かざ》して見せた。それは正しく「女賊ロザリオ」のフィルムの十尺ばかりに相違なかった。ロココ風に飾られた或る貴族の一室へ、探偵が三人這入って来て、その部屋の机の上にふと何ものかを見出す。一人の探偵がそれを指す——画面が大映しになる。見るとマホガニイの木目のある机の一角に一つの指紋が現れて居る。彼はその指紋のところを、殊に大切らしく古いネクタイのきれかなにかの繻子《しゅす》で擦れないように巻いて居た。彼は再びその布をその部分へ巻きフィルム全体をも巻き納めた。そうしてそれを私に手渡ししながら、自信に満ちた調子で言った。

「さあ、証拠はこれと、それにあの私の手袋の上に君が置いて居るあの時計の蓋の裏とだ。君はそれらの二つのものにある指紋の全く同一であることを今直ちに認めなくもよい。成可《なるべ》く丁寧にゆっくり、その代り確実に間違いなく認めてもらい度い。私のところには拡大鏡もある。私の家根裏にはフィルムを映す目的で私が工夫した幻燈もある。この目的で売出した機械はどこにでもあるが、私の工夫したのが最も手軽で、最も明瞭だ。これらのものは皆、君に渡す。ただそのフィルムを失わないように、又その時計の蓋のうらから指紋を消さないように——ことにこれはくれぐれも注意してくれ給え。」

私はあの晩のR・Nの熱心と、それに少々くどかったけれども終りの方になっての話振りに、何となく威厳のようなものを感じた。試みに時計の蓋の内部にある指紋と、「女賊ロザリオ」の画面である指紋とを一眼見較べて見た。おお！　実際！　それは互に寸分も違わない！

それ以来、私は拡大鏡でも見た。幻燈にうつして較べても見た。私は決してそれを疑うわけには行かない。それが全然同一なものであることを、私の眼はどうしても疑えない。

既に三年間以上そうである。

大正六年九月十幾日である。私は郷里へ帰省するために、和歌《わか》の浦《うら》[*14]から、夜、汽船に乗った。私は汽船のなかのつれづれに、ふと船室にあった一枚の新聞をとり上げた。それは当日の新聞でなく三四日前の古新聞であった。三面をあけて見ると、一葉の図が挿入されて居るので、それが目についた。私はその図を見て居るうちに、愕いて気がついた。それは曽《かつ》て、私が見た場所だからである。それこそあの長崎のM・B町のもと阿片窟があったという附近の平面図で、併も、曽てR・Nが×の印をしたところには、その図にも矢張り×の印がついて居る。私は思わず、この暗合に慄然《りつぜん》とした。そうしてその記事に目を走らせた。長崎の「幽霊屋敷」という題には「愈々出でて愈々怪」と小見出しして居た。若し私が何も知らなかったならば、さぞ新聞記者の月並な文句を侮蔑して、そんな記事には多分目をくれなかっただろう。けれども私はその時は見た、見なければならなかった。私は目を走らせた——長崎M・B町といえば支那人を初め生活程度の極めて低き外人等の雑居地なるが、同町十九番地に一個の空家あり。煉瓦の洋風建物なるが、その家は数年前一人の支那人夫婦が居住して以来、住む人なく、偶《たまた》ま借家するものあるも、大抵五日或は十日、永くとも半月とは居つくものなく、居住者の話なりとて噂によれば、その家には、宵の八九時より夜半の一二時に到る数時間は、天井とも何処ともつかず滴々として血潮の滴るが如く音陰気にひびき、或る者は天井より滴り落ちて床に一面にひろがる血を見たりなどと、物凄き噂専らにて、血気の若者達は試みにその空家に宿泊する者もあり。ここに不思議なるは、その家はかかる試胆者達の宿泊に際しては決して何の変事もなく、変事なきを見とどけて同借家を借り受けたる者と雖《いえど》もいよいよ居住する場合には必ず、噂の如き滴りの音を聞く由にて、三四年来は一切その家に住む人もなき故、家主にてもその家を取毀《とりこわ》さんものと両三日前人を雇いて取毀しを初めしに、不思議なることにはその家の床の下に広さ十畳ばかりの地下室あり、何者が何の為めに設備せしものなるやは知るを得ず。人人気味悪《わ》るきことに思いつつも、下り行きて見たるに、居住者達が血の滴ると思いしは、多分台所の流しもとよりこぼれし水が同地下室に滴りてひびくものらしく、それは流しもとの板の裏なる水漏の跡によって推察されたり。幽霊屋敷の正体とはこんなものなり、それにしても何のための地下室ならんなど語り合い居るうち、人夫の一人が同地下室の一隅より涼しき風の吹き込むことに気づき、その方に歩みよりたるに、其処には一道の穴あり。その穴は何処に通ずるかとその一人は、もぐり行きたるに僅か二三歩行くうち叫び声を上げて這出でたり。人人その理由を尋ぬれども、件の男は口も利けずただ穴のなかを指すのみ。漸《ようや》く口を開きて彼処には一個の白骨横われりと言い出したるにぞ、大騒ぎとなり、果は警官の出張を求めて取調べしに、確に一個の四肢頭蓋等の諸骨を完全に具備したるものにして、骨格の常人より偉大なる点より見て、多分支那人或は外国人なるべしと推測せらる。尚も残る隅なく同地下室を捜索するうち、流し元の下より一個金色燦爛たる新鋳一銭銅貨大のメダルを発見したり。同メダルは目方七匁《もんめ》五分ほどある純金にして、その表面にはラテン語を以て「芸術は長し、生命は短し、」の句を刻みあり。海外某大学文学科の記念賞牌にして、珍らしきものなること判明したるが、市中にかかる人知れぬ地下室のあるさえ審《いぶか》しきことなるに、黄金の賞牌といい、更に白骨といい、然もその白骨は道路の真下十数尺のところに発見されたるに到っては、この幽霊屋敷こそ愈々出でて愈々怪というの外なく、土地柄とは言い、何ざま十八世紀風の物語に見るが如き出来事というべし。何れこれには何か深き仔細ぞあるならんと、同市警察に於ては一切秘密のうちに着々探偵の歩を進めつつありと言えば、一切は遠からず曝露《ばくろ》せらるるなるべし。大正の今日尚この怪事あり、事実は小説よりも奇とはかかる比のことなり……田舎の新聞らしく（それは福岡の新聞であった。）長々と報道して居るのであった。

私は一層愕いた。恐らくこの記事を見た何人のうちでも、私こそその最も愕いた人であろう。曽ては狂人の妄想の一部分と聞いて居たことが、それがとにかくある部分まで事実だったのだ。彼が「私自身でそこへ運んだ」と語ったところからは、外国人だったと言ったが、それは事実外国人の白骨が発見されたのだ。私の目の前には揺れて居る船室の天井一杯に、あの「女賊ロザリオ」のフィルムのなかの指紋と金時計の蓋のうらの指紋とが、二つ全く同じ形に列んで、目に浮んで来た。R・Nの言った事を、私はどこからどこまで信じればよいのであろう。船室の円形の窓からは船の揺れるまにまに月夜の海がちらちらと見えて、それがR・Nの語った幻想的ないろいろの光景を、私に暗示した。……だんだんそれを信ずる度が多くなれば、最も多くなった頂上では、彼自身が彼自身を信用する最大限度の時と同じように、遂には「ウイリアム・ウイルスンガ長崎ノ阿片窟ノ殺人者ニ相違ナイ」というところまで彼に一致するであろう？……

私はその新聞を、福岡の新聞を持って帰った。そうしてR・N——前年とうとう死んだR・Nのあの不可解な蒐集物、赤いアンダアラインをしたキネママガジン、グリインフラグ会社のカタログ、彼が透視して探し出したという金の時計、「女賊ロザリオ」のフィルムの一部分——それ等の物を納めた箱のなかへその新聞をも納めて置いた。

私は未だ、今日でも、これを書きつつある今日でも、あのフィルムのなかの指紋と、時計の蓋のなかの指紋と、その二つがどこがどう違って居るかを、まだどうしても発見出来ない……私は自分の目を疑うことは尚更出来ない。それは神を信じないより以上の冒瀆《ぼうとく》だから。

指紋をじっと見つめて居ると、そこには別に一個の世界がある。その奇珍な世界が私の目にも親しいものになった……私の妻は、私があまり指紋のことばかり言いすぎるので、心配して私自身も狂人になりかかったものと思って居るらしい。「気違いは伝染するものでしょうか」と精神病の研究をして居る私の友人Kにそんなことをたずねたそうだ。しかし私は決して狂人ではない。これは私の妻にも、読者にも言う。実を言えばR・Nだって狂人ではなかったのだ、と私は近頃では、然う思うようになって来た。

（底本『定本　佐藤春夫全集　第三巻』臨川書店、一九九八年）

＊1　Syphilis　梅毒のこと。

＊2　Thomas de Quincey の 'Opium Eater'　トマス・ド・クインシー（一七八五〜一八五九）は、イギリスの評論家。Opium Eater とは、彼が自身のアヘン中毒体験を綴った自伝的小説、『阿片溺愛者の告白』〈原題: Confessions of an English Opium-Eater〉のこと。一八二二年刊。日本においては、大正七年（一九一八年）五月に刊行されている。

＊3　マドロス　matroos　オランダ語で水夫のこと。

＊4　モオラル　moral　倫理、道徳、また、生き方に対する真剣な反省のこと。

＊5　Extravaganza　派手なショーのこと。また、音楽用語で狂想曲、狂想劇のこと。

＊6　阿片丁幾　アヘンを含有する水薬（チンキ剤）のこと。

＊7　ギタアル　ギターのこと。

＊8　青髭部屋　『青髭』〈原題：La Barbe Bleue〉は、フランスの童話作家シャルル・ペロー（一六二八〜一七〇三）による童話。一六九七年刊。

＊9　ヴァルガア　vulgar　俗悪な、卑俗な、大衆の、などの意。

＊10　學燈　丸善株式会社による、日本最古の企業ＰＲ誌。明治三十年（一八九七年）三月に創刊し、現在も季刊誌『學鐙』として刊行中。

＊11　独探　ドイツ人スパイのこと。

＊12　回々教　イスラム教のこと。

＊13　Albrecht Dürer　アルブレヒト・デューラー（一四七一～一五二八）。ドイツのルネサンス期の画家、版画家。代表作は「自画像」「野兎」「四人の使徒」など。

＊14　和歌の浦　和歌山県北部、和歌山市の南西部に位置する景勝地の総称。

開化の殺人

芥川龍之介

　下《しも》に掲げるのは、最近予《よ》が本多子爵《ほんだししゃく》（仮名）から借覧《しゃくらん》する事を得た、故ドクトル・北畠義一郎《きたばたけぎいちろう》（仮名）の遺書である。北畠ドクトルは、よし実名を明にした所で、もう今は知っている人もあるまい。予自身も、本多子爵に親炙《しんしゃ》して、明治初期の逸事《いつじ》瑣《さ》談《だん》を聞かせて貰うようになってから、初めてこのドクトルの名を耳にする機会を得た。彼の人物性行は、下の遺書によっても幾分の説明を得るに相違ないが、猶《なお》二三、予が仄聞《そくぶん》した事実をつけ加えて置けば、ドクトルは当時内科の専門医として有名だったと共に、演劇改良[*1]に関しても或《ある》急進的意見を持っていた、一種の劇通だったと云う。現に後者に関しては、ドクトル自身の手になった戯曲さえあって、それはヴォルテエルの Candide[*2] の一部を、徳川時代の出来事として脚色した、二幕物の喜劇だったそうである。

北庭筑波《きたにわつくば》＊3が撮影した写真を見ると、北畠ドクトルは英吉利《イギリス》風《ふう》の頰髯《ほおひげ》を蓄えた、容貌魁偉《かいい》な紳士である。本多子爵によれば、体格も西洋人を凌《しの》ぐばかりで、少年時代から何をするのでも、精力抜群を以て知られていたと云う。そう云えば遺書の文字さえ、鄭板橋《ていはんきょう》＊4風の奔放な字で、その淋漓《りんり》たる墨痕《ぼっこん》の中にも、彼の風貌が看取《かんしゅ》されない事もない。

勿論《もちろん》予はこの遺書を公にするに当って、幾多の改竄《かいざん》を施した。譬《たと》えば当時まだ授《じゅ》爵《しゃく》の制がなかった＊5にも関らず、後年の称に従って本多子爵及《および》夫人等の名を用いた如きものである。唯《ただ》、その文章の調子に至っては、殆《ほとんど》原文の調子をそっくりその儘《まま》、ひき写したと云っても差支えない。

本多子爵閣下、並に夫人、

予は予が最期に際し、既往《きおう》三年来、常に予が胸底に蟠《わだかま》れる、呪う可《べ》き秘密を告白し、以て卿等《けいら》の前に予が醜悪なる心事を曝露《ばくろ》せんとす。卿等にして若《も》しこの遺書を読むの後、猶卿等の故人たる予の記憶に対し、一片憐憫《れんびん》の情を動す事ありとせんか、そは素《もと》より予にとりて、望外《ぼうがい》の大幸なり。されど又予を目して、万死の狂徒《きょうと》と做《な》し、当《まさ》に屍《しかばね》に鞭《むち》打って後已《や》む可しとするも、予に於《おい》ては毫《ごう》も遺憾《いかん》とする所なし。唯、予が告白せんとする事実の、余りに意想外《いそうがい》なるの故を以て、妄《みだり》に予を誣《し》うるに、神経病患者の名を藉《か》る事勿《なか》れ。予は最近数ヶ月に亘《わた》りて、不眠症の為に苦しみつつありと雖《いえど》も、予が意識は明白にして、且《かつ》極めて鋭敏なり。若し卿等にして、予が廿《にじゅう》年来の相識《そうしき》たるを想起せんか。(予は敢《あえ》て友人とは称せざる可し)請う、予が精神的健康を疑う事勿れ。然らずんば、予が一生の汚辱《おじょく》を披瀝《ひれき》せんとする此《この》遺書の如きも、結局無用の故紙《こし》たると何の選ぶ所か是《これ》あらん。

閣下、並に夫人、予は過去に於て殺人罪を犯したると共に、将来に於ても亦《また》同一罪悪を犯さんとしたる卑《いやし》む可き危険人物なり。しかもその犯罪が卿等に最も親近なる人物に対して、企画せられたるのみならず、又企画せられんとしたりと云うに至りては、卿等にとりて正に意外中の意外たる可し。予は是に於て、予が警告を再《ふたたび》するの、必要なる所以《ゆえん》を感ぜざる能《あた》わず。予は全然正気にして、予が告白は徹頭徹尾事実なり。卿等幸《さいわい》にそを信ぜよ。而《しか》して予が生涯の唯一の記念たる、この数枚の遺書をして、空《むな》しく狂人の囈語《げいご》たらしむる事勿れ。

予はこれ以上予の健全を喋々《ちょうちょう》すべき余裕なし。予が生存すべき僅少なる時間は、直下《じきげ》に予を駆りて、予が殺人の動機と実行とを叙《じょ》し、更に進んで予が殺人後の奇怪なる心境に言及せしめんずんば、已まざらんとす。されど、嗚呼《ああ》されど、予は硯《すずり》に呵《か》し紙に臨んで、猶惶々《こうこう》として自ら安からざるものあるを覚ゆ。惟《おも》うに予が過去を点検し記載するは、予にとりて再過去の生活を営むと、畢竟《ひっきょう》何の差違かあらん。予は殺人の計画を再し、その実行を再し、更に最近一年間の恐る可き苦悶《くもん》を再せざる可らず。是果《はた》して善く予の堪《た》え得可き所なりや否や。予は今にして、予が数年来失却したる我耶蘇《ヤソ》基督《キリスト》に祈る。願くば予に力を与え給え。

予は少時より予が従妹たる今の本多子爵夫人（三人称を以て、呼ぶ事を許せ）往年の甘露《かんろ》寺《じ》明子《あきこ》を愛したり。予の記憶に溯《さかのぼ》りて、予が明子と偕《とも》にしたる幸福なる時間を列記せんか。そは恐らく卿等が卒読の煩《はん》に堪えざる所ならん。されど予はその例証として、今日も猶予が胸底に歴々たる一場の光景を語らざるを得ず。予は当時十六歳の少年にして、明子は未《いまだ》十歳の少女なりき。五月某日予等は明子が家の芝生なる藤《ふじ》棚《だな》の下に嬉戯《きぎ》せしが、明子は予に対して、隻脚《せききゃく》にて善く久しく立つを得るやと問いぬ。而して予が否と答うるや、彼女は左手を垂れて左の趾《あしゆび》を握り、右手を挙げて均衡《きんこう》を保ちつつ、隻脚にて立つ事、是を久うしたりき。頭上の紫藤《しとう》は春日《しゅんじつ》の光を揺りて垂れ、藤下の明子は凝然《ぎょうぜん》として彫塑《ちょうそ》の如く佇《たたず》めり。予はこの画の如き数分の彼女を、今に至って忘るる能わず。私《ひそか》に自ら省みて、予が心既に深く彼女を愛せるに驚きしも、実にその藤棚の下に於て然りしなり。爾来《じらい》予の明子に対する愛は益々《ますます》烈《はげ》しきを加え、念々に彼女を想いて、殆学を廃するに至りしも、予の小心なる、遂《つい》に一語の予が衷《ちゅう》心《しん》を吐露す可きものを出さず。陰晴《いんせい》定りなき感情の悲天《ひてん》の下に、或は泣き、或は笑いて、茫々《ぼうぼう》数年の年月を閲《けみ》せしが、予の二十一歳に達するや、予が父は突然予に命じて、遠く家業たる医学を英京《えいきょう》龍動《ロンドン》に学ばしめぬ。予は訣別に際して、明子に語るに予が愛を以てせんとせしも、厳粛《げんしゅく》なる予等が家庭は、斯《かか》る機会を与うるに吝《やぶさか》なりしと共に、儒教主義の教育を受けたる予も、亦桑間濮上《そうかんぼくじょう》*6の譏《そしり》を惧《おそ》れたるを以て、無限の離《り》愁《しゅう》を抱きつつ、孤笈飄然《こきゅうひょうぜん》*7として英京に去れり。

英吉利留学の三年間、予がハイド・パアク*8の芝生に立ちて、如何に故園の紫藤花下なる明子を懐いしか。或は又予がパルマル*9の街頭を歩して、如何に天涯の遊子《ゆうし》たる予自身を憫《あわれ》みしか、そは茲《ここ》に叙説するの要なかる可し。予は唯、龍動に在るの日、予が所謂薔薇色の未来の中に、来る可き予等の結婚生活を夢想し、以て僅《わずか》に悶々の情を排せしを語れば足る。然《しか》り而して予の英吉利より帰朝するや、予は明子の既に嫁して第×銀行頭取満村恭平《みつむらきょうへい》の妻となりしを知りぬ。予は即座に自殺を決心したれども、予が性来の怯懦《きょうだ》と、留学中帰依《きえ》したる基督教の信仰とは、不幸にして予が手を麻痺《まひ》せしめしを如何。卿等にして若し当時の予が、如何に傷心したるかを知らんとせば、予が帰朝後旬日《じゅんじつ》にして、再英京に去らんとし、為に予が父の激怒を招きたるの一事を想起せよ。当時の予が心境を以てすれば、実に明子なきの日本は、故国に似て故国にあらず。この故国ならざる故国に止って、徒《いたずら》に精神的敗残者たるの生涯を送らんよりは、寧《むしろ》チャイルド・ハロルドの一巻[*10]を抱いて、遠く万里の孤客となり、骨を異域《いいき》の土に埋むるの遥に慰む可きものあるを信ぜしなり。されど予が身辺の事情は遂に予をして渡英の計画を抛棄《ほうき》せしめ、加之《しかのみならず》予が父の病院内に、一個新帰朝のドクトルとして、多数患者の診療に忙殺《ぼうさつ》さる可き、退屈なる椅子に倚《よ》らしめ了《おわ》りぬ。

是《ここ》に於て予は予の失恋の慰藉《いしゃ》を神に求めたり。当時築地に在住したる英吉利宣教師ヘンリイ・タウンゼンド氏は、この間に於ける予の忘れ難き友人にして、予の明子に対する愛が、幾多の悪戦苦闘の後、漸次《ぜんじ》熱烈にしてしかも静平なる肉親的感情に変化したるは、一に同氏が予の為に釈義したる聖書の数章の結果なりき。予は屢《しばしば》、同氏と神を論じ、神の愛を論じ、更に人間の愛を論じたるの後、半夜行人稀《はんやこうじんまれ》なる築地居留地[*11]を歩して、独り予が家に帰りしを記憶す。若し卿等にして予が児女の情あるを哂《わら》わずんば、予は居留地の空なる半輪の月を仰ぎて、私《ひそか》に従妹明子の幸福を神に祈り、感極って歔欷《きょき》せしを語るも善し。

予が愛の新なる転向を得しは、所謂「あきらめ」の心理を以て、説明す可きものなりや否や、予は之を詳《つまびらか》にする勇気と余裕とに乏しけれど、予がこの肉親的愛情によりて、始めて予が心の創痍《そうい》を医し得たるの一事は疑う可らず。是を以て帰朝以来、明子夫妻の消息を耳にするを蛇蝎《だかつ》の如く恐れたる予は、今や予がこの肉親的愛情に依頼し、進んで彼等に接近せん事を希望したり。こは予にして若し彼等に幸福なる夫妻を見出さんか、予の慰安の益《ますます》大にして、念頭些《いささか》の苦悶なきに至る可しと、早計にも信じたるが故のみ。

予はこの信念に動かされし結果、遂に明治十一年八月三日両国橋《りょうごくばし》畔の大煙火《だいえんか》*12に際し、知人の紹介を機会として、折から校書《こうしょ》*13十数輩と共に柳橋万八《やなぎはしまんぱち》の水楼《すいろう》*14に在りし、明子の夫満村恭平と、始めて一夕《いっせき》の歓を倶《とも》にしたり。歓か、歓か、予はその苦と云うの、遥に勝れるの所以を思わざる能わず。予は日記に書して曰《いわく》、「予は明子にして、かの満村某の如き、濫淫《らんいん》の賤貨《せんか》に妻たるを思えば、殆一肚皮《いっとひ》の憤怨《ふんえん》*15何の処に向ってか吐かんとするを知らず。神は予に明子を見る事、妹の如くなる可きを教え給えり。然《しか》り而して予が妹を、斯《かか》る禽獣《きんじゅう》の手に委せしめ給いしは、何ぞや。予は最早、この残酷にして奸譎《かんけつ》なる神の悪戯に堪うる能わず。誰か善くその妻と妹とを強人の為に凌辱せられ、しかも猶天を仰いで神の御名を称《たた》う可きものあらん。予は今度断じて神に依らず、予自身の手を以て、予が妹明子をこの色鬼の手より救助す可し。」

予はこの遺書を認《したた》むるに臨み、再当時の呪う可き光景の、眼前に彷彿《ほうふつ》するを禁ずる能わず。かの蒼然たる水靄《すいあい》*16と、かの万点の紅燈《こうとう》と、而《しか》してかの隊々相銜《あいふく》んで、尽くる所を知らざる画舫《がぼう》*17の列と――嗚呼、予は終生その夜、その半空に仰ぎたる煙火の明滅を記憶すると共に、右に大妓*18を擁《よう》し、左に雛妓《すうぎ》*19を従え、猥褻《わいせつ》聞くに堪えざるの俚歌《りか》*20を高吟《こうぎん》しつつ、傲然《ごうぜん》として涼棚《りょうほう》*21の上に酣酔《かんすい》したる、かの肥大豕《ひだいい》*22の如き満村恭平をも記憶す可し。否、否、彼の黒絽《くろろ》*23の羽織に抱明姜《だきみょうが》*24の三つ紋ありしさえ、今に至って予は忘却する能わざるなり。予は信ず。予が彼を殺害せんとするの意志を抱きしは、実にこの水楼煙火を見しの夕に始まる事を。又信ず。予が殺人の動機なるものは、その発生の当初より、断じて単なる嫉妬の情にあらずして、寧不義を懲《ちょう》し不正を除かんとする道徳的憤激《ふんげき》に存せし事を。

爾来予は心を潜《ひそ》めて、満村恭平の行状に注目し、その果して予が一夕の観察に悖《もと》らざる痴漢なりや否やを検査したり。幸にして予が知人中、新聞記者を業とするもの、啻《ただ》に二三子に止らざりしを以て、彼が淫虐無道《いんぎゃくむどう》の行跡の如きも、その予が視聴に入らざるものは絶無なりしと云うも妨げざる可し。予が先輩にして且知人たる成島柳北《なるしまりゅうほく》*25先生より、彼が西京祇園の妓楼に、雛妓の未《いまだ》春を懐《いだ》かざるものを梳櫳《そろう》*26して、以て死に到らしめしを仄聞《そくぶん》せしも、実に此間の事に属す。しかもこの無頼の夫にして、夙《つと》に温良貞淑の称ある夫人明子を遇するや、奴婢《ぬひ》と一般[*27]なりと云うに至っては、誰か善く彼を目して、人間の疫癘《えきれい》[*28]と做さざるを得んや。既に彼を存するの風を頽《おと》し俗を濫《みだる》る所以なるを知り、彼を除くの老を扶《たす》け幼を憐む所以なるを知る。是に於て予が殺害の意志たりしものは、除《おもむろ》に殺害の計画と変化し来れり。

然れども若し是に止らんか、予は恐らく予が殺人の計画を実行するに、猶幾多の逡巡なきを得ざりしならん。幸か、抑《そもそも》亦不幸か、運命はこの危険なる時期に際して、予を予が年少の友たる本多子爵と、一夜墨上の旗亭柏屋《きていかしわや》[*29]に会せしめ、以て酒間《しゅかん》その口より一場の哀話《あいわ》を語らしめたり。予はこの時に至って、始めて本多子爵と明子とが、既に許嫁《いいなずけ》の約ありしにも関らず、彼、満村恭平が黄金の威に圧せられて、遂に破約の已《や》む無きに至りしを知りぬ。予が心、豈《あに》憤を加えざらんや。かの酒燈一穂《しゅとういっすい》、画楼簾裡《がろうれんり》に黯淡《あんたん》たるの処、本多子爵と予とが杯を含んで、満村を痛罵《つうば》せし当時を思えば、予は今に至って自ら肉動くの感なきを得ず。されど同時に又、当夜人力車に乗じて、柏屋より帰るの途、本多子爵と明子との旧契《きゅうけい》を思いて、一種名状す可らざる悲哀を感ぜしも、予は猶明に記憶する所なり。請う。再び予が日記を引用するを許せ。「予は今夕本多子爵と会してより、愈《いよいよ》旬日の間に満村恭平を殺害す可しと決心したり。子爵の口吻《こうふん》より察するに、彼と明子とは、独り許嫁の約ありしのみならず、又実に相愛の情を抱きたるものの如し。(予は今日にして、子爵の独身生活の理由を発見し得たるを覚ゆ) 若し予にして満村を殺害せんか、子爵と明子とが伉儷《こうれい》[*30]を完《まっと》うせんは、必しも難事にあらず。偶《たまたま》明子の満村に嫁して、未《いまだ》一児を挙げざるは、恰も天意亦《また》予が計画を扶くるに似たるの観あり。予はかの獣心の巨紳《きょしん》を殺害するの結果、予の親愛なる子爵と明子とが、早晩幸福なる生活に入らんとするを思い、自ら口辺の微笑を禁ずる事能わず。」

今や予が殺人の計画は、一転して殺人の実行に移らんとす。予は幾度か周密なる思慮に思慮を重ねたるの後、漸くにして満村を殺害す可き適当なる場所と手段とを選定したり。その何処にして何なりしかは、敢て詳細なる叙述を試みるの要なかる可し。卿等にして猶明治十二年六月十二日、独逸《ドイツ》皇孫《こうそん》[*31]殿下が新富座《しんとみざ》に於て日本劇を見給いしの夜、彼、満村恭平が同戯場よりその自邸に帰らんとするの途次《とじ》、馬車中に於て突如病死したる事実を記憶せんか、予は新富座に於て満村の血色宜《よろ》しからざる由を説き、これに所持の丸薬の服用を勧誘したる、一個壮年のドクトルありしを語れば足る。嗚呼、卿等請う、そのドクトルの面を想像せよ。彼は纍々《るいるい》たる紅球燈の光を浴びて、新富座の木戸口に佇みつつ、霖雨《りんう》の中に奔馳《ほんち》し去る満村の馬車を目送するや、昨日の憤怨、今日の歓喜、均しく胸中に蝟集《いしゅう》し来り、笑声嗚咽《おえつ》共に唇頭に溢れんとして、殆《ほとんど》処の何処たる、時の何時たるを忘却したりき。しかもその彼が且泣き且笑いつつ、蕭雨《しょうう》を犯し泥濘《でいねい》を踏んで、狂せる如く帰途に就きしの時、彼の呟《つぶや》いて止めざりしものは、明子の名なりしをも忘るる事勿れ。――

「予は終夜眠らずして、予が書斎を徘徊したり。歓喜か、悲哀か、予はそを明にする能わず。唯、或云い難き強烈なる感情は、予の全身を支配して、一霎時《いっしょうじ》*32たりと雖も、予をして安坐《あんざ》せざらしむるを如何。予が卓上には三鞭酒《シャンペンしゅ》あり。薔薇の花あり。而して又かの丸薬の箱あり。予は殆、天使と悪魔とを左右にして、奇怪なる饗宴《きょうえん》を開きしが如くなりき……。」

予は爾来数ヶ月の如く、幸福なる日子を閲《けみ》せし事あらず。満村の死因は警察医によりて、予の予想と寸分の相違もなく、脳出血の病名を与えられ、即刻地下六尺の暗黒に、腐肉を虫蛆《ちゅうそ》の食としたるが如し。既に然《しか》り、誰か又予を目して、殺人犯の嫌疑ありと做すものあらん。しかも仄聞する所によれば、明子はその良人の死に依りて、始めて蘇色《そしょく》ありと云うにあらずや。予は満面の喜色を以て予の患者を診察し、閑《ひま》あれば即本多子爵と共に、好んで劇を新富座に見たり。是全く予にとりては、予が最後の勝利を博せし、光栄ある戦場として、屢《しばしば》その花《はな》瓦斯《ガス》*33とその掛毛氈《かけもうせん》*34とを眺めんとする、不思議なる欲望を感ぜしが為のみ。

然れどもこは真に、数ヶ月の間なりき。この幸福なる数ヶ月の経過すると共に、予は漸次《ぜんじ》予が生涯中最も憎む可き誘惑と闘う可き運命に接近しぬ。その闘の如何に酷烈《こくれつ》を極めたるか。如何に歩々予を死地に駆逐《くちく》したるか。予は到底茲《ここ》に叙説するの勇気なし。否、この遺書を認めつつある現在さえも、予は猶この水蛇《ハイドラ》*35の如き誘惑と、死を以て闘わざる可らず。卿等にして若し、予が煩悶《はんもん》の跡を見んと欲せば、請う、以下に抄録《しょうろく》せんとする予が日記を一瞥《いちべつ》せよ。

「十月×日、明子、子なきの故を以て満村家を去る由、予は近日本多子爵と共に、六年ぶりにて彼女と会見す可し。帰朝以来、始《はじめ》予は彼女を見るの己の為に忍びず、後は彼女を見るの彼女の為に忍びずして、遂に荏苒《じんぜん》今日に及べり。明子の明眸《めいぼう》、猶六年以前の如くなる可きや否や。

「十月×日、予は今日本多子爵を訪れ、始めて共に明子の家に赴かんとしぬ。然るに豈計《あにはか》らんや、子爵は予に先立ちて、既に彼女を見る事両三度なりと云わんには。子爵の予を疎外する、何ぞ斯《か》くの如く甚《はなは》しきや。予は甚しく不快を感じたるを以て、辞を患者の診察に託し、匆惶《そうこう》*36として子爵の家を辞したり。子爵は恐らく予の去りし後、単身明子を訪れしならんか。

「十一月×日、予は本多子爵と共に、明子を訪《おとな》いぬ。明子は容色の幾分を減却したれども、猶紫藤花下に立ちし当年の少女を髣髴《ほうふつ》するは、未必しも難事にあらず。嗚呼予は既に明子を見たり。而して予が胸中、反って止む可らざる悲哀を感ずるは何ぞ。予はその理由を知らざるに苦む。

「十二月×日、子爵は明子と結婚する意志あるものの如し。斯くして予が明子の夫を殺害したる目的は、始めて完成の域に達するを得ん。されど――されど、予は予が再明子を失いつつあるが如き、異様なる苦痛を免るる事能わず。

「三月×日、子爵と明子との結婚式は、今年年末を期して、挙行せらるべしと云う。予はその一日も速《すみやか》ならん事を祈る。現状に於ては、予は永久にこの止み難き苦痛を脱離する能わざる可し。

「六月十二日、予は独り新富座に赴けり。去年今月今日、予が手に仆《たお》れたる犠牲を思えば、予は観劇中も自ら会心の微笑を禁ぜざりき。されど同座より帰途、予がふと予の殺人の動機に想到するや、予は殆帰趣《きしゅ》を失いたるかの感に打たれたり。嗚呼、予は誰の為に満村恭平を殺せしか。本多子爵の為か、明子の為か、抑《そ》も亦《また》予自身の為か。こは予も亦答うる能わざるを如何。

「七月×日、予は子爵と明子と共に、今夕馬車を駆って、隅田川の流燈会を見物せり。

馬車の窓より洩るる燈光に、明子の明眸の更に美しかりしは、殆予をして傍に子爵あるを忘れしめぬ。されどそは予が語らんとする所にあらず。予は馬車中子爵の胃痛を訴うるや、手にポケットを捜りて、丸薬の函を得たり。而してその「かの丸薬」なるに一驚したり。予は何が故に今宵この丸薬を携えたるか。偶然か、予は切にその偶然ならん事を庶幾《こいねが》う。されどそは必ずしも偶然にはあらざりしものの如し。

「八月×日、予は子爵と明子と共に、予が家に晩餐を共にしたり。しかも予は始終、予がポケットの底なるかの丸薬を忘るる事能わず。予の心は、殆予自身にとりても、不可解なる怪物を蔵するに似たり。

「十一月×日、子爵は遂に明子と結婚式を挙げたり。予は予自身に対して、名状し難き憤怒を感ぜざるを得ず。その憤怒たるや、恰も一度遁走せし兵士が、自己の怯懦に対して感ずる羞恥《しゅうち》の情に似たるが如し。

「十二月×日、予は子爵の請に応じて、之をその病床に見たり。明子亦傍にありて、夜来発熱甚しと云う。予は診察の後、その感冒に過ぎざるを云いて、直に家に帰り、子爵の為に自ら調剤しぬ。その間約二時間、「かの丸薬」の函は始終予に恐る可き誘惑を持続したり。

「十二月×日、予は昨夜子爵を殺害せる悪夢に脅《おびやか》されたり。終日胸中の不快を排し難し。

「二月×日、嗚呼予は今にして始めて知る、予が子爵を殺害せざらんが為には、予自身を殺害せざる可らざるを。されど明子は如何。」

　子爵閣下、並に夫人、こは予が日記の大略なり。大略なりと雖も、予が連日連夜の苦悶は、卿等必ずや善く了解せん。予は本多子爵を殺さざらんが為に、予自身を殺さざる可らず。されど予にして若し予自身を救わんが為に、本多子爵を殺さんか、予は予が満村恭平を屠《ほふ》りし理由を如何の地にか求む可けん。若し又彼を毒殺したる理由にして、予の自覚せざる利己主義に伏在したるものと做さんか、予の人格、予の良心、予の道徳、予の主張は、すべて地を払って消滅す可し。是素《もと》より予の善く忍び得る所にあらず。予は寧、予自身を殺すの、遥に予が精神的破産に勝れるを信ずるものなり。故に予は予が人格を樹立せんが為に、今宵「かの丸薬」の函によりて、嘗て予が手に僵《たお》れたる犠牲と、同一運命を担《にな》わんとす。

　本多子爵閣下、並に夫人、予は如上《じょじょう》の理由の下に、卿等がこの遺書を手にするの時、既に屍体となりて、予が寝台に横わらん。唯、死に際して、縷々《るる》予が呪う可き半生の秘密を告白したるは、亦以て卿等の為に聊《いささか》自ら潔《いさぎよく》せんと欲するが為のみ。卿等にして若し憎む可くんば、即《すなわ》ち憎み、憐む可くんば、即ち憐め。予は——自ら憎み、自ら憐める予は、悦んで卿等の憎悪と憐憫とを蒙《こうむ》る可し。さらば予は筆を擱《お》いて、予が馬車を命じ、直に新富座に赴かん。而して半日の観劇を終りたる後、予は「かの丸薬」の幾粒を口に啣《ふく》みて、再予が馬車に投ぜん。節物《せつぶつ》[37]は素より異《かわ》れども、紛々たる細《さい》雨《う》は、予をして幸に黄梅雨《こうばいう》[38]の天を彷彿せしむ。斯くして予はかの肥大豕に似たる満村恭平の如く、車窓の外に往来する燈火の光を見、車蓋の上に蕭々《しょうしょう》たる夜雨の音を聞きつつ、新富座を去る事甚遠からずして、必予が最期の息を呼吸す可し。卿等亦明日の新聞を翻すの時、恐らくは予が遺書を得るに先立って、ドクトル北畠義一郎が脳出血病を以て、観劇の帰途、馬車内に頓死《とんし》せしの一項を読まんか。終に臨んで予は切に卿等が幸福と健在とを祈る。卿等に常に忠実なる僕《しもべ》、北畠義一郎拝。

この小説を中央公論で発表した当時、自分に手紙をよこして、Pall Mall はペルメルと発音すべきだと注意してくれた人がいる。が、自分はやはり外に Pell Mell と云う語がある以上、これはパルマルとした方がよかろうと思う。又この小説を見た人が自分は Pall Mall の発音も知らないかと思って、再度手紙などを貰うと厄介だから、一言書き加える事にした。[39]

（底本『芥川龍之介全集　第三巻』岩波書店、一九七七年）

＊1　演劇改良　明治初期〜二十年代にかけて政府主導で行われた歌舞伎の近代化運動。歌舞伎の高尚化を謳い演目の時代考証や登場人物設定を見直したが、一般市民の支持は得られなかった。

＊2　ヴォルテエルの Candide『カンディード、あるいは楽天主義説』〈原題：Candide, ou l'Optimisme〉。フランスの哲学者ヴォルテール（一六九四〜一七七八）による小説。一七五九年刊。ライプニッツの楽天主義を風刺した内容で、本国で大きな論争を呼んだ。

＊3　北庭筑波　（一八四二〜一八八七）。明治時代の写真家。明治七年（一八七四年）日本初の写真雑誌『脱影夜話』を創刊し、写真ジャーナリズムの先駆けとなった。

＊4　鄭板橋　鄭燮（ていしょう・一六九三〜一七六五）。中国、清代の画家、書家。楷書の中に篆隷の要素を混ぜて書くことで、独特の書式を作り上げた。

＊5　当時まだ授爵の制がなかった　明治十七年（一八八四年）に出された華族令によって、従来の華族が公爵・侯爵・伯爵・子爵・男爵の五爵に区分されたほか、国家に勲功ある平民にも爵位を授爵できるようになった。

＊6　桑間濮上　国を滅ぼすような淫靡な音楽のこと。また、淫乱であること。

＊7　孤笈飄然　なににも縛られずに、自分がもとめるものをのびのびと追求する様子。

＊8　ハイド・パアク　Hyde Park　ロンドンの中心部に位置する王立公園。一五三六年にヘンリー八世がウエストミンスター寺院からこの土地を譲り受けて以来、長きにわたり王家の狩猟場として使われていた。公園として一般に開放されるようになったのは一六三七年のこと。

＊9　パルマル　Pall Mall　ロンドンの中心部にある特別区、シティ・オブ・ウエストミンスターに存在する街路の名前。現在は社交クラブ地区として有名。

＊10　チャイルド・ハロルドの一巻　『チャイルド・ハロルドの巡礼』〈原題：Childe Harold's Pilgrimage〉。イギリスの詩人バイロン（一七八八〜一八二四）による全四巻の長詩。第一、二編は一八一二年、第三編は一六年、第四編は一八年刊。異国を旅する青年の青春を描いた旅行記風の物語。

＊11　築地居留地　開国に伴い整備された外国人居留地の一つ。明治二年（一八六九年）、築地鉄砲洲に開かれた。

＊12　両国橋畔の大煙火　徳川吉宗の時代から毎年隅田川の川開きに合わせて行われた、両国川開き花火のこと。現在の隅田川花火大会にあたる。

＊13　校書　芸者のこと。

＊14　柳橋万八の水楼　両国の柳橋に江戸時代から実在した料亭。歌川広重の「江戸高名会

亭尽　柳ばし夜景万八柳橋」には、川にせり出した万八の水楼が描かれている。

＊15　一肚皮の憤怨　はらわた一杯の憤怒と恨み。

＊16　水靄　水面に漂う靄のこと。

＊17　画舫　遊覧用の美しく装飾した船のこと。

＊18　大妓　一人前の芸者のこと。

＊19　雛妓　半人前の芸者のこと。大妓と併せて用いられる。

＊20　俚歌　流行歌。世間一般で広まっている歌。

＊21　涼棚　暑さを避け涼むために腰を下ろす台。涼み台。

＊22　肥大豕　肥えた豚のこと。

＊23　黒絽　絽は絹織物の一種で、一般的に夏用衣類の生地として用いられた。

＊24　抱明姜　家紋の一種。茗荷の花が二つあしらわれている。

＊25　成島柳北（一八三七〜一八八四）。将軍の侍講をつとめる役職である奥儒者として幕府に仕え、明治に入ると欧米を視察したのち、明治七年（一八七四年）に「朝野新聞」を設立するなど、ジャーナリストとして活躍した。

＊26　梳櫳　遊女を水揚げすること。

＊27　一般　等しいこと。

＊28　疫癘　疫病のこと。

＊29　旗亭柏屋　隅田川の中流地帯にあった料亭の名前。

＊30　伉儷　夫婦関係のこと。

＊31　独逸皇孫　当時のドイツ皇帝ヴィルヘルム一世の孫ハインリヒ（一八六二〜一九二九）。明治十二年（一八七九年）に来日し、同年六月四日の夜、京橋の劇場・新富座にて歌舞伎を観劇した。

＊32　一霎時　しばらくの間。ちょっとの間。暫時。

＊33　花瓦斯　装飾のため様々な形に飾り立てたガス灯のこと。三代目歌川広重による「東京名所図絵　新富座開業式花瓦斯燈」には、「新富座」と屋号をかたどったガス灯が描かれている。

＊34　掛毛氈　壁掛けや幕、タペストリーのこと。

＊35　水蛇　ギリシャ神話に登場する蛇の怪物。九つの首を持ち、一つの首を切ると二つに再生する。

＊36　匆惶　そそくさと。

＊37　節物　その季節のもの。時節の景物。

＊38　黄梅雨　梅雨とほぼ同じ意味。梅の実が黄色く熟する時期には雨がよく降ることから。「きつゆ」とも読む。

＊39　この後書きは、新潮社より大正八年（一九一九年）刊行の作品集『傀儡師《かいらいし》』収録時に加筆された。

刑事の家

里見　弴

今年もみんなで一緒に避暑しよう、と云うことになった。その前の年は、ほかの連中は来るもの帰るもの、折々に顔が変ったが、私と相川《あいかわ》だけは、おっ通しに四十六七日も鹿野山《かのうざん》に籠《こも》っていた。寂れ果てたあの山上の村で、東京湾《とうきょうわん》を一目に見晴らす代りに西日をまともに喰らうあの宿屋の一《ひ》と月半は、なま容易《やさ》しい辛抱ではない、などと連中に冷笑《ひや》かされたものだ。然《しか》し兎《と》に角《かく》それで味をしめた。連中は、また一緒にこの夏を送る土地の詮衡《せんこう》にかかった。赤城山《あかぎさん》、沼津《ぬまづ》、元箱根《もとはこね》、軽井沢《かるいざわ》、あすこここと迷った末が却って平凡に、鎌倉《かまくら》ときまった。そこの海に近い砂丘の麓《ふもと》には、うちの別荘があった。別荘と云うと聞えがいいが、藤沢《ふじさわ》から籠《かご》を仕立てさせて行かなければならなかった古い時代に好奇《ものずき》なうちのおやじが建てたもので、一間の廊下を折り廻した萱葺《かやぶき》の母屋と、その後一家を挙げて移り住むことになった時分に建てました八畳二タ間の新座敷とだが、一時留守番を置かなかった頃には、泥坊だか乞食だかの住家になっていたこともあって、もううちのものは何年にも行ったことがなく、荒れ放題になっていた。仕舞には、あれでは不用心で困ると警察からヤカマしく云って来たけれども、今と違って、長谷《はせ》にしろ、光明寺《こうみょうじ》にしろ、小町《こまち》にしろ、どっちへ出るにしても家一軒ないようなところを七八町も行かなければならなかった滑川《なめりがわ》の川口では、いかにも不便で、中々留守番だって居着きはしなかった。それを云ってうちでは返事をすると、ではこちらで番人は世話をしてやるからと云うので、はいったのが、これが刑事巡査だった。成程《なるほど》それ故のご深切《しんせつ》かい、とうちでは大笑いをした。

座敷のなかで相撲をとろうと、硝子《ガラス》障子をぶち破ろうと、ちっとも痛々しいことのない、この廃屋同然な別荘の話を私が持ち出した時に、二十《はたち》前後と云う年頃の連中は誰一人手を拍《う》って賛成しないものはなかった。その代りには自炊だよ。自炊、いいとも、錠をこじあけて、乞食が使っているかも知れないが、食器なんぞは一揃あっちに蔵《しま》ってある筈《はず》だ。それもよしよし、と話は忽《たちま》ちきまって了ったので。そこで私は二三日うちに行くから、建ましの座敷二タ間だけをあけて置いてくれと、かの刑事巡査に宛てて葉書《はがき》を出した。

七月末近い或る日、朝涼《あさすず》のうちにと七時何分と云う汽車を選んで、車寄せから二十段ほどの石階になっていた以前の新橋《しんばし》駅に落ち合ったのは、先発の岩田《いわた》に相川に私。あとから来る筈になっている楠本《くすもと》や小川《おがわ》は朝の散歩がてら見送に来ていた。

「すっかり支度をして置くから、成可《なるべ》く早く来いよ」

「行くとも。監督として僕がいなけりア、どうにもおさまるまいもの」

「新入には、当分、飯のあと片づけを担任させることにしようじゃないか、ねえ」

「あと片づけはいいが、一体だれが飯やおかずを拵《こしら》えるんだい」

「相川。この人は去年も鹿野山で女房役だった」

「泥鰌《どじょう》の丸煮で悩まされはしたが、丸七《まるしち》*1はあれでも宿屋だぜ、こんだは山賊の住家のあとを襲うんだって云うじゃアないか、とてもその丸煮にだってありつけそうはない」

「おかずは俺に中々自信があるんだが、飯となると……」

「苦手かい」

「まア兎に角、あんまり馬鹿はしなさんなよ。留守番が探偵だって云うから、一言一行手に取るようにおかみへ聞えるわけだ」

「その代りあけッ放しで出かけても、泥坊の用心はいいや」

車窓のうちそとでこんな冗口をききあっているうちに汽車は動きだした。停車場までの俥《くるま》の上では、睫《まつげ》が潤うほどに深くとざしていた靄《もや》も、品川の海の上にホノボノと裾を引いて晴れて行くなかに、真鍮《しんちゅう》の金盥《かなだらい》のような太陽が、苦熱の午《ひる》を予言しながら、脅かす様に天心にノシ上りつつあった。右手が高い煉瓦《れんが》塀になった薄暗い横浜《よこはま》の停車場にとまっている頃には、扇、麦藁帽《むぎわらぼう》、手巾抔《ハンケチなど》が盛んに人々の胸のあたりへ動き始めた。

荷物だけ俥に積んで、私たちは砂埃の道を松原《まつばら》について一の鳥居[*2]の方へ向った。水浴の支度を手拭のさきに結んだのをぶらぶら振り廻したりしながら、浜へ出かけて行く若い避暑客のうちには、もう黒々と焦《こ》げている人が多かった。肉づきのいい胸を張って、海水帽の奥に晴やかな笑顔を傾けながら行く娘もあった。そう云う人々から、連れの友達に目を移すと、まるで病人のように蒼白く見えた。何か肩身が狭いようで、自分たちも一日も早く色上げをしなければ……と云うような気持で、自《おのず》と心が勇む。

海岸通りを踏み切って、もう少し行ってから右手へ、雑草の生え茂った小道へ切れ込むと、小松林の上に、ドス黒くなった萱葺屋根の頭が窺《のぞ》いていた。五ツの早春から七ツの秋まで一年以上もそこで育った、懐しい家を望むと、私は何んだか胸が迫って来た。

玄関には行かずに、いかにもうちのおやじの好みとして適《かな》わしい、例の一間の縁先に立って、私が、「ごめんなさい」と声をかけた。

「はい」

鈍く濁った音声で答えたきり、この暑さにピッタリたて切った障子のなかでは、ゴソゴソと何か身づくろいでもする容子《ようす》で、暫《しばら》く待たせてから出て来たのは、若い私たちの目にも直《す》ぐ臨月と気づかれるほど大きな腹をした四十近い上《かみ》さんだった。そんな大きな腹でも釣り合うほど、顔でも手足でも大ぶりに出来た、器量のよくない女だった。

「私が和田《わだ》の四男です。先達《せんだって》端書《はがき》を差上げて置きましたが……」

「はい、生憎《あいにく》いまやどは*3一寸《ちょっと》出かけましたが、さア、どうぞまア……」

その時、声を聞きつけて、台所の方からバタバタ駈けだして来たのは、九つと六つぐらいになる女の子だった。姉の子はベッタリ廊下に手をついてお辞儀をしたが、妹の子は母親の背にくっついて、上目づかいにじろじろこっちを見ている。

「さ、千代ちゃん、お辞儀はどうしたの」と上さんが肩ごしに手を引っ張ると、益々ヘバリ着いて、顔をかくして了《しま》った。姉娘とは大違いに、これはクリクリとした、誠に可愛らしい子だった。

草深い道に俥が通らなくなって了ったとみえて、俥夫は肩の上に行李《こうり》など載せて、ブツブツ口小言を言いながらはいって来た。上さんは、私たちがとめるのも聴かずに、姉娘にも手伝わせて、荷物を座敷の方に運んでくれたりした。

床の間には書籍、違棚《ちがいだな》には鑵詰《かんづめ》瓶詰などの食料品、押入れには二つにわったためいめいの行李をおさめるなどして、荷物の整理もついた。母屋の台所を留守番人と兼用に使うのはまずい、と言うので、建ましの時につけた玄関の沓《くつ》ぬぎを私たちの台所ときめた。いい按排《あんばい》に戸棚の錠もこじてはなかったので、うちから持って来た鍵であけてみると、埃だらけながら食器や寝具も出て来た。それらの始末もしてから、大船《おおふな》で買い込んで来た弁当で昼飯をすますと、汗流し旁々《かたがた》、つい砂山一つむこうの浜辺へ、うちから裸体になって、早速水浴に出かけた。

「実は、面倒臭い時には、上さんに煮たきを頼もうと思っていたんだが、あれじゃア駄目だね」

「時に妻みごもれり、じゃアね」

途々《みちみち》私たちは、こう話しながら、足のうらを焦《や》くような砂の上に、浜草の生えた所をよって歩いた。丘を登ると、微温《なまあたた》かく汐臭《しおくさ》い海の風が吹いていた。海浜院《かいひんいん》*4前から長谷の方の海には、胡麻を撒いたような浴客の姿が見下ろされた。耳に鳴る風のあいまには、多勢の人声が連続音になって微《かす》かに聞えて来た。長い浜に捲《ま》く波は、真昼の焦くような陽の下に、ドドドドドドッと懶《ものう》げな音を引摺《ひきず》っている。五つの年から私を抱き孕《はぐく》んでくれた馴染の深い海だ。飛ぶように丘を駈下りた惰勢をそのまま、小指の先で唾を両耳に支《か》いながら、懐しい海のふところへ、――波のなかへ、イキナリ頭からのめり込む……。子供を扱う父親の手荒さで、波は、久し振りの私の体を、ヨイショと一つはずみを打たせてから軽々と抱き上げてくれた。私は声をあげて歓んだ。もう全身汐に濡れて、滑らかに光り、柔かに冷される気持、……私は夢中でまた来る波のなかへ潜り込んで行った。

有繫《さすが》に労《つか》れ切って四時頃に帰って来た。井戸ばたで、淡水《まみず》で体を洗ってから、タオルを腰巻にして座敷へ来ると、岩田が紙裂縒《かんじんより》*5に耳のなかの汐水を吸わせながら、低声《こごえ》で、

「刑事先生帰ってるよ。もういい加減な爺さんだぜ」と云った。

やがて私は着物を着て、うちで用意してくれた手土産を持って、廊下つづきの母屋

へ出かけて行った。

この時分もう大分芝居や小説に中毒していた私には、探偵と云えば、人はよくなかろうとも、どっちみち道楽商売のことで、解りのいい、どこか小粋《こいき》なところのある人間のように思われていた。何かの口絵か挿絵で見たのがあたまに染みついていたものか、深く摘まんだ焦茶の中折帽を真深に被って、結城か何んかの袷《あわせ》の裾を、手を長く締めた博多紺献上《はかたこんけんじょう》*6の帯に七三にからげ、甲斐絹《かいき》*7のパッチ、白足袋の突ッ掛草履で、忍びがえしのついた黒板塀《くろいたべい》を背にして、少し上わ目づかいに、ジッとこう佇んでいる色白な、敏捷《すばし》ッこそうな男——そう云うのが探偵らしい探偵のように思われていた。

ところが、留守番の芝田刑事に遇《あ》ってみると、まず、——鎌倉の土地で云ってみれば別荘地の周旋《しゅうせん》をして下駄をはくとか、百姓をおだてて三百代言《だいげん》*8めいた掛合《かけあい》に行くとかそんなことにばかり身を入れていて、商売の荒物の方は女房まかせにしているとでも云った風な、狡猾な田舎爺《いなかおやじ》をそのままだった。なか禿《はげ》の胡麻塩頭を五厘刈にして、酒焦《しゅやけ》のした骨高い胸をはだけたまま、ゆかたの膝をわった間で、紅の多い石版刷《せきばんずり》の中元団扇をクルリクルリ廻しながら、視線をあちこちへ逸らせて、決して私の方をジッと見ることをしずに、

「どうも今年はまたヒドイお暑さで」と云って、そのことがさも可笑《おか》しいことのよう

に、エヘヘへと笑ったりした。明かに、どう云う話題がこの若い書生さんの気に入るものか、直ぐには見当をつけかねて、ソロソロ探り足に近寄って来ると云った風だった。

「まだ拝顔の栄は得ませんが、御親父《ごしんぷ》様は御健勝で？　アアさようで。矢張り唯今でも何ですか、日鉄の方へ？　アア成程。私どもの親戚のもので、四五年前まで上野の駅へ勤めて居ったものがありまして、以前からお名前だけは何でした、ヘエ、エッヘへへ」

　そこに血色の悪いイジケたような姉娘が、番茶をなみなみとついだ茶碗を目八分に捧げて、ソロリソロリ摺り足をしながらはいって来た。と、妹の子が続いて駈け出して来て、

「ほうほう、あぶないあぶない」

と囃《はや》し立てながら、姉の戦々兢々《せんせんきょうきょう》とした容子をさもさも小馬鹿にしたような顔つきで、あたりを跳ね廻ったり、指のさきでチョイチョイ腋の下をつッ突く真似をしたりした。姉は然し、「およしよ」とも言わずに、茶碗のなかに波立つ液体から少しでも目をはなさずに、真面目くさって、益々体を堅くした。

「あの通りです」と老探偵は、殆《ほとん》ど「好色な」と云ってもいいほど、とろけ出しそう

な顔つきをして、跳ね廻る妹の子を、貪《むさぼ》るように目で追い廻していた。

「ソラ、けんのんけんのん。こぼした、あぶない」

調子に乗って巫山戯《ふざけ》かかっているうちに、故意《わざ》とか、拍子か、妹の指さきが姉の肘にさわったので、少しばかりの茶が畳の上にこぼれた。

「いやよ、千代ちゃん！」

姉は口惜しさを嚙み殺して、嘆願するような恨めしげな目をあげた。

「馬鹿！　気をつけないか」

子供の巫山戯るのを見てトロトロしていたので、子煩悩なおやじとばかり思われた芝田が、思いもかけず、その時だしぬけにケワシい目つきをして怒鳴った。更に驚いたことには、その、怒られたのは、罪も報いもない姉娘だった。一声でその子が、雷に撃たれたように、茶碗を捧げたなりにヘトヘトと坐って了ったのにひきかえて、妹の方は平気の平左で、

「おッかちゃん、ねえちゃんがお茶をこぼしたよ」と叫んで、袖なしの裾を頭からくるッと被ると、

「やア、大変々々。雑巾々々」などとまだ巫山戯ながら、バタバタ台所の方へ駈けて行って了った。

「何をぼんやりしてるんだ。早く拭かないと、すっかりしみ込んじまうじゃアないか」

こう厳しくきめつけて置いて、私の方を見向くと、芝田は急に突拍子もなく、「アハハハハ」と笑った。私はイヤな気がした。

隔ての板戸をピッタリとたてて、やがて私が新座敷の方に帰って来た時には、友達は二人とも見えなかった。暫くすると裏の井戸ばたの方から、相川の声で、「千代ちゃん千代ちゃん」と呼んでいるのが聞えた。

「なんだ、相川のやつ、もう千代ちゃんだなんてやってるぜ。早いやつだな……」

思いがけず、間近で、岩田の声がこう云った。見ると、夕日を逃げて、東側の縁側に寝転がって、新聞か何んか見ているのだった。

「うん、やってるね」

「女房役の先生、そろそろ女中がわりに手なずけようと云う下心だろう」

「まさか」

「一体どっちが千代ちゃんなんだい、いつの間に名前なんぞ覚えるんだか、全くあいつは早いな」

「ちいちゃい可愛い顔をした方だ」

「矢《や》ッ張《ば》りね」

「だが、あいつァ後生恐るべしだよ。何んとかお千代とでも云われる毒婦になりそうな傾向があるね」

「これもまた早いね」と岩田は笑いだして、「どうしてだい、そりゃア」

私が今の母屋の出来ごとを話している所へ、相川は跣《はだし》で、バケツを下げて庭へ廻って来た。

「オイオイ」と岩田が笑いながら声をかけた。「折角《せっかく》千代ちゃんを手なずけても、ありゃ、君、毒婦だとさ」

「毒婦？」と、相川は仰山《ぎょうさん》に吃驚《びっくり》したような顔をしたが、「イヤ毒婦でも結構。すっかりもうお友達になっちまった。利口な、いい子だよ」

「ソラ、もうこの通り相川はたらされて了った。だから女はこわいと云うんだ」

私はもう一度さっきの話を初めからしなおして、二人に聞かせた。それについて、めいめい偶感を述べたが、それが青年らしい倫理批評にならないわけはなかった。結局、悪者は老探偵だった、姉娘が同情の焦点になったことは云うまでもないが、問題の「千代ちゃん」については、相川が余り弁護の位置に立つので、勢い私は、峻烈《しゅんれつ》に論告する検事の役廻りに廻った。

「そりゃア、無考《むかんが》えな親の偏頗《へんぱ》な愛によってスポイル*9されたと云う点では、勿論《もちろん》同情するさ。だけど、ありゃアどうもあんまり質《たち》がよくないよ。今に馴れて遠慮がなくなって来てみたまえ、きっとたまらないぜ、まア。あんまりこっちの部屋には寄せつけないことだね」

誰よりも子好《こずき》な私が、こんなことを主張しなければならないハメに立った。

翌《あく》る朝になってみると、留守番人夫婦と子供のほかにもう一人みうちの者だか、同居人だかがいることが解った。

二十二三になる青ンぶくれの若者で、口のききよう、動作、どうしても少したらない人間らしく見えた。海水帽よりはいくらか編みの堅い、よく魚屋が被っている鍔《つば》の広いやつをあみだに被って、手拭をはいだ袖なしの紐を胸高に結い、下は三尺一つで、冷飯《ひやめし》草履*10を突ッ掛けて、朝早く、——と云っても七時半頃から出て行った。私たちが第一日のもの珍しさに、いつになく早起きをして、パンと紅茶で朝食をやっているつい鼻のさきを通るにも、挨拶一つせず、私たちの視線にもめげずに、散歩にでも出るようにブラブラ歩いて行った。

「何んだい、あいつは、一体」

昨日芝田刑事が、この同居人について一言も云い及ばなかったことと、今ひとを小馬鹿にしたように、挨拶一つしずにブラブラ出て行った男の容子とで、誇りを傷けられて、私が憎々しげにこう云った。芝田が留守番人である以上、うちのおやじは主人でなければならない。随《したが》ってうちの家族も主人の分前を有《も》っている筈だ。例えば、それを父母と八人のきょうだいに等分したとすれば、少くも私は十分の一だけ主人でなければならない筈だ。それを彼等は、あんまり主人に対する礼を知らなすぎる、――と云った気持だった。

「昔の御用聞、今の密偵《いぬ》と云うやつかも知れないぜ」と岩田がニヤニヤしながら云った。

「探偵が探偵なら、密偵も密偵だ」

「あれはね」と、腸胃の悪い相川が、一片のパンを永くかかって咀嚼《そしゃく》しながら、あれはお上さんの妹、じゃアない弟でね、緒《お》と臭橙《だいだい》と傘と柿とを暮に市に持って行って、親代々のかさッかきと呼び売りをして失敗した有名な先生だよ」と、中々なまやさしい学問では故事出処の知れそうもない、へんてこな洒落を云った。

午前、勉強時間と、云う規定に従って、岩田と私とは机の前に坐った。相川はそとに出て行ったが、物置で古いこわれかかった籐《とう》の寝椅子を見つけ出して、井戸ばたでジャアジャア水をかけて綺麗にしたのを、やがて縁側へ持ち込んで来た。

「俺は一つ哲学的瞑想に耽《ふけ》ることにしよう」

などと独りごちながら、その上に楽々と横になった。あたりがシインとして、急に波の音が静かなリズムを刻んだ。その音で、私は正確に波の高さを知ることが出来た。今日は海は繁昌しそうだ。思ううちに、いつか私は、東京から読みかけの、モウド訳のレザレクション*11のなかに惹き込まれて行った。


「コンチャ、井上《いのうえ》でござい、何んぞ御用は」

庭先の縁側へ来て、小僧はもう図々しく腰をかけていた。


「オイ、お上さん」岩田はこう相川へ声をかけながら、見ると、いつのまにかもういい心持に寐《ね》入っていた。


「オヤオヤ、すっかり瞑想に耽っちまったぜ」

「こう云うお上さんじゃア、世帯は張っていけないね」

「この人がお上さんなんですか」と小僧はいきなり頓狂《とんきょう》な声を出した。それで相川が目をあいた。少し蒼白くなるだけで、決して寝脂を浮かせたり、涎《よだれ》をたらしたり、いかにも寐起きらしく小穢《こぎたな》くならないのが、神経質で、克明で、いつもゆかたの下にキチンと襦袢《じゅばん》の襟を重ねているような、慎み深い彼の心持が、寐たまにも忽《ゆるがせ》にされないと云った風な感じだった。

「そうだ、この人がうちの女房だから、御用はいつでもこの人に訊くんだよ」

「お上さんが、朝ッぱらから昼寐なんぞするんですか」

相川は椅子から起上ると、突然、

「その当座、女房あさから眠たがり、と云うのはなかったけかね」

「巫山戯ちゃアいけない。その当座と云うが、一体、君のはどの当座だい」

「着任早々で事務繁多《はんた》を極めるこの当座さ、……、えエと、井上だね、君は。井上なら、えエ砂糖、塩、味噌、醤油、味淋《みりん》、エトセテラ、ハマヤラワ、何んでもいいから、ありッたけ持って来たまえ。ああ忙しい忙しい」

だんだん私たちの自炊生活も調《ととの》って行った。玄関の二畳に米櫃《こめびつ》が据《すわ》った時には、

「これでグッと舞台が引き締ったね」などと眺めつくしていた。鍋でたく飯も呼吸が嚥《の》み込めて来た。フライパンは驚くに足らないとしても、おろし金《がね》や客用の割箸まで備わっているには、あとから来た連中も舌を捲いた。と云っても、書生流儀はヒドいもので、或時むし焼豚を拵えようとて、大きいなり水から煮ていると、やがてブクリブクリ浮いて来るものがあった。見るとそれが蛆《うじ》だ。有繋に捨てようと云う説が多かったが、その時には小川と云う高等学校の生徒が来ていて、自分の方の独逸《ドイツ》語の教師

に、五十近い今日まで独身で間借りの自炊生活を続けている哲学者があって、その人などは牛肉を買ってから態々《わざわざ》三日も四日も置いて、蛆をわかせてから食う。その方が消化もいいのだそうだ、と話したので、連中も思い切って「哲学者」になって了ったこともあった。

「料理番の方は、兎に角仕事が積極的だね、どうもあと始末と云うやつは……」などと云って誰しもその「消極的」な仕事は逃げようとした。結局相川がボツボツともの静かに皿洗いなどやっていた。

「相川さん、お手伝しましょうか」

どうかすると姉娘が、オズオズと、却って頼むような目つきをして寄って来た。母親がだんだん動けなくなるにつれて、この十にもならない子が、一家中の食事からすすぎ洗濯ふき掃除まで、殆ど一人でやっていて、一日体に暇のないなかから、こうした心づくしをみせるのは、よくよく優しい言葉に飢えているのだった。

「ええ、ありがとう、手伝って頂戴《ちょうだい》」

相川が女と話をする時には、声がまるっきり不断と違って了って、妙に甲高く、顫動音《トレモロ》になって、それで言葉の調子は馬鹿にまたゆっくりと、ネトネト粘りだすのは不思議だと楠本が評したその「不思議な」調子で、相川が優しく、貴婦人に対するよ

うな礼譲をもって答える。娘がイソイソと流もとに近よる。と、

「お市、お前はまたチョコマカして、お皿でもこわすといけないから、およしなさいよ」

もの静かに云おうとしても、姙婦の苛立《いらだ》たしさを包み切れない声で、たて切った障子のなかから母親がこう云った。

「ハイ」

お市はトタン製の洗い桶へかけた手をソッと引ッ込ませて、伏し目になった。

「なアに大丈夫ですよ。こんな皿の一枚や二枚、どうせ和田のうちのもんですもの。何んなら一枚わってお目にかけましょうか」

こう、上さんにもまた座敷の連中にも聞えるように、これは不断馬鹿口でも利く時の調子で大声に、磊落《らいらく》に常談を云った相川の目は、然しうるんでいた。

「オホホホホ、まァ、ご常談……」

「そんな余興をお目にかけるにゃア及ばないよ」

この、上さんと私の声とは鉢合せをした。お市は、けれども、ふいと台所の方へ行って了った。

そのうち、みんな地金《じがね》の寝坊が出て来た。一度起きて雨戸をあけてから、また床の上に転がって、蚊帳《かや》の裾をあおる朝風を楽しんだ。

「お上さん、でけたての半平《はんぺん》はいりませんか」

青ンぶくれの若者の声だ。「でけたて」で、思わずみんなプッとふき出して了った。

「そうさね、二つほど置いといておくれな」

上さんの声が懶《ものう》げに答えた。「長さん。半平はいいが、お前さん今日も休む気かい」

「もう廻っちまったんですよ」

「だからさ、私の云うのは、お午ッからのことさ」

長吉は、低声になって何かブツブツ云っていた。彼は夏場だけ魚屋の棒手《ぼて》ふりを稼ぐ気で、三崎《みさき》から来ている、ここの主人のみよりの者だった。

「お前さん、それじゃア脚気《かっけ》がありゃアしないのかい」

上さんの声が暫くしてからまたこう云った。

「あるね、慥《たしか》にあるね、あのふくれ方じゃァ」

楠本は、仰《あお》むけに寝転がって、披《はだか》った胸の面皰《にきび》を爪探《つまさぐ》りながら云った。

「老探偵、ゆうべもあけたらしいぜ」

岩田は腹んばいになって、煙草を喫していた。私も口を出して、

「この頃はまるでうちにいつかないね」

「ご別荘がたが入り込みますと、どうしても事故が多くなりますんで、エッヘヘヘヘ」

と、楠本は上手に芝田の仮声《こわいろ》を使った。私たちの来たてには、芝田は、よくうちでゴロゴロしていた。完全に何一つしずに食っては寝、食っては寝している容子だった。

「あのおやじ、相川以上の哲学的瞑想家だよ。尤《もっと》も、シャロックホルムスだって、この暑さじゃアそうのべつ駈け廻っちゃアいられまいからな」

そんなことを云っていると、或る晩なんと思ったか、(恐らくそのゴロゴロしていることにも倦み労れたのだろうが)私たちの座敷の方へやって来たことがあった。

「お職掌柄、種々《いろいろ》こわいことや面白いことがあるでしょうね」とその時私は水を向けてみた。

「なに、こわいこたアありません。そうかって別に面白いこともありませんな。まアなに家業にしろ、その道にはいってみりゃア、つまり「辛い」が第一でしょうかな。貴方がた書生時代と云うやつが、一番面白い時でさアね。みなさん、これにおいといのない、結構この上なしのご身分でいらっしゃるから……」

一日一度は必ずつくるかと思われるほど馴れ切った手つきで、拇指と食指《ひとさしゆび》の輪をチラリと見せると、その手で直ぐに盆の窪をペタリと叩いて、例によってへへら笑いをした。

　こっちは夜食を消化《こな》す気で、よってたかって話を釣り出して、笑う算段をした。けれども、職務の秘密を守るのか、まるっきり自慢になるような手柄話がないのか、これと云う獲ものもなかった。汽車などに乗っていると、こっちでは見知りのない男がペコペコと頭を下げて、「旦那、今日はまだ悪戯《いたずら》してやしませんから、どうぞお見逃しを……」などと云って、次の駅へ来るとさっさと下りて行くのがある、これが箱師《はこし》と云うやつだが、そんなものに一々かまっちゃァいられない、と云うようなことをいい心持そうに話していたくらいのものだった。

「それじゃァ貴方は、掏摸《すり》係りとでも云うのですか」と岩田は真面目くさった調子で訊いた。

「イヤ、そんな、掏摸係りなんてものはありゃァしません」と、大分気色を悪くして、「刑事と云われるからにゃァ、窃盗だろうが、殺傷だろうが、強盗、強姦、乃至《ないし》また何んですな、破獄囚《はごくしゅう》ですとか、そりゃァもう一切がっさい扱えなけりゃァ、一人前とは云われないでしょう」

「強盗なんて随分ケンノンですね」

「なアに、貴方、向うが弱味のある人間ですもの、仮令《たとえ》食ってかかって来たって知れてまさア」

「でも、刃ものを持っていられちゃアかないますまい」

「なアに、貴方、それだって……」

「飛び道具じゃア仕方がないでしょう」

老刑事は黙って了った。この不良少年めら、甘やかしてやれば増長しやがって、年かさものを小馬鹿にしやがる、——そう云う心持で、一座をジロリと睨《ね》め廻すと、

「ヤアどうもとんだおさまたげを致しました」と云って、さっさと帰って行って了ったことがある。

「なんでもあの、楠本が飛道具を食わせたあの翌日あたりから、めったにうちによりつかなくなったんだぜ」

「ああ、丁度この頃は闇だ、楠本、気をつけないと、……一番ヒドく睨まれたのは君だったよ」

「晦日《みそか》に月の出る里も、闇があるから、覚えていろ[*12]、か。……起きようか」

「起きて、でけたての半平でも食うか」

晩には、みんなゾロゾロつれだって、長谷の町へ買い出しやら散歩やらに出た。或る店には娘として少しふけすぎた位の年恰好の、ほんの少しばかり斜視になった蓮葉《はすは》らしい娘がいた。カチウシャ・マスロヴァ[*13]も「少し斜視」だとなっている所から、その娘には、私が「マスロヴァ」と云う渾名をつけていた。或る晩そのマスロヴァが店さきに腰をかけているところへ私たちが通りかかった。あとで相川の語る所によると、彼女は多分ビールであるらしい色合の液体を盛ったコップを持っていたが、私たちを見ると、そばの柱の周りをこっちの歩みにつれて、目立たないほどにソロリソロリと廻しながら、遂《つい》に隠し終せたのだと云う。

「ほんとうか」

「いかにマスロヴァでも、吾輩《わがはい》の眼力はくらませまい。まさに、いま浄玻璃《じょうはり》の鏡にかけたる如くだね」

「ふうん、ほんとうだとすれば、そいつア……」

「どうだって云うんだい。驚いたってえのか」

「話せるって云うのか」

「呆れたって云うのか」

「イヤ、待ってくれ……非常に面白いね」

全くその話は妙に私の好奇心を唆《そそ》った。牢舎《ろうしゃ》でヴォッカをあおろうとも、それは兎に角紙の上の女だ。このマスロヴァは生きている……。

「面白いなア」

「いかにも和田らしい、悪趣味だね」

また他の店には「野末《のずえ》派」と呼ばれる娘がいた。この名称は、丁度その頃朝日新聞に連載されていた藤村の「春」[*14]から来ていた。——私たちの夜の散歩では、そう云う店で買物をしたり翌朝届けて貰うものを註文したりする一分か二分に、大きな希望と失望とが懸《かか》っていた。「野末派」には、相川が一番興味をもっていた。

権五郎社《ごんごろうしゃ》[*15]のそばには、同じ学校で、中学にはいったばかりの兄弟が来ていた。或る晩の散歩に、そこによって遊んでいるうちに、ふと泥坊の話になった。

「オオ、そう云えば先達僕ンとこに泥坊がはいってね」

と、午前中は大西《おおにし》博士の哲学史[*16]と首ッ引きをしている無口な小川が話しだした。話せば、話術はうまかった。不断が真面目なだけに、年下の友達は勿論私たちも中途ではうまうま乗せられて了った。それは然し、別段珍しくもないつくり話だった。

「どうも……可笑《おか》しいから思わず、「鼠かしら」って独語《ひとりごと》を云ったんだよ、僕がさ。馬鹿だね、黙ってソッと行って見りゃアよかったんだがね。するとね君、チュウチュウ鳴くんだ。ああ矢ッ張り鼠だったかと思って安心して少しウトウトしかけたかと思うと、また、ゴソゴソ、暫くおいては、ゴソゴソだろう、今度は前より少し音が大きいんだ、「はてな猫かしら」って云うとね、暫くしてニャアニャアと二声ばかり鳴くのさ……」

で、だんだん音が大きくなる。犬かしら、と云うとワンワン吠える。牛かしら、と云うとモウ、モウと唸《うな》る。こいつ泥坊、ふとい奴と飛び起きて行くと、もうおもてを逃げて行く。直ぐ追いかけて、（小川のうちは柏木《かしわぎ》*17だったから）発電所の裏の溝川《どぶがわ》へ追いつめると、泥坊はここに進退谷《きわ》まって、川へザブンと飛び込む。そばに駈け寄って見ると、頭から溝泥だらけになって了ったので、人間のようでもあり、棒杭《ぼうくい》のようでもある。見分けかねて、思わず、「こりァ杭かしら」と独語つと、泥棒が、「クイクイ」と云うのがおちだった。

「いやだア」と弟の子が叫んだ。「なんだか変だ変だと思っていたら……」

「そうしたら泥坊がヘンヘンって云うだろうぜ」

私たちはさんざ笑って、帰りには、夜光虫《やこうちゅう》が波がしらを蒼白《あおじろ》く見せている海岸づたいに帰って来た。

長吉は脚気が重って床に着くようになった。

「長公、チョがつくチョンないの、チョニかアけて、チョニぶくろ、チョッチャカチョッチャカ。やアい。長公はチョニぶくろじゃアない、チョニぶくれだ。だからほんとにぶくれちまったろう、やアい」

お千代が枕もとを跳廻りながら、こんなことを云って囃したてていた。

「なんだい、千代ちゃんだって、チョがつくじゃアないか」と長吉は、まるまる子供相手と云う心持ばかりでもないらしく、いい年をして言葉相手になっていた。「千代ちゃん、チョがなくチョンないの、だ。チョニかアけて、チョニぶくれ。やアい、お前だってチョニぶくれじゃアないか」

「よしておくれよ、みっともない」

八月ももう末近くなっても、未だに容子のない姙婦は、永い間の暑さでクサクサしているらしく、ことごとにトゲトゲしい声をたてていた。姉のお市などはコッパイ[*18]だった。お千代は、母親が余りガミガミ云うと、さっさとそばを離れて、私たちの部屋の方へ顔を出した。

「にいちゃん……」

一時は連中の、なかでも楠本の寵愛を一身に集めて、東京から来た菓子などを直ぐお裾わけをして貰っていたお千代も、今ではもう少し飽きられかけてきた。「何んと云っても、可愛らしいやつが可愛がられる、当り前の話じゃないか」と云っていた楠本までが、「千代公のやつ、執拗《しつこ》いからいやさ。何んだか、今からこう脂ッこいような感じがするね。全くあいつァ、毒婦型の女だよ。今に長谷のマスロヴァどころのものじゃアなくなるぜ」などと、大分説が変って来た。そんな風だったから、誰も故意と相手にならずに、知らん顔をしていた。

「にいイちゃん……」

「膝のところへ来て、ひとの顔色を見ながら、ニャアオと鳴く猫の感だね」と楠本がその比喩の適切さに自ら満足して、ツルゲネエフの散文詩集[*19]から私の方へ目を移した。

「今、にいちゃんたちは、みんなご勉強だから、またあとでおいでね」と、私がさもさも五月蠅《うるさ》そうに響かせまいとして、出来るだけ言葉をゆっくり云った。

　こう云う時には、いくら火のつくように、母親が呼び立てても、何んの甲斐もなかった。聾のように、知らあん顔をして、板戸の隙から窺き込んだ首を、強情に、いつまでも引っ込めなかった。その強情さに、うっかり興味をもって了うと、まだいるかしらんと思って、時々そっちを見向きたくなる。そして視線が合うと、お千代は可愛い靨《えくぼ》を見せてニッコリ笑う。こん畜生と思って踏んばってみても、私のような子好は、いつのまにかもうこっちでも笑顔で応えている。

「にいちゃん……」

「なんだい」

「あそばない？」

「オイ、相川、ちょいと哲学的瞑想から覚めてくれよ。どうも、雲《くも》の絶間姫《たえまひめ》[20]にあっちゃアかなわない。もう半頁でいいきりになるんだから、ちょっとのま相手になってやってくれよ。たのむ」

「心得た」

相川は威勢よく身を起して、「千代ちゃん、お庭で遊ぼう」

二人して出て行ったと思うと、程なく相川は一人になってボシャリ帰って来る。

「どうしたい」

「もうお友達よりお母ちゃんの方がよくなっちゃった」

「踏み台だね」と岩田は、ギリシャ、ロオマ建築史の頁から目を離さずに、冷やかにこう呟《つぶや》いた。

「ゆうべの騒ぎは何だったろう」

「シャロックホルムスが、馬鹿に激昂した調子で永いことなんか喋ってたぜ」

「送って来たらしい人達が帰るときに、頻《しき》りとお大事にお大事にって云ってたね……」

「そりゃアお上さんに云ってたんだろう」

「じゃア、お産があったんじゃないか」

「そんな容子もないが、芝田のやつ、またこの前のように、酔ッぱらって来た位のことなんだろう」

「さア……。それにしちゃア少し騒ぎがエラかったな。でけたての半平まで、例の重い足どりで、ドタンドタン歩き廻ってたぜ」

「一つ俺が探偵してやろう、――毒婦を密偵に使って」

こんな語のうちに朝めしがすむと、いつになく楠本があと片づけに廻って、要りもしない水を裏の井戸まで汲みに行ったり、一間の縁先に忍びよってうちの容子に耳を傾けたりした。――芝田刑事の声で、「馬鹿にしてやがる」とか、「つまらねえ」とか呟きながら、時々ウンウン唸っている声が聞えて来た。

「どうも、喧嘩でもして、なぐられて来たらしい形跡があるね」などと、一寸来てコソコソと耳語《ささや》いては、楠本はまたどこかへ出て行った。不思議に、あのお千代が、今日は鳴りを静めていた。

午後になってから、とうとう楠本は、門柱のかげでおしッこをしているお千代の後姿を、ふと窓のそとに見つけた。

「待ってくれ。何か菓子はないか、菓子は」

慌てて戸棚を引っかき廻して、サフレーを三つ四つ紙に包むと、そッと庭の方から廻って行った。

二十分ほどすると、楠本は興奮したように赤い顔をして帰って来た。連中は、——そんなことにあまり興味を感じない小川まで、何か大変な報告を聞き得ることと予想して、成功して来たらしい楠本探偵を取り巻いた。

「どうしたどうした」

聞かれると、急に楠本はワッと云って笑い転げて了った。赤くなっていたのは、息をとめて可笑しさをこらえて来たのだった。

事実は馬鹿々々しいことだった。ゆうべ晩《おそ》く、芝田刑事は巡邏《じゅんら》中に持兇器《じきょうき》の犯人に出逢った。そうして犯人は逃げ、刑事は臀《しり》を二三寸切られた、と云うだけのことだった。けれども、それが共同生活に附帯する義務ででもあるかのように、みんなは声をあげてドッと笑いだした。

「臀だぜ、オイ、臀肉を切り取られたんだぜ」

と楠本は、笑いに息も絶え絶えになりながらも、実際感じられるだけの可笑しさをいやが上にも可笑しくして、遂には笑い死のうと決心したように、腹を抱えて転げ廻った。

「正面傷《まっこうきず》は御加増《ごかぞう》とも相成るべきだが、臀を切られるとは、ハテサテ、武士の風上に置けぬやつじゃわい」

相川がまた、真面目くさってこんなことを云うので、私たちの笑いはもう一度その勢を盛り返さなければならなかった。

それから四五日経った或る晩、例の通りみんな揃って長谷へ出かけることになった。いつも一人残らず出かける時の例として、「一寸出かけますからお願いします」とか、「あけッぱなしで出かけますからお気をおつけ下さい」と母屋の方へ声をかける。その晩も縁さきから声をかけると、障子のうちでおやじが不精ッたらしく、

「ハイ、どうぞごゆっくり」と答えていた。

連中はまたいつもの他愛のない冗口《むだくち》を利き合いながら、ブラブラ出かけた。ところが、一町も行かないうちに、私は、急に腹が痛くなって来た。その朝から二度ほど下痢をしていたのでこいつはいけないと思って、一緒に帰ってくれると云う小川の深切も断って、そこから一人で引き返して来た。そして、あけっぱなしの縁側から直ぐ厠

へ飛び込んだ。が出て来てからもまだ痛むので、私はそのままジッと畳の上に転がっていた。

……ふと気がつくと、母屋の一間の縁側と玄関との境の板戸が、ガタガタと鳴って、それから砂のたまった敷居の溝をジャリジャリと戸を引きあけられた。思わず私は息を引いた。兎に角芝田刑事の一家の者だ。その誰にもせよ、若《も》しこっちの部屋にはいって来たら、そして私のいることを知ったなら、それがどんな止むを得ない用事であったとしても、少なくも間の悪い思いはしなければなるまい。——私は、その人の面目をどうかして助けたいと思った。後から考えれば、大きな欠伸《あくび》をするとか、本を音読しているふりでもすればよかったのだが、咄嗟の場合とてもそんな智慧は出なかった。このまま、塩を振られた蛞蝓《なめくじ》のように、自分の体が消えてなくなることを希《ねが》うばかりで、小さくなって息を殺しているよりほかはなかった。

暫く沈黙が続いた。私は自分の耳を疑い始めた。……先達、前の晩の炊事を自分でして、翌日また昼飯の用意しようと、米櫃の蓋を取った時に、（朝はパンだから）誰も其間米に手をつける筈はないのに、ゲッソリ減っているように思われた事がある。可怪《おか》しいな、とは思ったが、多分自分の思い違いだろうと、勿論誰にも話しはしなかったが、あの時の一寸した疑《うたがい》がどこか心の隅に消え残っていて、その疑心が今この暗鬼となって生じたのだ。ああ、随分俺と云う人間もさもしい人間だ、と思った。それでも、蛇のような「疑」は、まだビクビクと死にきれずにいたのだ。何故なら、私は自分を卑しいさもしいと思いきめながらも、ちっともそこに自責の感情は伴わずに、寧《むし》ろ、それとは正反対と云ってもよい感情がほのかに匂っていた。——と云うのは、その私がどれほどさもしい人間であるかが、今ここで正確に証明されることの方が、その疑が疑ではなくなって、恐しい事実となって、現れるよりは、どの位ましであるかも知れないと云うような、道義的な感じで心があたためられていたのだ。ごくぼんやりとではあるが、その心持は慥にあった。してみれば、私は、矢っ張り、自分の方が余計に信用して、留守番一家のものを、まだまだ怪しいと睨んでいるのだ。オヤ、これは一体どうしたと云うのだ。ひとを疑うと云うことは、悪いことか？　善いことか？　ひとを罪悪から救いたいと希《ねが》うことは、悪いことか？　善いことか？　ああ、すっかりこんがらかって了った。どうでもいい。兎に角、どっちかと云えば、自分の空耳であってくれた方がいい。ひとの面皮を失った顔を見なければならない心は、その失った当人の心よりも、もっと辛い、イヤなものだ……。

が、その時また、今度は隣りの二畳から、カタコトと、忍び忍びに何かものを置きかえるような音がした。私の心は冷たくなって行った。とうとう、ザラザラザクッと米をしゃくい込む音が聞えて来た。升の代りに、そこには、リプトン紅茶のあき缶が抛《ほう》り込んであるのだ。

それで、ブリキであるために、普通より音は高められていた。サアー、次には松《しょう》籟《らい》のような、米をあける音が来た。この二つの音が幾度か繰り返された。仕舞には、缶が米櫃の底に触れてガリガリと鳴るまで……。

たまらなくなって、私はそれと立ち上った。フラフラと庭へ下りて、跣《はだし》のまま砂丘の方へ逭《のが》れた。一足ごとに、踝《くるぶし》まで、微温かいサラサラした砂のなかに埋れた。払っても払っても取り縋《すが》る手があるように、丘の斜面に、ズルリズルリ足があとすべりする。いつの間にか私は、何故ともなく泣き出しそうになっていた。同時にまた一方には、これも何故となく、冷酷になれなれ、事実の真相を窮《きわ》めろ、何をお前は恐れるのだ。恐れなければならないものが、どこにあるのか、少くともそこまでは窮めろ、――と励まし耳語く他のものがあった……。

遂に丘の頂に達した。私は肚《はら》を据えた。

よし、誰だ、盗みをしたのは？

私は、「窮める」までもなく、それが誰であるか知っているような気がした。然し、他のものは、「知ってるような気がした」などいう曖昧は決して許さなかった。その他のものが私を訊問した。

（芝田か）

（イヤ、あれはまだ、抜足さし足が出来るほどに臀の傷が癒《なお》っていない）

（上さんか）

（イヤ、あれはもうこの頃では、まるで寝たっきりになっている）

（長吉か）

（イヤ、あれは象のような足どりで歩くよりほかに歩きようがない。……だがもう大概でよかろう）

（待て待て、もう少しだ、震えるな、弱虫！……じゃアお千代か）

（そうじゃアないと思う）

（何故その「思う」をつける。そうなのか、そうでないのか！）

（そうでない。あれは、いつでも、どんなに晩《おそ》くっても七時半か、せいぜい八時までしか起きていない。吾々が長谷へ出かけようと云い出した時には、もう八時過ぎていた）

（よし、それでは、残るのは一人だ。お市だな、いよいよお市だな、米を盗んだのは！）

（そうだ、盗んだのはお市だ。間違いなく十にも足らないあの子だ。あの子の、肥厚《ひこう》性鼻粘膜炎《せいびねんまくえん》*21らしい鼻息を慥に聞いたもの。そうだ、盗んだのは、正しくお市だ。けれども、待ってくれ盗みをさせたものは知らないぞ）

（それは、芝田がうしろから使嗾《しそう》*22していたとでも云う意味か）

（何んだか知らない。もう沢山《たくさん》だ）

（しっかりしろしっかりしろ。もう少しのところだ）

（五月蝿い！　一体貴様はなんだ。そんなことが窮められるか、あの子に盗みをさせたのが、誰かの使嗾によるものか、両親の育て方によるものか、または「自然」のしわざか、そんなことは誰にだって云えやしないんだ！）

（フン、白《しら》ア切るな、知ってるくせに！）

（なに？　知ってるくせに！）

（なに？　知ってる？）

「オイ、なんだ、和田じゃないか」

海岸を廻って帰って来た連中が、ドヤドヤとそこに近よって来た。私は救われたような気がした。

米のなくなるのに気がついていたのは、私ばかりでなかった。一番余計に飯たきの役を引き受けていた楠本が、とうとうたまりかねて、初めそれを岩田に話した。そして続いて一同の前に問題として提出されたのは、あの恐しい晩から一週間ほど経ってからだった。

その時私たちは、夕凪《ゆうなぎ》に少しの風をも求めて、前の砂丘の上に、一列になって腰を下ろしていた。

「また名探偵楠本氏を煩わすかね」

「今度は毒婦を密偵に使うわけにもいくまい」

「兎に角、でけたての半平でないことだけは慥だ」

「あいつは近頃、悪くすると、脚気に自分の命を盗まれて了いそうな容体だ」

「おやじも臀肉事件以来閉塞しているし……」

私は磔《はりつけ》にされている足もとから、チョロチョロと、焔《ほのお》の舌が舐《な》め寄って来るような心持にされていた。

「いくら毒婦でも、これは千代公じゃアないぜ」

「オイ！」

それまで一言も口をきかなかった私は、興奮の極に達して、思わず怒鳴りつけるように叫んだ。「みんな、知ってるくせに！　誰が盗んだのか知ってるくせに！」

友達は吃驚して私を見詰めた。それから、決定的な返事を受け取ることを恐れるように、低く呟いた。

「誰だと云うんだい、それじゃア」

私の唇が動こうとした瞬間に、相川が真面目くさって云った。

「知れきった話さ、……杙《くい》だアね。クイクイって云ってるじゃないか」


（底本『里見弴全集　第一巻』改造社、一九三一年）

＊1　丸七　鹿野山の旅館「丸七」のこと。明治四十年（一九〇七年）の夏、里見弴はこの旅館に四十日間滞在し、小説『お峯』を執筆した。

＊2　一の鳥居　神社の入口から社殿の方向に数えて第一番目の鳥居。この場合は鶴岡八幡宮の大鳥居のこと。

＊3　やど　妻が他人に対して夫のことをいう語。

＊4　海浜院　鎌倉海浜院のこと。明治二十年（一八八七年）に日本初の海浜サナトリウム

(結核療養所)として開館したが、二年と経たずホテルに転業。大正五年(一九一六年)、「鎌倉海浜ホテル」に改称した。

＊5　紙裂縒　紙を細長く裂いたものをより合わせた紐状のもの。観世縒りとも。

＊6　博多紺献上　献上柄とは、独鈷と華皿文様が描かれた柄。献上柄の博多織の紺帯。

＊7　甲斐絹　山梨県都留市を主産地とする絹織物の一種。

＊8　三百代言　詭弁を弄し、相手を言いくるめる弁舌のこと。またそれを用いる人のこと。

＊9　スポイル　spoil　人をだめにすること、甘やかすこと。

＊10　冷飯草履　緒も台も藁で作られた粗末な草履のこと。

＊11　モウド訳のレザレクション　ロシアの作家レフ・トルストイ(一八二八～一九一〇)による小説『復活』英訳版のこと。

＊12　晦日に月の出る里も、闇があるから、覚えていろ　歌舞伎『御所五郎蔵』に登場する捨てぜりふ。

＊13　カチウシャ・マスロヴァ　先述の小説『復活』の登場人物、カチューシャ・マスロヴァのこと。

＊14　藤村の「春」　島崎藤村(一八七二～一九四三)による自伝的長編小説。明治四一年(一九〇八年)四月から八月の期間に東京朝日新聞に連載された。

＊15　権五郎社　神奈川県鎌倉市坂ノ下にある御霊神社のこと。

＊16　大西博士の哲学史　日本の哲学者、大西祝(一八六四～一九〇〇)による『西洋哲学

史』のこと。

*17 柏木　現在の新宿区西新宿・北新宿にあたる地名。明治三十七年（一九〇四年）、鉄道への電力供給のため、柏木発電所がつくられたが、発電効率の悪さや環境への悪影響から大正七年（一九一八年）に廃止された。

*18 コッパイ　骨灰、粉灰とも。さんざんな目にあうこと。またそのさま。

*19 ツルゲネエフの散文詩集　ロシアの作家・詩人、イワン・ツルゲーネフ（一八一八〜一八八三）晩年の小作品を集めた詩集。一八八二年刊。

*20 雲の絶間姫　歌舞伎の演目『鳴神』の登場人物。主人公を誘惑する美女として描かれる。

*21 肥厚性鼻粘膜炎　鼻炎の一種。鼻腔内の粘膜がアレルギーや寒暖差によって慢性的に腫れることで引き起こされる。

*22 使嗾　指嗾とも。人に指図をして悪事を行わせること。そそのかすこと。

肉店

中村吉蔵

登場人物

肉店の主人　笠原千太《かさはらせんた》

その女房　お吉《きち》

小僧　平《へい》吉《きち》

女髪結　おくら

羅宇屋《らうや》の老爺《おやじ》　畑三治

場所　東京市外の場末

時　現代

牛豚肉販売屋の店先、一尺程の高さの玻璃《ガラス》戸棚の中に、赤い肉片の陳《なら》べたのを見せた売台《うりだい》が、店の前側の大部分を囲っている、その横手には部厚の肉切の大俎《おおまないた》が据え附けられて、秤量《はかり》や挽肉の機械などもそこらに置いてある。牛や豚の太腿《ふともも》の、骨附のままの毒々しい大きな肉塊が天井の鉤からぶら下り、氷嚢《ひょうのう》用のふわふわした豚の膀胱《ぼうこう》も五つ六つ繋いである。庭の片隅には、青ペンキの塗色の褪せた一間程の氷室が作り附けてある。中庭の土間には二三脚の床几《しょうぎ》*1、壁際の網棚の横は座敷への通路の板の間になっている。（舞台は側面から、この中庭の土間を見るように作られなければならぬ。）

千太（四十才過ぎた、でっぷり太った体に、白い被服《うわぎ》を引《ひっ》かけた、頭髪《かみのけ》の少し薄くなった男子、ギラギラ光る肉切庖丁で、肉を切り乍《なが》ら、折々背後の座敷の方を見返えるようにして）お吉……又そこで何をゴトゴトさせてるんだね……早く来て挽肉を拵《こしら》えてくれなきゃ時刻が遅れて、又お得意様のお叱言《こごと》だ、さっさと来て片附けてくんな、頼むぜ（叱るように賺《すか》すように云い云い、刃物持つ手首を忙しく動かしつづける。一方で十七八才の小僧の、平吉は切々《せっせ》と竹皮包《たけのかわつつみ》を拵えている）……お吉……お吉……何をしてるんだい？　返答もせんで？　聞えないのかい？

（今度は声が少し荒っぽくなる）

お吉（奥の方から）は！……一寸《ちょっ》と待っとくんなさい……今直《す》ぐに行きますわ……

千太　（焦々《いらいら》して柱時計を見ながら）何をしてるんだい？　もう疾《とう》に五時を廻ってらアな、早く来て手伝ってくんなというに……先刻《さっき》から何をゴトゴトさせてるんだい？

お吉　（奥の方から）今一寸着替をしてますからね……直に行きますよ。

千太　着替をしてる？　今頃又何処《どこ》ぞへ出かけようて云うんかい？（庖丁の手を止めて、苦い顔色で奥の方を見入って）この忙しい最中に馬鹿だなア……今日は出る事アならんよ、世帯持《しょたいもち》が然《そ》う尻軽娘のように、ふらふら出歩いてちゃ堪らねえぜ。（と唾を吐く）

小僧平吉　親方、まだ後六軒分足りませんよ、二軒は豚が半斤ずつだから間違えちゃいけません、昨日のように突《つっ》返《か》えされて、おまけに腐らせちゃやり切れませんからな。

千太　よし、よし、分ってるよ、（と頷きながら又庖丁を動かし始める）お吉、戯談《じょうだん》じゃアねえぜ、今日は他所《よそ》へ出る事アならんからな……、己《おれ》が然う々甘く見られちゃ適わねえやな……昨夜なんか十二時過になって帰りやがって、何処《ど》で何んな真似をしてるか知れたもんじゃアねえ、（眉を顰《ひそ》めながら次第に昂奮の体で）斯う見えても己も万更《まんざら》、底抜のお人よしじゃアねえ、イヤ、お人よしにゃもう懲々《こりごり》した、何時迄も黙ってすっ込んでる己と思ったらそれこそ的《あて》が違うからな、真実《ほんとう》に見損なっちゃ後悔するぞ。（手先がブルブル慄《ふる》えて来る）

お吉　（丸髷《まるまげ》に結って、色の白い、眼の涼しい、二十七八才の、肉附きの善い、丸顔の女、ちょいちょい着に帯も新《あたらし》いのに仕替えて出て来る）汝《おまえ》さん、昨夜《ゆうべ》の事をまだそんなに気にしてるんですか？　その為の証人に、あのおくらさんがわざわざ附いて来てくれたんじゃないの？　例《いつ》ものように天祖様《てんそさま》*2へお詣りに行くと、鳥居際でついおくらさんに出会《でっくわ》せちゃったんで、誘われちゃ忌《いや》だとも云えず、活動小屋へ入った丈《だけ》の事《こ》ったもの、その位の事で疑られたりなんかしちゃア、私はつくづく情無《なさけな》くなって来るわ……（云い云い俎の方へ寄って来て袖を少し捲くり上げて）サア、挽肉をして了いましょう、一斤だったのね？

平吉　ええ、二軒へ配るんですからね。

千太　（ジロジロ見て）何《ど》うしたんだい？　着替をして、鼻の頭へお白粉なんか塗りこくって？……今日は何処へも行く事アならんよ、天祖様へお詣りするお詣りするって、一体その天祖様が何方《どっち》の方角にあるか知れたものじゃねえからな、ヘヘン。（と鼻頭で笑う）

お吉　（挽肉器械を操りながら）汝さんも時々、妙な事を云出すのね……私がお金払いの悪い得意先へなんか掛売《かけうり》は止した方が善い、屹度《きっと》今に大損をするからって云っても、何アに大丈夫だ、その中《うち》、都合さえ附いたら皆綺麗に勘定して下さるに極《きま》ってる、人を信用せぬのは悪い事だなんて、吐言を食わしてる癖に、私が一寸と遅く帰った位で、信用してくれないのは可笑しいじゃアないかね。

千太（苦笑しながら）己ア、前の嬶《かかあ》で手を焼いたからな、女房って奴アあんまり信用すると、とんだ間違いが起ると思ってるんだよ。

お吉（一寸と黙って、男の顔色を見ていたが）……然う汝さんのように、牛の角も鹿の角も一つ口に云っ了《ちま》っちゃ可愛そうだわ……私は何も物数奇《ものずき》に天祖様へ百日参りを始めた訳じゃないよ、これまでいろんな不幸な目を見た揚句に、汝さんと斯うして世帯を持ってこの商売をやり出してから、日に増し繁昌して行くのが嬉くって、この上とも神信心《かみしんじん》が大切だし、加之《それに》いかに商売とは云え、牛だの、豚だの、生物の生命を取って身過ぎ世過ぎをさせて貰うんだから、四ツ足の罰《ばち》に当らんようによくお願いして置かなきゃね、若《も》し万が一、畸児《かたわ》の児でも産んだりしちゃ忌な事ったと、それも一つは神経に悩んで思い立った事だものね、それも此れも皆汝さんの為めよかれと思う一心だわ……それを何の彼のと痛くもない腹を探ぐられちゃ全くやり切れやしない。（と太息《ためいき》を吐いて）ア、平吉、量目《かけめ》は何《ど》うだね？

平吉　（挽肉を秤量にかけて）恰度《ちょうど》善うがさア、おかみさんも此頃は目分量が旨くなりましたね。

お吉　汝も大分お世辞が旨くなったよホホホホ。

千太　（ポツポツ膏肉《あぶらにく》を切りながら）そりゃ分ってる……汝が万更実意の無い女たア思っちゃいねえ、以前の旦那や……御亭主と一緒だった時分の事ア何うだか分らねえが、己と夫婦になってからは、真黒になって善く稼いでくれるし、己の手助にもなってくれてらア、先の嬶めは、おひきずり[*3]で、からもうだらしがなかった上に、とうとう己の面へまで泥を塗りやがって、逐天《ちくてん》[*4]しやがったんだからな、アン畜生の事を思やア汝の方が何《ど》れ丈《だけ》有難ていか知れやしねえ……二本棒[*5]だと笑う奴も居るだろうが、何アに笑われたって構わねえ、己ア真実に心から然う思ってるんだぜ、だから汝もそれを察してくれねえじゃいけねえ、……神信心はする事った、そりゃ善い心掛に相違ねえから、天祖様へお詣りするならお詣りするで、朝とか晩とか、ちゃんと時刻を定《き》めて行く事にしねえ、この頃のように見境なく、ひょいひょい飛出《とびだ》してくれるんじゃ己も前の嬶めで覚えがあるから、つい疑ぐらんでも善い事まで疑ぐる気も出ようてもんだ、それに昨夜の今日でもあるしな。

お吉　(周章《あわて》た眼色《めつき》で)そりゃ然うだけれども、私に限ってそんな馬鹿な事があるもんかね……まさか私が前のおかみさんのような大それた真似もしやしまいし……イヤ、それが善い手本だから、私はもう一生懸命、そんな事のないようにと思って、神信心もしてるんだもの、そこは汝さんにもよく察して貰いたいね。

千太　(ジッと女房の顔を見ながら)二度目の嬶にまでそんな目に逢わされちゃ、此方が堪らないやな……誰に聞いて見ても、一体女って奴ア兎角、一時免《のが》れの嘘を吐いたり、隠し立てをしたりする癖があるって云うからな、アン畜生はそ奴《いつ》が人一倍甚《ひど》かったんだ、あれが抑《そもそ》も間違《まちがい》の始まりだて、……お吉、汝丈は、頼むからそんな真似はしてくれるなよ、お互にこ奴が一番面白くねえ事だからな。

お吉　(口罩《くちごも》りつつ)そんな……そんな真似を私がするもんかね……何んにも後暗い事がありゃアしまいし、隠し立てをするって、それ程の悪い事を私はしてる覚えはないからね。

千太　悪い事をされちゃ勘弁がなるもんかい?　それこそ神様ア見通しだ、隠してる事なんか、皆ばれずにゃ置かねえからな。

お吉　(早口に)そりゃ然うだろうね……でも汝さんと夫婦になる時に、私の昔の事は皆打明けて云って了ったんじゃアないかね、……私はもう他に何んにも隠しちゃ

いないからね。（云い云い肉を挽いている）

平吉　（柱時計を見ながら、焦々した調子で）おかみさん、何卒《どうぞ》早くしておくんなさいよ……ア、今日も又お得意様で叱られる番かなア……

お吉　汝が何時も道草を喰ってるんじゃないかね？　十軒や十五軒のお得意廻りに然う時間がかかりゃしない筈《はず》だよ。

平吉　（嘲笑の顔色）おかみさんじゃアあるまいし、己なんざ然う油を売ってる先もねえからね。

お吉　（むっとした調子で）私が何時、油を売って歩いてたかい？　小僧の癖に生意気な事はお云いでないよ。

千太　（加勢するように）平吉、黙ってろ、小僧の癖に、御主人に口答えするって法はねえぞ……だがお吉、今日はもう他へ出ねえが善いぜ、家に居ろ、よ、然うしろ。

お吉　（そっと柱時計を横目で眺めながら、焦立つ様子で）……でも一寸の間……真《ほん》の十分間、ね、善いでしょう、お詣りさえ済ませたら直ぐに帰って来ますわ……そしたら明日からは、もう朝詣りする事に定めましょう、ね……今日丈一寸と行かせて貰ったら、私もそれで気が済むんだからね……もうもう何んにも心にかかる事は無くなるんだからね……真実に何んにも済んで了うんだから。（心の落着か

ぬ様子を押隠《おしかく》そうと力《つと》めている）

千太　（聞咎《ききとが》めて）何が済んで了うんだい？　奥歯に物の夾《はさ》まったような事を云うじゃアねえか？　一体何うしたってえんだい？（とキッと見詰める）

お吉　イヤ、昨夜あんなに叱られちゃったから今朝はつい出そびれて了ったんでしょう、それで今から一寸とお詣りしたら、私の気も済むというんですよ。　胸の閊《つかえ》が下りますからね、ね、善いでしょう？

千太　（首を掉《ふ》って）いけねえ、いけねえ……今日は出さんぞ。（と烈《はげ》しく庖丁を動かしている）

お吉　（少し甘えるように）だって汝さん、そりゃアあんまり無理じゃないの？

千太　（突慳貪《つっけんどん》な調子）何が無理だい？……あのおくら婆《ばばあ》め、日頃正直を看板にしてやがっても、高《たか》が髪結いだ、内職に売女《じごく》*6の取持《とりもち》位やってるか知れたもんじゃねえ、そ奴が証人に立つも馬鹿《ばか》々々《ばか》しいや、的《あて》になるもんかい？（次第に蒼白い顔色になって）オイ、お吉、昨夜貴様は一体、何処へ行きやがったんだい、白状して了え？

お吉　（吃驚《びっくり》した眼色で、男の顔を見ていたが）ホホホ……汝さん又それを云出したのかね？　活動小屋へ入ってたんだというにね……真実に汝さん執《しつ》こいのにも呆れちまいますよ。

千太　白《しら》を切ってると酷い目に逢わせてやるぞ（とジロジロ睨んで）姦婦《まおとこ》って奴は、昔は八つ裂きにしたり、車裂きにしたり、炮烙焼《ほうらくやき》*7にまでしたって事だ、それが当り前だ、己も今度こそ、この肉切庖丁で切り刻んでやるから然う思え……よく見て置け、斯うして一寸刻み、五分刻みにしてやらねえじゃ腹が癒えねえや……不義いたずらをした牝牛めは、この腿の肉をズタズタに切り刻んでやるんだぞ。

（庖丁が激しく俎の上で鳴る）

お吉　（呆れた顔色で）まア汝さん、戯談云って人を脅かすもんじゃァないよ、……誰が不義いたずらなんか大それた事をするもんかね、私はそんな女じゃァないよ、汝さんにそんな女だと思われる位なら寧《いっ》そ死んだ方が増しだ……そんな真似が出来る私なら斯うした苦労なんかしやしない……（太息を吐き吐き）ア、忌な苦労の種なんか痣でも抜くように根こそぎ取っちまったら、後は真実にのうのうした気持で二人で暮される事ったろうね、……然うしましょう、然う出来るんだものね、明日からは然う出来るんだから……さア、この挽肉を量って見ておくれ、私は一寸と台所で夕御飯の支度するからね。（と、柱時計を一寸見て、アタフタした様子で座敷の方へ駈込む）

平吉（挽肉を竹皮包にしながら）おかみさんの挽肉は筋と筋とが、そのまま繋がり合ってらア……何んだってあんな、そわそわしているんだろう。

千太（しきりと庖丁を揮って、骨から肉を切離しながら、聞咎めて）誰がそわそわしてるてえんだい？

平吉　イヤ……今日の挽肉はよく挽けてないって云うんです。

千太（独語する如く）彼奴《あいつ》め、不義いたずらが出来る程なら、苦労なんかしねえって云いやがったな……何んだか訳の分らねえ云草じゃねえか？……彼奴に限ってまさか前の嬶のような不埒《ふらち》な真似をする気遣いもなかろうが……そんな気遣いもなかろうが、でも何んだか、チト奥歯に物の夾まったような事を云いやがったぞ……己の頭が何うかしているのかも知れねえが……

平吉　親方、もう後三包みで、十五軒分そっくり揃うからね、早くして貰いましょうか？

千太　ウム、分ってるよ……、然う気短かに促《せ》き立《た》てねえでも分ってらア。

平吉　親方の肉の切り方も、今日のはチッと不揃いだね、馬鹿に大きいのと、馬鹿に小さいのとある、お得意先にゃ随分やかましい家があるから、私が叱られますよ。

千太（吐き出すように）叱られたって仕様がねえ……己ア今それ処じゃねえや……切

り様が大きかろうが小さかろうが、肉の味が異《かわ》りゃせんから、それ位の事ア我慢して貰わなけりゃならねえさ。

平吉　だって商売が大切じゃありませんか？

千太　商売どころじゃねえ、己ア今、商売よりもっと大切な事を考えてるんだ（云い云い小耳を立てて）お吉……お吉……（一段、声高く）オイお吉って云うに、つんぼだな、聞えんのかい？

平吉　（も高い調子で）おかみさーん、親方が呼んでますよ。

千太　何《どう》しやがったんだろう……お吉……お吉、オイ、お吉って云うに（返答が無いので）……何処かへ出やがったんじゃねえかな。（不安そうに、庖丁を手にしたまま、大急ぎで座敷の方へ入って行く）

平吉　困っちまうなア……段々時間が遅れらア……よし、己が切ってやろう。（俎上で肉を切り始める）

千太　（奥の方で怒鳴る声）お吉……お吉……お吉……畜生、裏口から逃出しやがったな……ア、箪笥《たんす》の抽斗《ひきだし》が一つ空明《からあき》になってらア、畜生（顔色蒼ざめて、周章《あわただ》しく駈け出して来て）畜生、とうとう逃げ出しやがった……裏口から逃出しやがった、晴衣裳《はれぎ》を容れてあった箪笥の抽斗が一つ空明になってらア……汝《おの》れッ、何処へ行

きやがったんだろう？……フン捕まえてやろう。（とウロウロする）

平吉　おかみさんが裏口から出て行ったってね……何アに、天祖様へお詣りでしょう、そんなに泡ア喰って騒ぐ事アありませんよ。

千太　然うだろうか？（少し落着いて考えながら）……でも抽出しが一つ空になってる、慥《たし》か彼女《あいつ》の一枚看板が入ってたんだぜ……又情夫《いろおとこ》でも拵《こさ》えやがって……アン畜生のように逐天したのかも知れん……若し然うだったら……然うだったら汝れッ、先刻牛肉を刻む序《ついで》に、一寸刻みに刻んでやるんだったに。（鼻息を吐いている）

平吉　（慰《なぐさ》め賺《すか》すように）何アに親方、そんな気遣いはありませんよ、周章てて騒ぐのは見っともないでさア、……今にひょっこりおかみさんは帰って来ますよ、親方は何うも気が早いから困っちまいますさア。

千太　（憤怒と失望と錯《まじ》り合った表情で考え込んでいたのが、焦々した口調で）出る事アならんてあれ丈云ったのに、そっと裏口からぬけ出すなんて、不埒な奴だ……矢《や》ッ張《ばり》二度と帰っちゃ来ねえ気だろう……衣服《きもの》まで……晴衣《はれぎ》まで持出してやがるんだから。

平吉　だって逃出す気なら、あんなに親方に断わって行きやしませんよ、私がこの肉を配達する序に、天祖様まで走って行って見て来ましょう。

千太　(起上って) 己れが後を追駈《おっか》けてやる……見附かったら己ッ、髪を引ずってでも連れて帰ってやるから。

平吉　まァお待ちなさい、真実に天祖様へお詣りに行ったものかも知れませんよ、それを手荒な真似をしちゃ外聞が悪いじゃありませんか？　ね、親方、私が一走り行って見て来ましょう。

千太　(少し落着いて) じゃア天祖様から、あのおくら婆の家の方までよく気を附けて見て来てくれ、早くしろ……早く、……大急ぎでな。

平吉　エ、じゃ行って来ます……オオ、氷を一貫目の注文があったっけ。(氷室の戸を、明けて持出した氷塊を秤量にかけ、それと竹皮包の肉とを岡持《おかもち》に入れて走って出て行く)

千太　(亢奮《こうふん》の顔色で) 太い阿魔《あま》だ……女って女は何奴だって此奴だって油断も隙もなりゃしねえな……先の牝豚めは、何処かへうまく高飛びしやがったが、今度の牝牛め、逃すもんか、警察へ願ってでも引上げてやるぞ……淫乱な牝豚め、牝牛め、皮から肉から、骨の髄までも寸断々々《ずだずだ》にしてやらねえじゃこの胸の虫が治まらねえ……大俎の上で、頭を切落して、臓腑を引抜いて……斯うなりゃ人間の牝も、牛も豚も差別はありゃしねえからな。

三治　（頭の後部に薄い白髪が残り、深く禿げ上って皺を刻んだ前額のてらてら光る六十歳あまりの、痩せた、脊の低い老爺、よれよれの、汚く垢づいた単衣《ひとえ》を着て、縄のような帯を締めたのが、釜形の、底の抜けた古帽を店先で脱いで、ぬっと入って来る）今日《こんにち》は……親方、何をぼんやり考え込んで独語を云ってるんだね、親方……顔色が悪いじゃねえかね？

千太　牝豚め……牝牛め、今に見てやがれ。

三治　親方、何を然うブリブリ怒ってるんだい？　汝さんでも人並に腹の立つ事があるかと思やア可笑《おかし》い位なもんだよ、アアして瑞々《みずみず》した、美しくておまけに年の若いおかみさんは持ってるしさ、店は店で繁昌するしさ、お金も今にグングン溜まって来ようてもんだ、福徳の三年目って、真実に何んていう結構な星の下で産れた人だろうて、界隈で皆噂してるんだからね、然う云やア此処のおかみさんと今、あそこの曲り角の質屋の前で逢ったよ、何処の別嬪さんかと思って、立留まって見ていると、莞爾々々《にこにこ》笑って挨拶するんだもの、面喰ってよく見りゃア此処のおかみさんさ、真実にまア何んて愛嬌の善い、惚《ほ》れ々々《ぼれ》させる女だろう、アアいう女衆が自由になる親方は、果報者だなア、少《ち》っとあやかりてい、イヒヒヒヒ。

（と妙な癖のある病的な笑い方をする）

千太　（始めて、正面に此方を見て）エ、汝さんが質屋の前で家の嬶に逢ったていうのかい？　誰か連れでもあったかい？　一人だったかい？（焦《せ》き込んで聞き聞き近寄って来る）

三治　イヒヒヒ、お連れがあったよ、牡犬《おすいぬ》とな。

千太　牡犬と？……ど……ど……どこの牡犬だい？　何誰《どいつ》だい？　云って聞かせてくれ、頼む。

三治　イヤ、何処の牡犬だったか、つい首の札は見なかったが、飴色の、毛並の善い、胴の長い、大きな洋犬《かめ》*8でな、首ン処に真鍮の輪が嵌《はま》ってよ、あんな牡にかかっちゃ敵わねえ、矢ッ張、家のポチのように、家の中に繋いどくに限るな。

千太　（ムキになって）戯談処《どこ》じゃねえ、何処の何誰と一緒に歩いてたんか、それを云って聞かせてくれ？　それとも汝さんの見知らねえ男子《おとこ》と連れ合ってたんか？　それを云ってくれ。

三治　イヒヒヒ、親方、眼色まで変えてるじゃねえか？　汝さんも随分気の廻る男子だね、ここのおかみさんが、まさか、汝さんの様な働きのある御亭主を袖にしてまで、情夫狂《おとこぐるい》もしやしまいし、然う嫉《や》きなさんなよ、可愛そうに、おかみさんが痩せらア。

千太　（ホット吐息しながら）だって汝は今、牡犬と一緒だったと云ったじゃアねえか？　人をからかったのかい？

三治　イヒヒ、牡犬が居るにゃ居たよ、おかみさんに蹤《つ》いて歩いてたよ。

千太　牡犬って、人間の事じゃアねえのかい？　男子じゃアねえのかい？

三治　男子の四ッ足さ、牡犬さ……畜生の事だよ。

千太　（鼻から息を吐いて）……それから家の嬶は何方の方角へ行った、汝は見なかったのかい？

三治　イヒヒ、己も善い女房っぷりだと思ってな、暫《しば》らく立留まって後姿を見送ってたけが、あの狭い道を馬力《ばりき》が来やがって、権呑《けんのん》を食わせやがる*9んで、吃驚して飛び退いたんさ、何処へ行くって御亭主の汝さんに断りもしねえで、おかみさんは出かけたんかね？

千太　……己の知らん間に出て行きやがったんだ。

三治　ホウ、然うかね、……矢ッ張牝って奴ア油断も隙もならねえもんだね、家のポチ奴《め》も繋いであるのに、何処《いつ》の間にか鎖を噛み切っちゃ脱出《ぬけだ》し脱出しやがる、人間でも畜生でも、牝と来ちゃ皆此方等《こちとら》に苦労をかけやがって仕様がねえなア……時に親方、又例のコマ切りを五銭が程、ポチの御馳走に分けてやっておくんなさい、負けといて貰いましょうぜ、……匁方《めかた》を善くな。（と白銅《はくどう》をそこへ投出す）

千太（面倒臭さそうに）コマ切りを五銭……この頃は肉の価が上ったから、ポッチリしきゃねえよ。

三治　そこを大負けに負けといて貰うんだね、ポチの御馳走だからね、彼奴は、臭《におい》を臭いだ許《ばか》りで、もう鼻をヒコヒコさせて大喜び、舌なめずりしやがってな、そして己の手掌《てのひら》ア甞《な》める、膝ア甞める、頬《ほっ》ぺたまでペロペロ甞めやがる、可愛いものだな、アアなりゃ人間も畜生も分隔《わけへだて》はありゃしねえ、イヤ己のようなその日稼ぎの、喰うや喰わずの羅宇屋[*10]風情じゃ、横着な人間は相手にしやがらねえ、皆、いい加減、干瓢《かんぴょう》のひね物のような婆の癖しやがって三度も四度も置去りを喰わしやがるんだから、もうもう女切れにゃ懲々した、人間よりは畜生の方が何れ丈恩を知ってるか知れやしねぇ、今じゃポチ奴が私の子供だ、……彼奴が私の娘分だからな、イヒヒヒ。

千太（懶《ものう》げに、コマ切りを拵えながら）汝の云う通りかも知れねえ……人間よりゃ畜生の方がまだ恩を知ってるかも知れねえ……

三治　（乗気になって）知れねえじゃアねえ、真実《まったく》それに違いねえんだよ、その証拠にゃ見なせえ、第一、同じ飼糧《かいば》を宛飼《あてが》ってやっても、畜生の方が潰しが利く丈でも有難えじゃアねえか？　現に親方の店の商売にしても然うだ、牝牛や牝豚を肉に潰して、一斤幾何《いくら》の売値で儲けさせて貰ってるんだからね、処が一方の牝と来ちゃ、からもうお金がかかる許りで、潰し肉の切売も出来ねえやな、尤《もっと》も白首《しろくび》*11にでも叩売りゃ兎も角もだがな、イヒヒヒヒ。

千太　（血走った眼色）でも己ゃ不埒を働く女なんかもう容赦アしねえ、畜生だ、……イヤ、畜生にも劣った奴だ。（ゴシゴシ筋骨を切り刻んで）斯うしてやるぞ、筋も骨もバラバラに離してやるぞ、汝れッ、肉醬《にくびしお》*12にしてやらねえじゃ男子の面ア立たねえから然う思いやがれ……己だってそれ程踏付《ふみつ》けにされて、黙ってすっ込んでる骨無し野郎じゃアねえや、これでも満洲で露助《ロスケ》*13の五人や六人はぶった斬って来た男子だぞ。

三治　親方、然う夢中になって骨許《ばかり》切ってちゃ刃が欠《こぼ》れやしねえかい？　コマ切りは善いが、骨切りはいくら犬の御馳走でも少《ちっ》と勘弁して貰いていな。

千太　何アに、刃なんかこぼれたって構うもんかい、男子が然う然う面へ泥を塗られちゃ、生命位投げ出すのは何でもねえやな。（と牛骨を叩き切る）

（平吉、急ぎ足に走帰って、店先へ飛込む）

三治　ヤア、色男子の平公、泡を食って何うしたってぇんだい？

平吉（尻目にかけて、額の汗を拭き拭き）親方見えませんよ……天祖様にも、おくら婆さんの家にも、おかみさんは居ませんよ、暗いな、火を点《つ》けよう。（店の瓦斯へ点火する）

千太　何アに、居ねえ？（と、見る見る眉が神経的にピリピリ攣《ひき》つる、手は動かなくなる）

三治　誰がいねえんだね？（と二人の顔を覗いて見る）

平吉　おくら婆さんも居ねえんでさア、戸が締め切ってあって留守でさアね。

千太　畜生ッ……矢っ張、逃げ出しやがったんだろう……交番へ届けて出てフン縛ってやろう。（と立《たち》かかる）

三治　親方、コマ切を貰って行《ゆこ》うじゃねえか？　ポチの奴お腹を空かして待ってやがるからな、白銅《ニッケル》一つでもお客様アお客様だアな、打捨《うっちゃ》っといちゃ酷いよ。

平吉　だが親方、まア焦《せ》く事アありませんよ、おくら婆さんが居ねえんだから、事によるとこりゃおかみさんと一緒に、何処かへ出かけたものかも知ませんぜ……そしてね、私が帰り途に、あの曖昧《あいまい》な小料理屋の朝日亭《あさひてい》の前を通っていますと、婢《おんな》*14が呼び留めてロースを百匁大急ぎで持って来てくれって、註文しましたよ、裏の座敷にお客が来てたようですが、何んだかおくら婆さんの声に似たような話声がしていました、若しかすると……（と耳の傍へ口を寄せて囁き）ね、親方然うかも知れませんぜ。

千太（頷いて）ウム……じゃア然うかも知れん……汝大急ぎでロースを持って行って、そっと様子を探って来な、愈々然うだったら己が行かア……今度こそ逃しゃせんぞ、……相手は何処の何奴だろう？（睨むような眼色をする）

三治　エ、今度のおかみさんにも又虫が附いたのかい、アア……だから己は女って名の附く奴ア相手にしねえんだ。

平吉（怒鳴るように）家のおかみさんの事じゃアねえ、他の話だい、オイ、この色《いろ》狂《きちが》いの犬狂《いぬきちが》い、下らん事を云い触らして行くと、ポチにやるコマ切りももう売っちゃやらんから然う思え、……親方、肉を切っておくんなさい、朝日亭へ持って行って来ますから。

千太（コマ切りを捨置いて、庖丁を肉に加えながら）よく気を附けて様子を見て来な……大胆な奴め……ずうずうしい奴め……女って奴ア男子を何処迄間抜けだと思ってやがるんだろう。

三治　イヒヒヒ、処で親方、男子って奴が又、女にかかっちゃ皆少々宛《しょうしょうずつ》、間抜ッ面になるようにちゃんと出来上ってるから仕様がねえもんさ、太閤《たいこう》様だって淀君《よどぎみ》の前じゃ、よだれくりの三太郎だったって、講釈師が云ってらアな、そこへ持って来て、ここの親方なんざ同じ男子の中でも甘い甘いカリン糖の親玉だって、近隣《きんじょ》でも専ら評判している位だものな、イヤ、親方、怒っちゃいけねえぜ、己ア全く正直な事を云ってるんだ、一体昔から女って奴の為めに身を持崩したり、生命まで果したりした男子が何千、何万人あるか、閻魔《えんま》さんの帳面にも載せ切れめえよ、それでいて野郎、まだ少とも目が醒めねえと来てるから情ねえやな、親方、柔術の手じゃアねえが己が一つ、汝さんに活を入れて上げらア、遺趣《いしゅ》戻しゃ百戻しってな、汝さんも真実の男子なら、ここらで思切って仇討《かたきうち》をやるんだ、女の奴にウント酷い目を見せてやるんだ、此処に天井から逆さにぶら下っている牝牛の恥《はじ》ッ曝《さら》しな屍体を見なせえな、男子の顔へ泥を塗りくさった女郎なんか、千枚張《せんまいはり》の面の皮からヒン剝いて、手足を縛って斯うして逆さにぶら下げてやるんだ、こうした浅ましい、忌々しい、恥ッ曝《さ》らしなざまを見せてやったら、いかに図々しいが本性の女どもでも、身慄《みぶる》い位はして少しは何んとか思当るだろうし、いかにのろまが附き物の男子だって一寸とだじだじと来やがって、愛相を尽かすだろうじやねえか、罪のねえ牝牛がこんな目に逢ってるのに、人間の皮を着た牝豚めは、何《ど》んな好きな真似をしても生《いけ》しゃしゃして、お天道様に面を曝して歩いてやがるんだから、世間は全く忌にならアな。

平吉　よくベラベラ喋《しゃべ》言る老爺だな、稼業の羅宇掃除の笛見たいに、草疲《くたびれ》もせんでピーピー鳴りくさる、さア、このコマ切りを持ってサッサと早く帰っちまいな、汝はポチの奴と一つ皿で物を食って、一つ蒲団《ふとん》で寝るって云うじゃアねえか？　真《ほん》実《とう》かい、気狂爺《きちがいじじい》？

三治　鼻ッ垂れ小僧、馬鹿な事ア云うない……一つ蒲団でなんか寝るもんかい……馬鹿な事を云うな。（と額を赤くしている）

千太　平吉、さアこのロースを持って早く行って来な、善いかい、気を附けてよく様子を見届けて来るんだぜ……若し然うだったら直ぐ飛んで帰れッ、いいかい。

平吉　エ、……じゃア行って来ます（肉を竹皮包にしながら）気狂老爺さん、早く帰ってポチを抱いてやんな、淋しがって待ってるよ、ワンワンチンチン云ってなハハハハハ。（とからかって、走って出る）

三治　（コマ切りを自分で竹の皮へ包みながら）鼻垂小僧め、馬鹿な事を云いやがる……小僧の癖に老人をからかいやがる……己ア人間に見離されたから、畜生を可愛がってやるんだ、なア親方、真実に然うだからな。

千太 (ぐったり床几へ腰を卸《おろ》して) ウム、老爺さんの方が、いろんな気を揉《も》まん丈でも善かりそうだ……(忽ち呻《うめ》くように) 畜生ッ！……何うしやがったんだろう……真実に然うだったら思切り酷い目に逢わせてやる……仇討だ……全く仇討だ。

三治 親方、お邪魔したね……まア汝さんもせいぜい気を附けなせえよ、あんまり甘く見られちゃ尻に敷かれ通しだからな、己だって覚えがあらアな、それも一度や二度じゃねえんだ、真実に悪い事ア云やしねえ、悪い事ア云やしねえ、左様なら……ポチの奴め、嘸《さぞ》待ってやがるだろう、イヒヒヒ。(例の病的な笑声を残して退場)

(千太は瓦斯の燈《ひ》の青白く光る下で、気抜したように、ぐったり床几に腰を卸して、腕組をしたままジッと一所《ひとところ》を睨み据えている。奥の座敷の方で膳をがたつかせる音、咳払いの声が聞える、きッと聞耳を引立てたが急に起上る)

千太 お吉か？……誰だ？

お吉 (奥の方から) 私ですよ……御飯の支度が晩《おそ》くなっちゃって済みません、さアいらっしゃいな。

千太　何時帰《かえっ》て来やがったんだい？（と奥に向って怒鳴るような疳癪声《かんしゃくごえ》）

お吉　（弁解するように）何時って？　つい一寸と近隣の八百屋へ買物に行って来たんですもの……序に天祖様へもお詣りしましたの。

千太　（興奮した口調で）此方へ来い……店へ出て来いッ。

お吉　何んですよ、まア大きな声をして。（と店の方へ出て来る）

千太　（顔を見ると、突慳貪な調子も稍《やや》鈍って）何処へ行ったんだい？……出る事アならんてあれ丈云ったのに、何時の間にか脱けだしやがって……一体何処へ行ったんだい？　隠さずに云ッちまえッ。

お吉　（莞爾々々笑って見せて）八百屋へ行って序に天祖様へお詣りしましたって云うにね……汝さんの云っての事に忤《さから》ったのは悪かったけれど、私何《ど》うしても気が済まないから、黙って裏口から出て、大急ぎで行って来たんです……もうこれからこんな事は決してしやしませんからね、でもお庇《かげ》で胸がスッカリ落着きました……何んだか出るにも出られず、家に居るにも居られず、気がもしゃくしゃしてたんですが、これで漸《や》っと治まりが附きました、もう明日からはのうのうして暮らせますわ、思切り、商売に身を入れてね、お金を儲けて、赤児《やや》を産んで、夫婦仲善くね……お天道様が私等二人の為めに照っていて下さるような心持で暮らしましょうね、貴方？

千太（難かしい顔色で、女房を見詰めながら）胡魔化したって駄目だ……例時《いつも》そんな手に乗るような己だと思ってたら見損いだぞ。

お吉（怯々《おどおど》しながら）まア、この人は何を言ってるんだね……私が何を胡魔化したって云うの？　真実に汝さんは機嫌買いだから困っ了《ちま》うわ。

千太　まだ胡魔化そうと思ってるのかい？　馬鹿め。（と眼が鋭く光って来る）

お吉　何うしたって云うの？　私、訳が分らないわ。

千太　嘘を吐いたって駄目だ、何《なに》も彼《か》も云っちまえ……白状しちまえッ？

お吉（吃驚した眼附《めつき》で）何を白状するの？……私、何んにも悪い事アしてないわ、白状する事なんかありませんわ、……それとも誰か焚付けた者があるんですか？　何か云われると汝さんはうっかり乗るんだから、あんまりお人よしですよ。

千太（口をもがもがさせて）馬……馬……馬鹿めッ、貴様こそ己をお人よしだと思ってやがるから、善い加減な嘘を吐いて云いくるめようとするんだ、今夜はそんな古手に乗りやしねえぞ、真直《まっすぐ》に云っちまえッ。

お吉（軽く鼻頭《はなさき》で笑って）真直にも何んにも、別に云う事なんかありゃアしないわ、唯《ただ》お詣りして来た丈ですもの。

千太　剛突張《ごうつくばり》め。（と一段声荒く怒鳴付けて）己が何んにも知らんと思ってやがるのかい？ あの抽出の衣服《きもの》は何うした？ 貴様の一張羅が無くなってらア、ありゃ何うした、何処へ持ってたんだい？ さア云えッ、云わんか？

お吉　（ギョッとした様子で）エ……衣服？……ア、あれはあの……一寸とおくらさんに貸してやったんです。

千太　（血走った眼付で）何の為めに貸したんだ？ 何故己に黙って内証《ないしょう》で持出したんだ？……天祖様へお詣りするって、又おくら婆アの許へ行《ゆき》やがったんだな……それから何処へ寄った？ さア云え……云わんか？……云わんと汝ッ、これだぞ。（と急遽《やにわ》に俎上の牛切庖丁を片手に取上げて、お吉の胸元に突き附ける）

お吉　アッ……まア汝さん、乱暴な事を。（と吃驚して飛退《とびの》こうとする、千太の一方の手は、お吉の襟元を掴んで、身動きもさせない）

千太　何も彼も己ア知ってるぞ、おくら婆アの手引で、あの朝日亭の裏座敷で男子と会ってやがったな。（憎悪の色が見る見る面上《めんじょう》に漲《みなぎ》って来る）その男子は何者だ、さアその野郎の名を吐《ぬか》せッ……吐せって云うに……吐さんと汝ッ、殺してやるぞ。（と刃の先を慄わせている）

お吉　（度胸を見せるようにワザと落着いて、口元には凄い笑を浮べ）そんなにとんでもない邪推なんかされちゃ堪りませんよ……小指《これ》計《ばかり》も後ろ暗い事なんかあるもんですか、汝さんも人を見損っちゃいけません、……一体誰がそんな事を云いました、証人でもありますか？

千太　悪い事をして知れねえと思ってやがるんかい？　あの平吉が何も彼も見て来たんだ、貴様の後から蹤いて行って見て来たんだ。

お吉　エ、平吉が？……（急に軽蔑するような口調で）フン、あの小僧ならそれ位な出たら目は云いましょうよ、彼奴は何《な》んですもの……汝さんの留守に私にいろんな事を……忌《いや》らしい事を云いかけるんですもの、小僧の癖しやがって……あんな奴の云う事を真に受けるんが間違っていますよ。

千太　（困惑の様子で）何に？　あの小僧が……己の留守に……真実か？　それは。

お吉　真実にも嘘にも……私はてんで相手にせんから汝さんにも黙ってたんだが、二人の仲に水を差ような事を云ってるのなら、今夜にでも追出《おいだし》ておやんなさい、忌な奴たらありゃしない……私はそれ処じゃァないんですよ、汝さんという人を一生連れ添う亭主だと思えばこそ、何んな辛い目に逢っても黙って、何も彼も私の身一つに引受けてるんですもの……それを察しちゃくれないで、あんまり……あんまり……汝さんは……（云い云いおろおろ声になって、果《はて》は堪らず泣厄《なきじゃく》りす

る）

千太　（不思《おもわず》、手を離して）真実に汝がそれ程己の事を思ってるのなら何も隠立てなんかする事アねえ……平吉がそんな不埒な奴なら……イヤ、万更彼奴が嘘計り吐く奴とは思えねえが……（頭の中が渦を巻いてるような、混乱した表情で）……イヤ、女って奴こそ的にならねえからな、……オイ、お吉、何も彼も云っちまったら善いんだ、第一、あの持出た衣服は何処へやったんだ、さアそれを云え？……それから聞こう。

お吉　（涙を拭き拭きして）……あれはおくらさんに貸したんです……一寸と融通してくれって頼まれたもんだから……何んなら明日にでも取返して来ますわ。

千太　何の為めの融通だ？　何故己に黙って貸したんだ？……箪笥の抽斗に何が入ってるか位己アチャンと知ってるぞ、何故、内証で持出したんだい？　その訳が云えねえ事アあるめえ。

お吉　それは後で分ります……取返して来たら善いじゃアありませんか？

千太　（又も顔面が緊張して来る）後で分る程なら、今云えねえ事アねえ筈だ、平吉が嘘を吐くと許《ばかし》ゃ思えねえ……（何か頭の中で閃《ひらめ》いたように）フーン、彼奴の云うのは嘘じゃねえ、汝は何んだろう、その相手の野郎と逃げようと思って、一張羅の衣服を先へ持出したんだろう、然うだろう？　帰って来たのも、又他の物をそっと運び出す算段だろう、それに違いねえ、然うだろう、さア白状しちまえッ。

お吉　まア、とんでもない疑いをかけて汝さん、人を虐めるんだね……私にそんな真似が出来る程ならこんな苦しい思いはしませんよ、汝さんがそんなありもせん事を根掘、葉掘、疑ぐる人だから、私だってその為めに、どれ程辛い目に逢ってるか知れやしない……（捨鉢な調子で）ア、ア、こんな事なら寧《いっ》そ死んじまった方が優《ま》しだ……

千太（鼻であしらって）フーン、何の為めにそんなに苦しい思いをするんだい？……その野郎めと駈落したいからだろう（女房の顔を射るように見据えて）吐かせって云うに……真直に吐せって云うに……汝ッ、何処までもしらを切ってりゃ、寸断々々に刻んでやるぞ（ぶら下った牛の太腿を指して）……あんなに逆さ吊しにしてやるぞ。

お吉（情なさそうに）何《ど》んなにされたって、私は身に覚えのない事を云える筈がないんだもの……指頭《これ》から先も、私に白状するの何のって、悪い事をした覚《おぼえ》はさらさらないんだもの……無実の罪を着せて殺して気の済むものなら殺して貰いましょうよ。

千太（切歯《はぎしり》して）空元気《からげんき》で脅かしてるんじゃねえ……汝ッ。殺してくれって云やア殺してやるぞ、……こんな剛情な阿魔たア思わなかったが、それ程の度胸が無きゃ、男子と逢引《あいびき》なんか出来やしめい。

お吉（冷《ひや》かに笑って）私がそんな女に見えますかね？　汝さんも思った程たよりにならない人ね。

千太　己がたよりにならねえと思って、それで男子を拵えやがったんだろう、……然うだろう、それに違いねえ。（真蒼《まっさお》になって、まくし立てる）

お吉　何んとでもお云いよ……、頭がうず痒《かゆ》くなった（頭髪に手を当てて）オヤ、櫛《くし》を何うしたか知ら……何処へ落したか知ら。（と、そこらを見廻わす）

千太　櫛位《ぐら》い落ちるだろう、汝れッ、それで逢引した事を白状したも同じだ。（云いつつ、激しい勢で胸倉を掴む）

お吉（興奮して）何《な》んとなと勝手に思うが善いよ。

千太　この不貞くされめ、斯うしてやるぞ。（右手の刃を閃めかせて一突《ひとつき》、突く）

お吉　あッ……（と絶叫して倒れる）

千太　汝れッ、唯殺したんじゃ腹が癒えねえ……逆さに吊してやらねえじゃ……此方へ来やがれ。（狂せる如く、足を引ずって、氷室の中へ入る）

（舞台暫時空虚、小僧の平吉がのっそり帰って来る）

平吉　親方……親方……（座敷の方を覗いて見て）親方……居ねえようだ、ハテ何処へ行ったもんだろう、おかみさんも帰っちゃいねえし、店をガラ明《あき》にして随分無用心だなア……瓦斯の燈がイヤにパチパチ鳴ってやがる、何んだか薄気味が悪い、……ア、誰かせいせい息をしているようだ、何処だろう（四辺《あたり》をキョトキョト見廻して）コソ泥棒でも入ってやがるんじゃねえかな（又しても気になるように座敷の中を覗いて見ながら）誰だ？……誰だ？……誰もいねえ、変だぞ……親方ア一体何処へ行ったんだろう？……（土間の床几へ腰を卸して、不安そうな顔色で考え込《こん》でいる）

（氷室の扉が突然明《あ》いて、暗い中から千太がぬっと出て来る、手には血の附いた牛切庖丁が光って、白い被服にも処々赤い染《しみ》が附いている、瓦斯燈の反映で、顔色が幽霊のように蒼白《まっさお》である。唇が慄え、手足も戦慄《おのの》いている）

平吉　（吃驚して、床几から跳び上ったが）オオ……親方か……（声が漸《や》っと口から出る）

千太　（口も利かず、よろよろした足取で、庖丁を俎の上へ投げ出し、ぐったりしたように、そこの床几へ腰を落して、せいせい肩で息をしている）

平吉　親方……ど……ど……何うしました？

千太　（黙り込んで、些《ちっ》とも口を利かない、眼がキョトキョト光っている）

平吉　親方……か……顔色が悪い……何うしました？　御気分でも？

千太　（唯微かに首を揮っている）

平吉　チ……チ……血が附いています……手にも、被服にも……牛の血ですか？

千太　ウム……（と頷いて見せる）

平吉　氷室の中の、牛肉から血が滴《た》れましたか？……可笑《おかし》な事《こ》った。（と小首を傾げる）

千太　水を一杯……水を一杯飲ませてくれ。（漸く声が出る）

平吉　ヘエ……（水道栓を開けて、コップに水を満たせて来る）何うしました？　親方、顔色が大変よくありませんぜ、真青でさア……先刻氷室の扉が明いて、暗い中から親方が突如に出て来た時ゃア私は吃驚して、腰を脱《ぬ》かしそうでした、……真実に、薄気味が悪いっちゃなかったです。

千太　（一息に飲干して）も一つ……も一つ、飲ませてくれ。

平吉　ヘエ……（更に一杯持運んで）親方、何うしたんです……急に冷気《さむけ》に当って眩暈《めまい》でもして来たんですか？

千太（又一息に飲干して、軽く息を吐きながら）ウム……眩暈がしたんだろう……

平吉（怪訝そうに）何うしてそんなに牛の血なんかが附いたんでしょう？……親方が何処か自分で負傷《けが》でもしたんじゃありませんか？

千太　何ァに、負傷なんかしねえ……でも一寸手を洗ってやろう。（よろめきながら、水道栓の処へ行って、石鹸で手を洗う）

平吉（小首を捻りながら）妙だなア……変だなア……

千太（床几へ腰を卸して）何を独語を云ってやがるんだい？

平吉　イヤ、今夜は何んだか変ですよ……ね、親方、私が今、朝日亭へロースを持って行ってそっと裏へ廻って座敷の様子を立聞してますとね、おくら婆アさんの話声と、も一人、男子の声とはするけれど、おかみさんはいないらしいんです、二人でおかみさんの噂をしてたくらいですからね、慥かに居ないんです、そして家へも帰っちゃ来ないんでしょう、真実におかみさんは何うしたんでしょうね、何うも訳が分らねえ？

千太　彼奴の噂をしてた？……何んな事を云ってたんだい、そしてその男子っていうのは何んな汝《やつ》だったい？（焦々《いらいら》して聞く）

平吉　中を覗いて見る訳にゃ行きませんから、何んな男子だか善くは分りませんが何んでも土方《どかた》か破戸漢《ごろつき》かって風の、ぞんざいな荒っぽい言葉附《ことばつき》の奴でしたよ、そしておかみさんの悪たいを吐いてね、何んだか酷く怨《うら》んでるような様子でしたよ、おくら婆さんがしきりに宥めていましたっけ。

千太　何んだ？……（慄え声で）おかみさんの悪たいを吐いてた？……何んな悪たいを吐いてたんだい。

平吉　（千太の顔を見て）ビ……吃驚しますよ、そんな声を出されちゃ……親方の眼色は何んだか変だ、寒気でもするんですか？　体が慄えてるじゃアありませんか？

千太　（強いて空元気を附けて）何アに、何んでもねえ……何んでもねえ……何んな悪たいを吐いてたのか？　それを聞かせろ。

平吉　何アに、別に何んでもありませんよ……気にする程の事じゃないんでさア。

千太　（上ずった調子）何んな事を云ってやがったんか？……それを云えって云うんだ？

平吉　善かア分りませんけれど、おかみさんが薄情だとか何んだとか云ってました、（千太の顔色を見い見いしながら）……それをおくら婆アさんが、お吉さんは……おかみさんは、もうここらで自分の身を堅めて、一生の運定めをする気でいるんだから汝さんも真実にあの人の為《た》めを思うのなら、サッパリ思切《おもいき》って一人で九州へ行くが善い、イヤもう手切《てぎれ》まで済ませてから愚痴をこぼすのは見っともないとか、何んだとか、そんな事をくどくど云っていましたよ。

千太　(疑ったり悶えたりしながら) エ……身を堅めて一生の運定めするって？……あの家の嬶ァが……お吉が然うだって云うのかい？

平吉　まァ然うらしいんです……それにおかみさんは何処へ行ったのか、今まで帰って来ないのも訳が分りませんな。

千太　(頭が痛むように、両手で押えて) 平吉、貴様の云う事ァ真実か？

平吉　私が嘘なんか吐くもんですか？……聞いて来た通りを喋舌《しゃべ》ってるんです、……おかみさんはそりゃァ親方思いですからな、真実に、私なんかまでチョイチョイ親方ののろけを聞かされるんですからな。

千太　(急遽に、平吉の胸倉を取って) 貴様ァ彼奴を……お吉を口説いた事があるか？……彼奴の袖を引張《ひっぱ》って、弾《は》ねつけられた事があるか？　さアそれを云え……真直に云えッ。

平吉　(周章てながら) 馬……馬……馬鹿な事を……親方、誰がそんな馬鹿な真似をするもんですか？……一体何奴がそんな失敬な事を云いましたか？

千太　お吉から聞いたんだ。(と力を入れて締め付ける)

平吉　ア、苦しい……親方、止《よ》して頂戴……止して頂戴……口が……口が利けません。

千太　(手を緩めて)隠しやがっても駄目だい、……吐せって云うに、……黙ってるともっと酷い目に逢わせてやるぞ。

平吉　(尻込しながら)戯……戯談云っちゃ困ります、おかみさんは跋《ばつ》が悪くなると善い加減な出たら目を云う人ですから……腹は善いんだが、あれ許《ば》ッかりはおかみさんの悪い癖ですからね……

千太　何に、出たら目を云う……彼奴が出たら目を……そりゃ然うだろう……それに違いねえ……畜生、己を騙しやがるからこんな事になった、……天罰が当ったと思いやがれ。

平吉　(恐る恐る千太の顔を覗いて)親方、何うしたんだね……熱でも出たんじゃねえかね。

千太　(吊り下った牝牛の太腿を見上げて、狂的に冷笑して)ハハハハ不埒な牝牛め……善いざまだ。

おくら　今晩は(と、声をかけて、店先から入って来る、五十才前後の、小さい丸髷に結った、鬢《びん》の艶々した、気の若そうな女、ほろ酔加減の、眼縁《めのふち》が赤い)親方、お吉さんは?

おくら　お吉さんは何うしました？　親方……昨夜は遅くなっちゃって、何うも済まなかったね。

（千太ギロリと見て、黙っている）

おくら　オヤ、お吉さんはまだ帰ってませんか？……まア、何うしたんだろう。

（千太はまだ返答をせぬ、おくらの顔を睨付けるように見詰めている）

平吉　汝さんには、家のおかみさんの行った先は分ってないのかね？

おくら　もう疾《とう》の昔に帰ってる筈だものね、ハテ不思議だ……私はお吉さんの櫛が落ちてたのを拾ったから、届け旁々《かたがた》様子を見に寄ったんだよ。

千太（唇を慄わせて、突如に）おくら、その櫛は何処で拾ったい？　汝は彼奴と何処かの野郎と逢引する手引をしやがったな？　昨夜のも然うに違いねえ、何も彼も云っちまいな、云わぬと己れッ、酷い目に逢わせてやるぞ。（血色凄まじく、庖丁片手に身構《みがまえ》する）

おくら　まア、親方、脅かしちゃ忌だよ、……何も私が逢引の手引なんかするもんかね、これでも汝さん等二人の仲人役《なこうどやく》じゃアないか？　その仲人に何うしてそんな馬鹿な真似が出来るもんかね、髪結はしていても、そうした卑しい人間じゃアないって事は、世間の皆様が御承知の筈だ、あんまり酷い事を云いなさんなよ。

千太　(焦き込んで)その櫛は何処に落ちてたんだ？　それから聞こう。

おくら　まアまア落着いて聞いて貰いましょう、ね、親方……私は実は何んだか気がかりで、様子を見に寄ったんだが、お吉さんがまだ帰ってないというのは何うも変だものね、……帰るのが極《きまり》が悪くって、ひょんな気を出したんじゃアあるまいね……十九や廿歳《はたち》の娘じゃアなし、まさかそんな事もあるまいが……

千太　その櫛は何うしたんだい？……それを云えって云うんだ？　婆の癖に酒なんか喰《くら》いやがって、一体汝の、その尤らしい面が気に喰わねえ。

平吉　(宥めて)親方、親方、まア大きな声を出さないで落着いて聞いたら善いじゃアねえかね？

おくら　真実に、落着いて聞いて貰わなきゃ私も口が利けません……今夜の酒は千太さん、汝さんに奢って貰っても善い筈の祝酒《いわいざけ》なんだよ、今夜からお吉さんは高枕で寝られるんだものね、汝さんにもお目出度《めでた》い事だ、お神酒《みき》位い上げたって善い。

千太　何に……何が目出度いんだ？……何を云ってやがるんだ？

おくら　ね、親方、汝さんの前だが、お吉さんは気の善い人だけれど唯《た》った一つ悪い癖でね、隠さないでも善い事を御亭主の汝さんに隠そうとする、私アあれが忌《きら》いでね、構う事アないから何も彼も打明けてお了いと、やかましく云うんだけれども、一つは之も人々《にんにん》の性分だし、それにお吉さんも従来《これまで》、妾奉公《めかけぼうこう》してちゃ虐められる、出来合った男子は置去りを喰わす、さんざん苦労して来た揚句に、親方が又些《ちっ》と嫉《や》き方が酷いもんだから、ホホホホ怒っちゃいけませんよ、そりゃア汝さんも先のおかみさんで手を焼いてるから無理もないわねえ、……人の善い親方だけれど一度騙されると、ひがむのが人情だものね。

千太　（不安さに堪えざるもののように）そ……それで何うしたてんだね？　何んな事を隠してたんだね？

おくら　実はね、一旦お吉さんに置去を喰わしやがった先《せん》の男子のあの亀公《かめこう》の奴め、この四五日前に図々しく舞い戻りやがって、九州の炭坑の方とかへ、お吉さんを引張って行こうて虫の善い事を云出したんだよ、呆れッちまうじゃアないかね……お吉さんは何処迄も汝さんに隠しててくれと頼むんだけれどもう斯うなっちゃ云って了った方が善い、その方が真実に汝さん方二人の行末《ゆくすえ》の為めにもなる事ったからね……一体昨夜、私は皆、汝さんに打明けようて云ってたのを、お吉さんが何うしても黙っててくれッて、強《た》ってのお頼みだから、済まない、済まないとは思いながら、つい善い加減な事を云ってましたの、そりゃ勘弁して貰います。

千太（苦悶の表情）……その、先の亭主が何うしたんてんだ？……昨夜は逢引してたのか？
おくら　まアゆっくりとお聞きな、何を隠そう、昨夜はお吉さんと、その亀公の奴と、私の家へ落合って、納得の行くような話をさせにかかったのだが、相手がいろんな言がかりを附けるので、出す筋はないんだが、面倒臭いから寧そ手切金で綺麗サッパリ手を切ろうて事に、漸《や》っと鳧《けり》を附けたんですよ、男子って随分身勝手じゃアないかね、亀公め、自分が落目になるとお吉さんを置去り同様にして、北海道とか樺太とかへ高飛びしやがった癖に、今度は又九州へ下る序の行《ゆき》がけの駄賃《だちん》に、お吉さんをあべこべに強請《ゆす》ろうてんだものね。
平吉　エ、じゃア先の亭主の亀公とかいう奴めが強請《ゆすり》に来やがったのか？　まア驚いた奴だね。
千太（慄え声で）それが真実なら、始めから打明けられねえ事アねえ筈だ……櫛まで落して来るたア何うしたんだ？……矢ッ張、体を自由にされたに違いねえ、それに違いねえ。
おくら　汝さん、然う早く気を廻すから困るじゃないかね？　仮にも私が汝さん等《たち》夫婦の仲人役で、何うしてそんな怪《け》しからん真似をさせるものかね、お吉さんも今じゃ身慄いする程忌がってる男子だもの……この櫛は私があそこの家の縁側に落ちてたのを拾って来たんですよ、何んでもありゃしない……それよりかお吉さんは、汝さんのような働きのある人に連れ添うたのを何んなに喜んでるか知れやしませんよ、もう死んでも生きても千太さんと一緒だ、これが私の一生の運定めだって、御亭主のおのろけを手放しに聞かせる位だもの、せいぜい可愛がっておやんなさいよ。

千太 （悶々するように胸先を押《おさ》えて）エ……真実か？ それは？ おくらさん、真実にそんな事を云ってたのか？

おくら （笑い顔で）真実の、嘘のって、平素の素振りでも汝さんにゃちゃんと分っていそうなもんじゃアないかね？……亀公の畜生め、女は弱いものだと高を括ってお吉さんを脅しにかかって、此所《ここ》の店先へ据《すわ》り込むって云うから、何アに、些《ちっ》とも構やアしない、然うさせた方が却って善いって、私は云ってたんだけれど、お吉さんは、イヤこんな事で一時でも千太さんの気を悪くさせるのが辛くて堪らないから、あの人には何んにも知らせ度《たく》ない、他の事で少し位叱られるのは構わないから、こんな忌な事丈は、卯《う》の毛程も勘附かれないようにし度《たい》って云ってる位、汝さん思いなんですよ、あんまり遠慮の仕方が妙ですけれど、その心持を汲んで見りゃ可愛いじゃありませんか？　千太さん、真実に大切にして上げないじゃァ罰が当りますよ。

千太（全身をガタガタ慄わせながら）……真実か？……真実にそんな気持でいてくれたのか？……ア、胸が痛い……胸先が裂かれるようだ……おくらさん、汝の言う事は真実か？

おくら　真実にも何んにも……私は嘘と賭博《ばくち》は昔から忌いだからね……汝さん、苦しそうだね、何うしたんだね？　真実に顔色が善くない、宛《まる》で病人のようだ。

平吉　親方、何うしたんです？　おかみさんも今に帰って来ますよ、心配する事アありませんや。

おくら　もう心配する事なんか些っともありゃアしないよ、……もう斯うなっちゃお吉さんの帰って来る前に、何も彼も私から云っちまいましょう、ね、然うした方が善かろう、だが後であの人を叱らないようにしておくんなさい、それは私が頼んで置きますよ、善いかね、昨夜漸《や》っとその手切談《てぎればなし》が附いたので亀公の畜生、今夜の七時の汽車で発《た》つと云うから、その刻限までに渡す筈の手切金の三十円ってものを汝さんに知らさないで、自分の衣服を持出して質屋で調《こさ》えて来たって云うんですよ、女が生命から二番目の大切な衣服を曲げてまで、汝さんには黙ってて、心配かけまいというんですよ、いじらしいじゃアないかね、そしてあそこの小料理の朝日亭へその金を持って行って、私の立会で亀公の奴にそれを渡してさ、手切の証文と引替にすると、まア一杯と亀公がさす杯《さかずき》をお吉さん受けもしないで、サッサと帰ったんですが……それにしても何処へ道寄したもんだろうね、可笑《おかし》な事だ。

千太（破れたような慄え声で）エ……じゃア衣服を質入《しちいれ》して……それで手切金を……何故《なぜ》一口云ってくれねえんだい、何《どう》して黙っているんだい……ア、己ア八ッ裂にされるようだ……逆さに吊られるようだ（胸を掻きむしるように苦みながら）……お吉、たった一口何故己に知らせてくれねえんだい？……たった一口何故然《そ》う云ってくれねえんだい？

平吉　親方、おかみさんは怒られるかと思って、帰って来ないのかも知れませんね、そこらを、も一度探して来ましょうか？

おくら（少し心配そうに）心当りがありゃ探して見て貰いたいね……黙ってたのはお吉さんが悪かったけれど、何も彼も自分一人で引受《ひきうけ》て汝さんに心配かけまいとしたんだから、決して叱っておくんなさんなよ、ね、真実に可愛いじゃアないかね？　もうこれでお吉さんの胸もせいせいした事だろうから、明日からは汝さん方二人の仲に何にも心配な事はありゃしない、真実に幸福《しあわせ》な御夫婦だからね、いいかね、叱っちゃいけません、頼みますよ。

千太　（とろんとした眼で空虚を見詰めて）然う云やア思い当らア、……明日からはお天道様が二人の上に許り射すって云ってたけ……自分一人で黙って苦労するって云ってたけ……お吉……済まなかったな……済まなかったな……

おくら　（慰めるように）済むも済まんも、汝さんが気持を悪くしないで打解《うちと》けてさえおくれなら、あの人も何んなに喜ぶか知れやしないからね、死ぬも生きるも汝さんと一緒だって、手放しでのろけてる位の御亭主思いだものね、汝さん、いいかね、帰って来ても何んにも小言を云わないでね、いいかね。

千太　（譫言《うわごと》のように）……死ぬも生きるも一緒だって……酷い男子だと怨んでような……怨むのが尤だ……エ、このままじゃ死ねねえや……汝をも一度生《い》かして詫《あや》まってから死に度《た》い。

平吉　（薄気味悪そうに）親方……親方……妙な事を言ってるね、熱でも出たのか知ら？

おくら　お吉さんが帰らんので、心配してるんだろう……何アに、心配する事はない、今に帰って来ますよ、何なら私も行って探して来よう……オオ、忘れかけた、朝日亭から氷を二貫目持って来てくれって、言伝《ことづて》を頼まれてたけ、小僧さん、汝さん序に持って行って上げておくれな……

平吉　朝日亭へ……二貫目……よし、持って行って序にも一度、おかみさんを探して見よう、愈々分らなきゃ交番所だ（云い云い、氷室の方へ行きかけて、足を滑らす）ヤ……血が……血がここらにも流れてらア。

おくら　エ……何うしたって……血が？　牛の血でも気味が悪いね。

千太（狂気の如く起上って、氷室の扉口に立塞がり）此処は誰にも開けさせねえぞ、死恥《しにはじ》まで曝させちゃ己ア済まねえ。（血を吐くような声）

平吉（吃驚して）親方、何うしたんだね？……譫言を云ってらア。（とおくらの方を見返える）

おくら　親方、何うしたっての？　そんなに心配せんでもお吉さんは今に帰って来ますよ……（平吉の顔を見て）少し変だ、人が善過《よすぎ》るんだね。

千太（呻くように）許してくれ……お吉……許してくれ……お吉……汝一人冥途《めいど》へはやらねえよ。（と、突然、氷室へ跳《おど》り込む）

平吉（呆れ顔で）一体、コリャ何うしたってんだろう？

おくら　何《どう》も些と変だよ？　気が変になったのかな？

（二人は不安そうに顔見合せて、暫らく沈黙して氷室の方を見詰めている……忽ち氷室の中で叫声が聞える）

平吉　エッ……何《ど》……何……何うしたんだろう？（と恐る恐る氷室の扉を開けて、内部を覗いて見て）ア、二つ屍骸が……（叫びさま、気絶して倒れる、おくらも其処へ凝立《ぎょうりつ》する、瓦斯の燈がパチパチ鳴る）——カーテン——

（底本『中村吉蔵現代劇選集』大鐙閣、一九二二年）

＊1　床几　脚をX字に交差させた、折畳式の簡易腰掛け。
＊2　天祖様　天照大神のこと。この場合、天照大神を主神とする神社を指す。
＊3　おひきずり　お端折りをせずに着物の裾を引きずって着ること。また、めかし込むばかりでろくに仕事をしない女性のこと。
＊4　逐天　逐電。行方をくらまし逃亡すること。
＊5　二本棒　妻や女性に甘い男のこと。
＊6　売女　地獄。下等な娼婦のこと。
＊7　炮烙焼　火刑の一種。中国古代、殷の紂王が行なったとされる。

＊8　洋犬　西洋犬のこと。明治初期、来日した西洋人たちが犬に対して“Come here”と呼びかけているのを聞いて、犬に「カメや」と呼びかけているのだと日本人が勘違いしたことから西洋犬全般を「かめ」と呼ぶようになったという説がある。

＊9　権呑を食わせやがる　剣呑を食わせる。烈しく注意すること。

＊10　羅宇屋　職業の一種。羅宇（煙草を詰める火皿と吸い口を繋ぐ竹管）の掃除と交換を専門に行う職業として江戸時代に広まった。

＊11　白首　おしろいを首筋まで濃く塗ること。下等な娼婦のこと。

＊12　肉醬　獣や鳥の肉を塩に漬け込み、素材がもつ酵素の作用によって発酵、熟成させた食品。

＊13　露助　ロシア人やロシアに対する蔑称。

＊14　婢　下女。使用人の女性のこと。

別筵

久米正雄

人物
西野《にしの》兼子《かねこ》　或る実業家の未亡人、四十三四歳
同　絹子《きぬこ》　その令嬢、十九歳
同　健吉《けんきち》　その令息、十三歳
佐竹信一《しんいち》　絹子の約婚者、二十八歳
杉村俊夫《としお》　家庭教師、二十七歳

舞台
西野家の客間。和洋折衷の立派な部屋である。中央に大きな卓子《テーブル》。その周囲に椅

子数個。ソーファ、ビュッフェ、ピアノなど、富裕なる実業家の家庭にふさわしい家具や、装飾品が据えられてある。正面の壁には、今は亡き主人西野健太郎《にしのけんたろう》氏の肖像が掲げられてある。時は或る晩春の夕方から夜にかけて。——幕あくと令嬢絹子、何となく落着かない態度で、卓上の花瓶などを飾り直している。そこへ戸を開けて当家の家庭教師、杉村俊夫が入って来る。彼はL字の襟章《えりしょう》*1のついた、大学の制服を着ている。

杉村　あ、御免なさい。——あなたお一人ですか。

絹子　あら、いらっしゃい。——あたし一人よ。

杉村　お母さまはどちらにおいでなのです。

絹子　今お風呂を召していらっしゃるのよ。

杉村　健吉さんもお見えにならないようですね。おいでになるなら、今の中《うち》に仏蘭西《フランス》語の復習《おさらい》をして置こうかと思いますが。——

絹子　居りませんか。先刻《さっき》確かに帰ったようでしたがね。では又すぐ表《おも》ての方へ飛び出したんでしょう。あの子もほんとに悪戯《いたずら》好きで、困って了《しま》いますわねえ。

杉村　（意味のある笑いを送って）併《しか》しそれが僕たちには、丁度都合がよくはありませんかしら。

絹子　（鳥渡《ちょっと》嬌態《きょうたい》を作って）それもそうですわねえ。

杉村　絹子さん、それじゃ丁度いい機会ですから、今の中に相談を定《き》めて置こうじゃありませんか。今夜佐竹の前で、吾々は一体どう云う態度を取ったらいいか。

――

絹子　そうですね。ほんとにどうしましょう。

杉村　一体、佐竹君は何時に此処《ここ》へ来るんです。

絹子　六時頃おいでになる筈《はず》なのよ。お母さまのお考えで、彼方《あちら》へお発ちになる前の晩、皆で夕飯でも食べたいから、六時頃いらっしゃいって約束してあるんですから。

杉村　そして其席《そのせき》へ僕も招《よ》んで下すったのですね。

絹子　ええそうなの。

杉村　奥様も鳥渡お皮肉ですね。万事御承知でい乍《なが》ら、僕と佐竹と貴方とを一緒の食卓につかせるなんて。僕は何だか妙な気がします。

絹子　だって貴方をお呼びしなければ、却って妙になるでしょう。――貴方はあの人の御親友なんですもの。

杉村　而《そ》して其実は大変な裏切り者なんですからね。僕はこれでも昔ショオの弟子入りをして、良心なんて厄介物は出来るだけ失くそう失くそうと心懸けたものですが、今だに心の底に膠《こび》り付いている道念が、ちくりちくりと胸を刺すんで困ります。何しろ佐竹君と僕とは、中学時代からの友人なんですからね。それに此処へこうして家庭教師として上れるように、世話をして呉れた其の当人なんですからねえ。一体なら僕はあの男に、只管《ひたすら》感謝していなければならないのです。仮りにも貴女とこんな事をするのは、道徳上絶対に許されない事なのです。しかも誰かさんの恐ろしい力は、僕にこんな事を敢えてさせました。

絹子　どうも済みません。

杉村　何しろ僕にその罪を犯させなければ、死んでしまうなんて脅迫する人がいるんですからねえ。而して其一念で、とうとうお母さままで変節させて了った人がいるんですからねえ。

絹子　あら、それは嘘よ。お母さまだって前から、貴方の方をお気に入りだったのよ。只前には佐竹さんが、余り御熱心だったものですから、私もお母さまも只同情して、つい承知して了っただけなのよ。だから其後に佐竹さんの人格や才能が、だんだん私たちに解って来れば、誰だってあんな人厭《いや》になって来るのは当り前ですわ。私だってもともとあの人が、そう好きと云うのではなかったのですもの。

杉村　でも、僕のような侵入者が其間に入って来なければ、こんな事にはならなかったでしょう。

絹子　それはそうでしょうけれど、もうこんなに成って了ったのですから、どうにも仕方がありませんわ。

杉村　凡《すべ》ては運命ですね。此《この》場合少くとも運命だと一口に片を付けて了う方が、僕らには都合がいいようです。運命の力にはどうしても逆《さから》う事が出来ぬと云うのが、こう云う場合の唯一の逃口上ですからね。実際僕はこう云う関係になるのを恐れながらも、庶幾《こいねが》っていました。少しは佐竹君に済まぬとは思って、争ってはみましたが、決してそれに全力を尽した訳ではありませんでした。私はこう云う結果になるのを、とうから待ち設けていたのです。あなたを見たあの瞬間から既に。

――

絹子　私もそうでしたわ。貴方が、初めて佐竹さんに連れられて来て、私に紹介されたあの時から。――

杉村　あの時佐竹は、貴女を僕に見せびらかすように、得々《とくとく》としていましたねえ。あの時分は佐竹の全盛期でした。高商は優等で卒業する。すぐに××銀行に入る。

貴女との話が定まる。まだ愚にもつかない文科大学なんぞに、愚図々々《ぐずぐず》している僕から見ると、世間的にも羨《うらやま》しくて堪りませんでしたよ。殊《こと》に貴女に紹介された時なぞは、僕は明らかに或る嫉妬をさえ感じました。僕は果して此人のように、美しい人を自分のものにする事が出来るかどうかと考えると、漫《そぞ》ろに無常をさえ感じました。――併し今はみんなそれが過去の夢ですねえ。僕はもう誰も羨みません。僕ほどに幸福な男は、世の中にさえ無いと思っています。

絹子　私も自分ほど幸福な女は、外にないと思って居りますわ。

杉村　僕はもう佐竹の事なんぞ考えない事にしました。彼奴《あいつ》の事なんぞ考えてびくびくしていては、到底此の世の中でこんな幸福は得られませんからね。

絹子　でもあの人と私との問題は、どうして解決を付けたらいいでしょう。あの方が上海《シャンハイ》へ行って了わない中に、どうにかしなければいけないでしょうねえ。

杉村　いや、併しそれも運命が独りでに解決をつけて呉れてるじゃありませんか。僕は貴女とこうなった時、佐竹の問題が円満に行って呉れればいいがと、そればかりを苦に病んで居りました。僕は殆《ほと》んど佐竹が、死んででも呉れればいいと考えた位《くら》いです。

絹子　まあ貴方も！　私もそう考えたことがあるのよ。而して余りの恐しさに、それから先きを考える事をよしましたわ。

杉村　ところが今度の彼の上海行は、僕たちに取っては願ったり叶ったりじゃありませんか。まるで運命の神が、僕たち二人を祝福して呉れてるようなものです。もう邪魔物が遠く離れて了うし、離れれば疎《うと》くなるに定《きま》って居るし、其中には此方《こちら》に都合のいい口実も見つかるでしょうし、何もかも好都合過ぎる位い好都合じゃありませんか。——僕は此間佐竹から、今度上海の支店詰を内命されたが、行ったものかどうかと相談をしかけられた時、内心もう〆《し》めたと思いましたよ。而して出来るだけ邪意なしに、それとなく賛成してやりました。僕も随分悪党になりましたね。吾乍らあきれ返って了う位いです。もとはほんとに善良だったのですけれど。

絹子　みんな私から起ったのだと仰有《おっしゃ》るのね。ようござんすとも、いくらでも罪は負いますわ。——だけどほんとにどうしたものでしょう。私たちの関係は全然知らさずに、あの方を上海へ立たして了いましょうか。それとも又茲《ここ》で打ちあけて、改めて許して貰いましょうか。

杉村　一体あの男は、幾らかでも僕らの関係を疑ってるでしょうか。少しは気付いているでしょうか。

絹子　私には気付いている様子も見えませんがね。

杉村　鈍感子《どんかんし》ですからね。併し油断はなりません。今夜だって十分注意しないと、上海への出発を延ばすなんて云い出し兼ねませんからね。

絹子　じゃ今夜は何も云わずに、あの人を上海へやって了いましょうか。私も精々別れるのが悲しい様子か何かして、うまく此場は切りぬけますわ。

杉村　佐竹の奴も可哀想には可哀想だが、茲で事実の真相でも知らせると、僕たちに都合が悪いばかりでなく、彼のためにも不幸ですよ。秘密はあくまでも秘密にして、彼には何も知らぬものの幸福を与えてやるのです。――今夜はあくまで黙っていなければなりません。黙ってそしらぬ顔をしているのです。

絹子　でも、お母さまはどう云うお心算《つもり》なのかしら。ひょっとするとお母さまは、今夜万事を解決して了うお積りではございますまいか。

杉村　そうかも知れませんね。併しそうだとしたら、今から僕らがお願いして、飽くまで秘密主義を取るようにしなくちゃ不可《いけ》ませんね。秘密主義は決して悪い方法じゃありません。秘密を開放して、却って不幸な結果を招くこともありますからね。吾々は何も佐竹君に、気持を悪くさせて上海へ発たせる必要はないのです。知らぬが仏で発って貰った方が、お互いに充分幸福なんですからね。

絹子　そうね。それが宜《よろ》しゅうございますわね、——あらお母さまがお風呂から上っていらしった様子よ。此方へいらっしゃるでしょうから、もう少し離れていて下さいな。

杉村　お母さまはもう万事御承知なのでしょう。

絹子　ですけれど何だか、私が気まりが悪いのですもの。

杉村　そんなら少し離れていましょうね。

二人は適当の間隔を置いて、さりげない様子をしている。母親の兼子入り来る。

杉村　奥さん。お言葉に甘えてお邪魔に上りました。

兼子　いらっしゃい。よく来て下さいました。今日は佐竹さんの送別会でもしようと思って、それでお呼びしたのですよ。

杉村　佐竹君が今日来ることは、只今絹子さんから伺って知りましたが、吾々をこうして一堂に集めて、奥様は一体どうなさるお心算なんです。

兼子　実は私に少々考えがありましてね。

杉村　どんなお考えがおありになるんですか。

兼子　私は今夜佐竹さんに、貴方がたの事をすっかり打ち明けて、絹子の事は思い切って貰おうと思ったのです。どうせ絹子は貴方に心を打ち明けて了ったのですし、佐竹さんへ嫁《い》くのはもう厭だと云うのですから、是が非でも一度はあの人にお断りを云わなくちゃならぬ時期が来るのです。だから今の中に、はっきり事の成行《なりゆき》を云って了って、きっぱりと思い切って上海へ行って頂く方が、私の方の気もすむし、佐竹さんも得心が行くだろうと思うのです。

杉村　ですけれど奥さん。それは少し残酷ですよ。佐竹君は何も知らずに、平和に、又帰って来る日を楽しみに、希望に満ちて上海へ行こうと思い立っているのですから、ここでその平地に波瀾《はらん》を起して、彼の心を騒がせるのは、却って彼に取っても不幸ですよ。此際吾々はどこ迄《まで》も秘密主義を守って、飽くまで何も知らせずに、あの男を向うへやって了った方が一番なんです。それは決して私たちの厄介払いばかりでなく、あの男の幸福なんですからね。運命の神様がうまく私共と、彼との間に解決をつけて呉れたのです。ですから黙ってあの男を発たせて了おうじゃありませんか。――それは奥さんとしては色々な義務もあり、あの人に対する責任もあるでしょうが、此の場はまるで知らぬふりをなすって下さい。而して吾々にも飽《あく》まで何でもない風をさせて下さい。奥さんはただ、黙って見物していてさえ下さればそれでいいのです。

兼子　貴方がそう迄仰有るのなら、それも一理はありますから、そうしても宜しゅうございます。私は何も此の子の幸福なように解決してやり度《た》いだけなのですからね。では佐竹さんに今日打ち明ける事はよしましょう。而して何も知らさずに、此場は愉快に出発させてあげましょう。

杉村　それが此の場合、一番送別の意に適うものだと考えます。

兼子　そうなると今日の送別会は、見ように依っては面白うございますのね。佐竹さんにはお気の毒ですけれど。

杉村　まあ奥さんは暫《しば》らく、親権者とか何とか云う責任なんぞ忘れて、何も知らぬ人のように、人生の喜劇を見ていて下さい。私たちがそこでどんな演出をするか。而してその結果がどんな事になるか、もう一時間と経たぬ中に解るのです。

兼子　絹子、おまえにそんな事が出来るかえ。

絹子　でも、やむを得なければやって見ますわ。

杉村　そうです。虚偽をするのもどうせ今夜きりなのですから、思い切ってやって頂かなくてはなりません。出来るだけ悲しげな別れの言葉と、出来るだけ長い嘆息と、場合によっては出来るだけ大粒な空涙《そらなみだ》を用意して下さればいいのです。

女中入り来る。

女中　奥様。佐竹さんがお見えになりましてございます。

兼子　ああそうかい。——じゃ直《す》ぐ此方へお通し。それからもう食事の用意は出来てるだろうね。

女中　はい。出来て居ります。

兼子　そんなら急いで健吉も呼んで来てお呉れ、一緒に御飯をたべるのだから。

女中　はい。畏《かしこま》りました。

　女中去る。佐竹信一入り来る。

佐竹　今日はわざわざお招きにあずかりまして、有難う存じます。

兼子　よくいらっしゃいました。御招待するって程の御馳走もないんで、そう仰有られると却って恐縮しますわ。

　此の間に女中入り来り、次の会話の進行中に食卓を作る。

佐竹　絹子さん、暫らくお目にかかりませんでしたね。

絹子　ほんとに暫らくね。どうしていらっしゃらなかったの。

佐竹　つい色々な事で、忙しかったものですからね。

絹子　きっとお金儲《もうけ》の方がお忙しいので、私どもの方などは忘れておしまいになったのだろうって、いつも母や杉村さんとお噂をして居りましたのよ。

佐竹　貴女がたを忘れるほど、お金儲けが出来ればいいんですがね。

杉村　忘れられると大変だから、儲からない方がいいね。

佐竹　やあ杉村君、君にも暫くだったね。僕は一昨日君の所へ暇乞《いとまご》いに寄ったが、君は生憎《あいにく》留守だったので、多分ここでお目にかかる機会もあるだろうと、別に改めてお暇乞いもしなかった。失礼は勘弁して呉れ給え。

杉村　君もさぞ忙しかったろうから、僕も遠慮して行かなかった。何しろ今度は御栄転という訳で、お芽出度《めでと》う。お祝いが後になって失敬だが。――

佐竹　いや、栄転とは名ばかりで、何しろ体《てい》のいい左遷なんだからなあ。同じ謫所《たくしょ》の月を見るのでも倫敦《ロンドン》か紐育《ニューヨーク》あたりだともう少しは見栄えがするが、上海じゃ甚《はなは》だつまらないからねえ。併し外国へと願った所が、なかなかやらしては呉れないのだ。それにそう長い間外国にいるのは厭だし、上海ならすぐ帰って来られるので、やっと行く気になったのさ。

杉村　何しろ、日本に思い残すものがあるからねえ。

佐竹　まさか。そうでもないけれど。

杉村　併し一二年行って来るのはいいさ。何しろまだお互いに若いんだから。

健吉入り来る。

健吉　お母さん只今。やあ御馳走が出来ているんだね。そんなら早く帰って来ればよかった。

兼子　こんなに遅くまでどこで遊んでいるのです。折角《せっかく》杉村さんがいらしって下すっても復習が出来ないじゃないか。

健吉　だって杉村さんは、私になんぞお浚《さら》いをするのより、姉さんとお話をする方が好きなんだもの。

杉村　ははあ、健吉さんは妬《や》いていますね。併し僕を妬くのは間違いですよ。妬くのなら佐竹君をお妬きなさい。佐竹君の方が僕なんぞより、よっぽど姉さんとお話をするのが好きですからね。それに姉さんも佐竹さんとお話するのが非常に好きなんだから、その中にすっかり姉さんを奪《と》られて了いますよ。

絹子　杉村さん、よくってよ。

健吉　（佐竹の方へ寄って）佐竹さんはいい人だから、そんな事はないやねえ。

佐竹　ええええ、ありませんとも。

健吉　佐竹さん、君はほんとうに僕の姉さんが好きかい。

佐竹　さあ、どうですかね。貴方にはどう見えます。

健吉　佐竹さんは姉さんが好きだけれど、姉さんは先生の方が好きらしいよ。

絹子　お母さま、私ね、佐竹さんとあんなお約束がしてあるものですから、佐竹さんの前へ出ると、何となく固くなるような気がするのよ。而して杉村さんの前だと、只のお友達だと思うものだからか、幾らか、自由にお話が出来るのよ。それで健吉さんまでが、きっとあんな事を云うのだわね。

杉村　恋は尊敬から始まる。佐竹君に比べては、つまり僕なぞは貴女に存在も認められないのですね。

佐竹　いや、僕は敬遠されているのかも知れない。

絹子　あら、そう見えて？

杉村　それが敬遠なら、僕なぞは永久的に敬遠されていたいものだね。

佐竹　文字通りに敬遠されては堪らないさ。此位《このくら》いの敬遠だから我慢して居られるのだろうよ。

杉村　なんだ、結局そんなことを聞かされるのか。尤《もっと》も今日は君のお蔭で御馳走になるのだが。——

健吉　もう御馳走を食べようよ。

兼子　さあそれでは皆さん。つまらないものですが召上って下さい。佐竹さん、貴君《あなた》は主賓ですから此処へいらっしゃい。絹子。おまえは佐竹さんの傍へ坐って、お

　別れの盃《さかずき》にお酒を注《つ》いでおあげ。

健吉　それじゃあ僕は佐竹さんの此方側に坐らあ。

　皆な食卓を囲む。

兼子　（盃を挙げて）それでは御無事で行っていらっしゃるように。

佐竹　有難うございます。

絹子　佐竹さん、どの位い貴方向《むこ》うにいらっしゃるお心算り。

佐竹　そうですな。長くて二年ですな。僕も三十前には帰って来たいと思っています。

杉村　三十なら婚期が遅いと云う訳ではないからね。

佐竹　そうだ。早い位いだよ。併し僕が三十になると、絹子さんはお幾つになりますかな。

兼子　絹子だって二十一ですよ。

杉村　では絹子さんだって、婚期が遅れるほどでもない。併しどうです。二年の間が待ち切れますか。待ち切れなくて上海まで出掛けるような事にはなりませんかな。

絹子　知らなくってよ。

佐竹　ほんとうに僕が帰って来るまで、貴女も待っていて下さいますか。

絹子　ええ、私は大丈夫な心算りですけれど。

佐竹　僕が危ないと云うのですか。

絹子　ええ。

佐竹　一つ勇を鼓《こ》して、支那美人でも連れて帰って来ましょうかな。そしたら貴方がたはどんな顔をするのだろう。それを鳥渡見たい気もしますね。

杉村　まさかにそんな事はあるまいけれど、君の今の話とは反対に、其間《そのかん》に絹子さんが誰かと結婚でもしていたら、君はどんな顔をするだろうね。

佐竹　さあ、どんな顔をするだろう。

杉村　君は落胆して自殺でもしやしないだろうか。

佐竹　さあ、どうとも云えないね。其場になって見なければ。

杉村　絹子さん、どうです。一つ佐竹君を棄てて見ては。

兼子　御冗談仰有るものじゃありませんよ。

絹子　厭よ。そんな事、誰がしてみたりするものですか。

杉村　そうですか。それは失礼致しました。

佐竹　（間。ふと調子をかえて）杉村君、君も愈々《いよいよ》今年は卒業だね。

杉村　ああ、どうにかこうにか、今年は卒業出来そうだ。併し君たちの方と違って、仏文科なんぞは仕方がないよ。出たって丸っきり口がないんだから。

佐竹　君は出たらどうするつもりだね。

杉村　丸っきりアテがないんだよ。

佐竹　併し其中には細君を迎えて、家庭を作らなければなるまい。

杉村　そんなことは考えられないよ。

佐竹　君にはどんな細君が一番いいだろうな。——絹子さんのようなのは嫌いかい。

杉村　そうさな。勿論《もちろん》嫌いではないが、そう好きでもない。

絹子　お母さま、杉村さんの奥さんには、どんな人がいいでしょうね。是れから少し見付けて上げたらどう。

兼子　杉村さんのような方には、滅多にお世話出来ませんよ。大抵のものが気に入らないだろうから。

杉村　まさかそうでもありませんよ。思いのほか気に入っている人が、そこらに無いとも限りません。

絹子　あら、そう。ほんとうにおありになるんなら、私にそっと仰有いよ。誰方《どなた》？え、何処《どこ》の方？

杉村　[*2]そうですね。じゃ思い切っていいましょうか。活動写真に出て来る、エラ・ホールと云う女優です。

健吉　杉村さんは此間僕と不二館《ふじかん》へ行った時ね、エラ・ホールって人が出たら、姉さんに似てるってそう云ったよ。

佐竹　そう云えばほんとに何処か、似ている所があるようですね。頤《あご》の可愛くシャクレてる処が、一番よく似ているじゃないでしょうか。

絹子　あら、随分だわ。

杉村　絹子さんなんぞに比較されちゃ、吾がエラ・ホールが泣きますよ。

絹子　どうせそうでしょうよ。けれど貴方になんぞ何と思われたって、私、何でもないからいいわ。

杉村　そうでしょうとも。附いている人がありますからね。併し真向からそう猛烈にやられると、思わずたじたじとならざるを得ませんね。

兼子　（会話を中断するように）佐竹さん、貴方もう少しいかが、どうぞたんと召し上れな。

佐竹　有難うございます。何だか今日はお別れのせいか、毎《いつ》ものように沢山《たくさん》頂けません。

杉村　君も思いの外《ほか》センティメンタルだね。

佐竹　別離と云うようなものは、僕のような無骨者《ぶこつもの》にも、一種の感慨を覚えさせるよ。

杉村　では序《つい》でに、絹子さんにピアノでも弾いて貰ったらどうだろう。

絹子　あたし、今日は弾けないわ。

佐竹　いや、そう云わずに、どうか僕のために、一度だけ弾いて下さい。僕はもう今夜きり貴女にお目にかかれないかも知れないのですから。

兼子　絹子、ああ仰有るのだから、お別れに何か弾いてお聴かせよ。

絹子　じゃちょっとだけ。（ピアノの前に坐る）何を弾きましょう。

佐竹　何でも、あなたの好きなものを。

絹子　何でもって、私には解らないわ。

杉村　それじゃ僕が選んであげましょう。少し月並かも知れないが、ベエトオフェンの月光曲はどうでしょうね。絹子さん、是非あれを弾いて上げなさい。

絹子　少し六ヶ敷《むつかし》いけれど、じゃあれを弾きましょうか。

　　静かに弾奏する。皆々傾聴する。

健吉　あら、佐竹さんは泣いているね。

佐竹　馬鹿云っちゃいけません。

　　絹子ぴたとピアノをやめて、食卓へ戻る。

杉村　どうしたのです。

絹子　何だか思うように弾けないの。

杉村　別れの晩ですからねえ。

絹子　私も何だか、ほんとうに悲しいような、情けないような気になったの。佐竹さん、どうぞ御免なさい。中途でやめたりして。

杉村　絹子さんも大分センティメンタルになりましたね。

佐竹　音楽は人の心を浄化すると云うからね。——いや、其位いで沢山です。私も充分満足しました。

健吉　今の曲は毎《いつ》も姉さんが、杉村さんと二人でよく弾くのに似ているなあ。

佐竹　健吉君の耳はよっぽどいいと見えますね。将来天才の音楽家が出来上るかも知れませんよ。

健吉　僕は音楽家になんぞなりはしないよ。

佐竹　それじゃ何になるんです。

健吉　何になるか、ほんとうは解らないんだ。

佐竹　何になってもようございますが、僕のような下らない会社員になるのはおよしなさい。凡ての希望をすてて、外国の支店詰なんぞ命ぜられる事がありますからね。（立ち上って）じゃ皆さん、左様なら。色々御馳走にあずかりました。

兼子　まだいいじゃありませんか。

佐竹　いつ迄いても際限ありませんし、何だか不意に悲しくなって来ましたから、失礼ですが此辺《このへん》でお暇《いとま》致します。――絹子さん、それじゃお壮健《たっしゃ》でお暮《くら》し下さい。而して時々はお手紙でも下さい。僕は出来るだけ早く帰って来ます。

絹子　左様なら。貴方もお丈夫で。――

佐竹　杉村君、左様なら。留守中よろしくお頼みします。

杉村　宜しい。あとの事は心配しないで、早く行って早く帰って来給え。じゃ左様なら。

佐竹　健吉君、左様なら。僕が帰って来るまでに、大きくなってい給えよ。

健吉　ああ、左様なら。――

　佐竹一揖《いちゆう》*3して出て行く。皆々見送る。やがて玄関先でもう一度挨拶を繰り返す声がして、佐竹は行って了った様子である。杉村と絹子、再び入り来る。

杉村　兎《と》に角《かく》、これで今日は済みましたね。

絹子　まさか悟らなかったでしょうね。

杉村　健吉君にはびくびくさせられましたね。幸い彼奴が鈍感だったからよかったものの、僕なら直ぐ感づいて了いますよ。

絹子　併し私は何だか余り可哀想で、平気でピアノなぞを弾く気にはなれませんでしたわ。だって貴方ったら平気の平左で、私たちの美しい記念がついてる「月光曲」なぞを、弾けって仰有るんですもの。貴方はほんとに罪な人ね。

杉村　何も罪な事はありゃしませんよ。あの男はそれで満足して行くし、僕らもこれで重荷が下りたような気ですからね。

兼子入り来る。

杉村　あ、奥さん、どうです。無事に行ったでしょう。

兼子　何だか少し可哀想だったが、何事もなく済んで、私も幾らか安心しました。

杉村　全く秘密と云うものも、無暗《むやみ》やたらに開放する必要はないものですよ。

兼子　そうですね。

女中急いで入り来る。

女中　あの佐竹さまがまたお戻りになりまして、云い忘れた事があるから、もう一度皆さまにお目にかかり度いと仰有います。

兼子　ああそう。それじゃ遠慮なくお通り下さいって。

女中去る。

兼子　何を云い忘れたんでしょう。

杉村　もう一度絹子さんの顔でも見度くなったのじゃありませんかしら。

兼子　まさか。――

　佐竹入り来る。

佐竹　又戻って参りました。永久に黙っていようと思いましたが、矢《や》っ張《ぱ》り云った方がいいようですから、たった二言三言私に云わして下さい。――奥さん、絹子さん、杉村君。私は貴方がたの事は、もうすっかり知っているのですよ。ずっと前から、一ヶ月ほど前から知っているのです。こう申し上げると、どうして知っているかと貴方がたはお訊きになるかも知れませんが、それは私がふとした事で、絹子さんの留守中に、絹子さんの日記を見て知ったのです。それを或いは貴方がたは、卑劣だと云って咎《とが》めるかも知れませんが、そう云う小さな不徳は、人間らしい過失として許さるべきです。私は貴方がたの不徳に対して私のその不徳が小さいからと弁護する気はありません。私はただ「愛する人」の正当防衛として、与えられたサスピション[*4]の故に許して貰うのです。私がその日記を見ないでいたらどうでしょう。私はどんな滑稽な役割を演じなければならなかったでしょう。[*5]併し事実を知っていたお蔭には、全然知らぬふりをしてい乍ら、貴方がたの陋策《ろうさく》の上に出て、冷然と見下すことも出来ました。私はそれを此の日記を窃《ぬす》み見た、小さな卑劣に感謝します。――さてこうぶち撒けて了えば、序でにもうすっかり云って了いましょう。実は私の上海行は、貴方がたの関係を知ったから、貴方がたの為めに身をひいて上げるのが一番だと思って、必死に思いついた私の窮策でした。私としては人知れぬ苦闘をして、ようやくその犠牲的の精神にまで到達したのです。どうかそこだけは買ってやって下さい。――では左様なら、申し上げ度い事と云うのは之れだけです。

皆々唖然としている中に、佐竹は悠々と出て行く。

――幕――

(底本『久米正雄全集　第十一巻』平凡社、一九三〇年。なお、底本では題が「別莚」と表記されているが、本書では『中央公論』掲載時の表記「別筵」を採用した)

＊1　襟章　洋服の襟につけ、その身分を示す記章。主に軍隊や学校の制服に用いられる。

＊2　エラ・ホール　Ella Hall（一八九六～一九八二）。アメリカの女優。一九一二年から一九三三年にかけて数多くのサイレント映画に出演した。

＊3　一揖　軽くお辞儀をすること。
＊4　サスピション　suspicion　英語で疑惑や嫌疑の意。
＊5　陋策　見識の狭い政策、劣悪な方策のこと。

Nの水死

田山花袋

一

博士Kが重い病を得て床に就いたのはもう五六ヶ月も前であった。一時いくらかよくなって庭などを散歩するようになったが、それもほんの僅《わず》かの間で、今では何《ど》うすることも出来なくなった。あらゆる大医《たいい》も皆々匙《さじ》を投げた。食うものも少しも咽喉《のど》に通らなかった。大きな立派な邸宅も、数寄を尽した瀟洒《しょうしゃ》な庭も、仲間の博士達に羨《うらや》まれる富貴も、世間で誰も知らないものもないかれの功業も名誉も、死に面しては何の役にも立たなかった。一尋常人と同じようにかれも死んで行かなければならなかった。

博士の妻の治子《はるこ》は、もう四十を越していたが、それでもまだ其の美しい面影は何処《どこ》かに残って、総領の娘の今年十九になるのと一緒に町などを歩くと、姉妹ではないかと疑われる位であった。それに平生《ふだん》派手づくりで、髪などを乱したことはない上に、小柄で、痩削《やせぎす》であるのが年よりも一層若く美しく見せた。

博士の家庭は、ついぞこれまで世間の口の端《は》に上るようなことはなかった。総領の娘、あとは男の児《こ》が二人、平和で、円満で、嬉々とした声は常にあたりに満ちた。母親と娘と睦《むつま》しそうに琴を合せている気勢《きせい》なども、ひろい邸《やしき》の庭の垣を通して路行く人達の足をとどめた。

夫婦の仲の好《よ》いのも、友人間に評判であった。「惚れ合った中と言うものも、後には余り役に立たなくなるものだが、Ｋ夫婦ばかりは不思議に仲が好いよ。あんなのはめずらしい。」などと誰も彼も言った。かれ等の家庭には、決して他から女が人知れず入って来るというようなことはなかった。博士は堅かった。博士は一意その学問と研究とに熱中した。

しかし、博士は何方《どちら》かと言えば、沈黙勝《がち》にしている方であった。友人と話をする時にも、極めて口数の少い方で、見ようによっては、何か隠された煩悶が胸の中に深くたたまれてあるのではないかと思われた。五十を越した頃から、急に頭髪も白くなり、顔の皺も段々深く刻まれて行くのが眼に附いた。

二

急に悪夢に襲われたようにして病床の博士は声を挙げた。

「N君、N君！」

暫《しばら》くうとうとしたと思うと、「僕がわるかったのだ。僕がわるかったのだ！」

こう手で払い退《の》けるようにして、

「N君、N君！」

傍に侍していた治子は、

「もし、もし、何うかなさいましたか。」

こう言って呼覚《よびさ》ますと、

「ウム……」

と言って、博士はぽっかり眼を明いた。そして無気味そうに四辺《あたり》を見渡した。痩せて骨立った体には眼が鋭く光った。

「ああお前がそこにいたのか。」間を置いて、「何か言ったか？」

「何だか、大変に苦しそうでしたから。……何か夢でも御覧になったんですか？」

「ウム。」

「Nさんの名を呼んでいらしった。Nさんの夢でも御覧になったんですか？」

「Nが来た！」

　こう言って、其処《そこ》に治子が坐っているのを見るに堪えないようにして、そのまま向うを向いて了《しま》った。

　ある時は長い間博士は治子を捉《とら》えて昔の話をした。勿論《もちろん》、それは今よりは少し前で、「俺も今度は駄目かも知れない。」などと言う頃であったが、これまでついぞそんな話をしたことがないにも拘《かかわ》らず、またそういう話が出る時には、いつも中途から別の話にして了うのが常であったにも拘らず、その時は種々と詳しく其時分の話をした。

「あの時分は、まだ若かったなア。」などとも言った。いろいろ思い出して来ると悲しくなって来るというように、後には博士の眼には涙が光った。

「俺も楽な一生ではなかった！」

　悵然《ちょうぜん》として、

「それは世間的には、俺もいろいろな事をして来た。国のためにもこれでも尽したつもりだ。俺の一生は徒爾《とじ》*1ではなかった。Nのやる為事《しごと》も俺が代ってしてやった。」

「そうですとも……」

「お前も泣いたっけな……あの時――」

　こう博士は言って、その遠い昔の悲しいシインを思い出すようにした。

一時間ほどして岸に漂着したNの死屍、蒼白《あおじろ》い肌、尖った鼻、絣《かすり》の浴衣がひたと体にからみ着いていたさまを、今でもかれ等は歴々《ありあり》と眼に浮べることが出来た。若い美しい治子は身も世もないようにその死屍に取り縋《すが》って泣いた。かれはその傍に立って暗い顔をしてじっとその死屍を見詰めた。

弓弦《ゆみづる》を引いたようなあの美しい海岸、静かに打寄せて来る波、靡《なび》くように緑を拖《ひ》いている松林、そこには真紅のなでし子が到るところに咲いていて、それを治子は採ってよく髪に挿した。少しくぼんだところには、綺麗な清水が湧き出していて、そこには村の娘達が桶を天秤で担って、夕暮などに大勢やって来てそれを汲んだ。博士とNと治子とはよくそのあたりに立って、もえあがるような夏の夕暮の雲を仰いだ。

　その雲の美しかったことは、今でも博士の眼に歴々と見えた。治子の父親は、矢張《やはり》昔の学者であったが、そこに小さな別荘を持っていて、夏は娘を伴《つ》れてよくそこに出かけて行った。

治子と結婚した後も、その別荘は矢張舅《しゅうと》が持っていたけれども、博士はついぞそこに行こうとはしなかった。治子が行こうと言っても、「いやな記憶のあるところだから、」と言ってかれは竟《つい》にその勧めに応じなかった。二十年ほど前にその別荘は遂《つい》に売られた。

「Nは好い男だった。」

「そうですね。若くって、気の毒でしたね。……今、いれば、もう余程いろんなことをなすっていらしったでしょうに……」

「気の毒だった！」

博士は顔を暗くした。

余りNの話をすることが多くなったので、治子は、

「此頃《このごろ》は何うしてかNさんのことばかりおっしゃいますね。」

「でも、親友だったんだから。」

「それはそうですけども、余り亡くなった人のことなんかお思いにならない方が好う御座んすよ。」

「でも、思い出されて来るんだから、何うも為方《しかた》がない。」

こう言ったが、すぐ言葉をついで、「昨夕もいろいろとNのことを思った。」

「気味がわるいから、もうおよしになる方が好う御座いますよ。」

「治。」

急に改ったので、

「え？」

「お前は俺とこうして一生を送って仕合せだったかな？」

「え、仕合せでした……」

「僕等の一生は幸福だったかな？」

「幸福でした。」

「そうかな、お前は幸福だったかな？」

じっと考えて、口を歪めて、

「俺は辛《つら》かった。」

「さようでしょうとも……男にはいろいろ女の知らないことが御座いましょうから。」

「…………」

何か言おうとしたが、よして、

「Nと一緒に一生を送った方がお前には仕合せであったに相違ない。」

「そんなことはありません。」

「いや、そうだ……そうに違いない。」

「何うしてそんなことを仰有《おっしゃ》るんですの？」

「あの時、お前の泣いた顔は、未だにはっきりと眼について見える。」

「だって、そんなことを仰有ったって、しようがありゃしません。Nさんはお亡くなりになったんですもの。……もう、そんなことを考えるのはおよしなさいまし。余り考えると、体に触りますから。」

こう治子はやさしくとめた。それにも拘らず博士は猶《なお》深くその時のことを思うように見えた。

三

此頃は治子にも不思議にその遠い昔のことが頻《しき》りに思い出された。

ついぞ今までこんなことはなかった。それはNが溺死《できし》した時には、身も世もないようにかの女は泣いた。殆《ほとん》どこの世も何もないように泣いた。つとめて押えても押えても何うしても涙が出て来た。それも道理であった。結婚の約束こそしてなかったけれども、かの女とNとの間には、恋愛状態に近い空気がいくらか出来ていて、そこにその夏三人して行ったのも、Nと二人だけでは親達も許さないし、世間もうるさいので、それで、Nの親友のKが一緒に行くことになったのである。かれ等は暑中休暇の一月を静かにのんきにそこで暮すつもりであった。

その頃の治子は美しかった。青春十九歳、女子教育の未だ今日のように盛んな頃ではなかったけれども、父親が学者であっただけに、かの女は早くからお茶の水に入って、当時の娘達に比べては、学問もあり、気分も開け、色彩も濃《こま》やかであった。Tさんの嬢さんと言えば、若い角帽の群の中にもかなりに評判に立てられていた。

治子は今でも思い出すことが出来る。その世離れた静かな海岸を、撫子《なでしこ》の咲いている松林を、清水のあるところからだらだらと浜へ下りて行く路を、碧い湧きかえるような海を、少し離れたところに島があって、そこに住んでいる漁師のジックザックした屋根から夕暮毎《ごと》にかすかに海に這《は》って行く暮煙《ぼえん》*2を、半島を隔てた岬の鼻にかすかに光る燈台の火光を、または夕暮の浜の散歩から帰って来ると、松林の中の別荘にぽっつり灯がついているさまを。

かれ等は三人してよく磯を散歩した。或は朝に、或は日中に、或は夕暮に。……日中にはかの女も大きな麦稈帽《むぎわらぼう》をかぶって出かけた。磯にはいろいろなものが打寄せられてあった。夫婦貝、小豆貝、時には遠い海からはるばる流れて来たらしい椰子《やし》の実などもあれば、難船した舟の遺物らしい器具などもあった。Nは学科の工科であったに拘わらず、Kとは違って、文学が好きで、レクラム[*3]などを懐に入れて、ロマンチックの小説の話などをよくかの女にしてきかせた。ポウルとヴィルジニイ[*4]の話などは中でも殊《こと》にかの女の心を波立たせた。かの女は今でもその端麗な、色のいくらか青白い顔と、隆《たか》い鼻と、静かなしかし何処かに貴族的なところのある姿をはっきりと思い出すことが出来た。

時には余り暑いからと言って、男達はサル股一つになって、岩蔭に静かに湛えている海にザンブと飛び込み、白い肌を碧い波間に巧みに動かして向うの岩まで泳いで行くのをかの女は笑ってじっと見ていたりした。遊泳にかけては、Nも下手ではなかったけれども、しかもKの縦横自由に何処までも泳いで行くのには及ばなかった。あんなところまでと人に思わせるようなところまでKは平気で泳いで行った。

Kはあがって来て、

「あなたもお入《は》いんなさいな。」

などと言った。

Nと二人きりならば、泳いで見ても好いような気がしたことのあったことを今でもかの女は思い出すことが出来た。その世離れた岩蔭の海、漁師すらも滅多にやって来ない海、そこで二人で泳いだなら何んなにロマンチックだろうなどとかの女は思った。

しかし、かの女はKを決して邪魔とは思っていなかった。かの女はKを無邪気な好い人だと思った。それに学問が出来て、深切で、篤実で、厭味《いやみ》がなくって、Nにも畏《い》友視《ゆうし》されている形が頼もしかった。Kはいつも黙っているか、でなければにこにこしていた。

それでも何うかすると、NとKとは議論をした。その時には、あの沈黙勝の人の口から何《どう》してああした数理的な確乎《かっこ》とした議論が出るかと思われるように、センチメンタルなロマンチックなNの議論を圧倒した。「だって、そうばかりは言えない。一に一を加える即《すなわ》ち二ばかりでは、余りに殺風景すぎるじゃないか。」Nは終《しまい》にはこんなことを言って笑って議論をよした。

それでも治子がNと二人だけで、松林の中や、磯や、または裏の小山に登ったこともないではなかった。勿論、そうした時にも、二人はまだ恋そのものについては話したこともなければ、触れて見たこともなかった。「Kさん淋しがっているでしょうから、もう帰りましょう。」こう言っては帰って来た。そういう時にはKはいつもぽつねんとして別荘の縁側にねころんで書などを読んでいた。

別荘にはその頃雇った村の中年の女がいた。村の女と言っても、純然たる漁師の嚊《かかあ》ではなく、若い時は近い町の工場に行ったり、男を知るようになってからは、町の小さな店の主婦となったような女であったので、何処か世馴れて、客の世話、炊事の世話なども上手で、何一つ不自由なこともなかった。それに話好きなよく笑う女であった。「おい、また、西瓜《すいか》でも買おうか。」こうNが言って小さな財布から金を出すと、「また西瓜けえ！　あきれたもんだぜ！　お前さん方に逢っちゃ西瓜もかなわねえ。」こんなことを言って、その女はそこから松林を越して、近くにある畠に行って、大きな西瓜を買って、それをかついで持って来た。

「大きな西瓜ねえ、いくら？　これで。」

　こうかの女が言うと、

「あてて御覧なさい、お嬢さん。」

「わからないわ。」

　十銭持たせてやった金のつりを女はそこに四銭置いた。

「六銭、安いわねえ。」

「ウム、六銭は安いな。今日のは安い……」

　こんなことを言って、Nはそれを叩いて見て、

「その代り、赤くないぞ。」

「大丈夫だともな……赤いともな……この位になりゃ、もう……」

女も一緒になって叩いて見た。

それを、その大きな西瓜を、松林の凹《へこ》みの冷めたい清水の中に一時間ほど冷やして置いて、好い時分になってからいつも出して来た。そして男達は面白がって、縁側に俎板《まないた》と庖丁とを持出して、それを真中から二つに割って、

「ヤア、赤い。これは旨いぞ。」

などと言って、半月形に切った奴を啜《すす》るようにして食った。

「旨い、旨い。何うです、治子さん。」こうKは勧めた。

治子もこの別荘に来てから、西瓜の旨い味を始めて覚えた。かの女も二片も三片も食った。

Nは言った。

「支那の文章には旨いことが言ってある。美人が赤い桃の実を食うのを形容して、何《いず》れか桃、いずれか唇たるかを弁ぜざるなりなどと書いてあるが、治子さんの西瓜を食うところを見ると、丁度そういう風だね。」

「まア、あんなことを。」

こう言ってかの女は笑った。Kも笑った。

新しい魚類なども、女はよく生きたままで買って来た。鰺《あじ》などの殊に旨かったのをもかの女は今でも思い出すことが出来た。

こうした忘れ難《がた》ない平和なのんきな生活の前に、突然思いもかけない災厄がひそんでいようとは――。しかもその日も別に変ったことはなかったのである。天気は好かったし、風はなかったし、美しい朝であったし、また美しい午前であったし、そうした災厄の前兆は少しも面影を見せなかったのである。午後になってから、三人は揃って出かけた。Nの態度にもKの態度にも何等《なんら》変ったところは少しもなく、いつものように語り、いつものように戯れ、いつものように磯を歩いて、そしてその岩蔭の海に行って水泳した。

治子は始めは面白がって、二人のいつものように泳ぐのを見ていたが、つい足元にめずらしく綺麗な貝を発見したので、その方に気を取られて、捜すともなくあたりを熱心にさがして歩いた。で、少くとも二三十分は経った。不図《ふと》、気がつくと、Nは非常に遠くに泳いで行っている。平生行きもしないまた行くことも敢《あえ》てしない白い波の立っている方へと泳いで行っている。Kはそれから見ると、全く別の方で離れて泳いでいる。「まア、遠くまで行った！」と思って見ていると、ぽっかりNの首が水の中に沈んだ。おやと思ったけれども、別に気にもとめずにいると、また首が出てまた沈んだ。その時、何か言った声がきこえたが、それは救《たすけ》を呼ぶ必死の声であったのである。

暫くして、それと気がついたらしく、Kがそっちに急いで泳いで行くのを治子は目にした。しかし治子の目には、Kの泳いで行くのが非常に遅く、且《かつ》まどろこしいように感じられた。

三度目に深く沈んだNの首は、もう再び水面にあらわれなかった。治子は俄《にわ》かに起った災厄、それにつづいて起ったさまざまの光景、尽きない涙、村の漁師を頼んで来て漸《ようや》く引上げた時の青白い屍、そういうものが歴々と見えた。何年にも思い出したことのない、または思い出しても、普通の水死以上に感じを惹かなくなったシインが、再び新らしく眼の前に蘇《よみがえ》って来たかのように——。

四

治子はその別荘に滞在していた間の三人の状態を今一度細かく眼の前に展《ひろ》げて見た。また、Nが死んだ後のKの状態をもそれと思い浮べて見た。長い時を経過しているので、とてもそれとはっきりと思い浮べることは出来なかったけれども、Kがかの女をその時分ひそかに愛していたということだけは肯定することが出来るような気がした。

それからもう一つ不思議なことは、その後Kとの結婚問題が起った時に、Kがそれを避けようとしたことであった。その時分、「私のようなものはとてもお嬢さんを貰う資格がない。私とはとても一生幸福な生活を行えそうにもないから。」と、Kは度々その仲介者に言ったという。しかも、その頃になっては、Kよりも治子の方が却ってKを思うような形になっていた。

それに、思い出して見れば、もう一つ忘れられないことがあった。それは結婚当座であったが、何故かNのことがいろいろに思い出された。Kと夫婦になったということも、Nがあったがためだとも思い、Nが生きていたら、それこそ何んなに幸福であったろうとも思い、何故あんな風にしてあそこで水死したのだろうと思い、当分はNのことが気にかかって為方がなかった。KにもNの話をするのが辛いらしく、その話が出ると、不愉快そうな顔をして、話を別の方へと持って行った。その頃、Kは新婚当座のような人ではなく、いつも書斎に入って、熱心に研究ばかりをつづけていた。しかし博士が死の床に臥して、おりおりNの名を呼んだり、Nに逢った夢から魘《うな》されて覚めなかったならば、治子は決して今のようにその昔を思い出さなかったに相違なかった。かれ等の生活は、世間的から言っても、決して不幸福でもなければ、不満足でもなく、富貴、名誉、年を経て加わり、可愛い丈夫な子供は生い立ち、家庭は円満に、博士は他の女に心を移すようなこともなく、唯《ただ》、博士の沈黙と陰鬱とが辛いと言えば辛いものの一つであったけれど、それとて治子の好きな派手な生活を遮《さえぎ》るようなものではなかった。それに、治子は現にそのNの死んだ状態を自分で見て知っているので、夫に対するそうした疑惑は起したくも起す材料を持っていなかったのであった。

博士の級友で、矢張Nなどをも知っているO博士が、赴任地の大きな製鉄所から上京した次手《ついで》に、かれの病気を見舞って来た時には、いつもよりは元気で、いろいろな話をしたが、ふと、

「Nの親や兄弟は何うしたね。」

こう突如としてK博士は訊いた。

O博士は、

「さア、詳しいことは、僕も知らんが、マザアやファザアはもう死んだろうと思うね。あのNの弟が何うも出来がわるくってね、学校にいたんだけれど、失敗して、今じゃ満洲へ行っているって言う話はきいたが……」

「困っているんだろうな。」

「なんでも、大分落魄《おちぶ》れているような話だった……」

「妹は？」

「そうそう妹がいたね。そんなに容色の好くない。……あれは中学の教師か何かに嫁いだ筈《はず》だが、何うしたかな。」

博士は溜息をついて、

「つらい世の中だな。何処を見ても、彼処《かしこ》を見ても……もう、僕も今度は治りそうもない。」

「そんなことはないよ。君なんか、まだ若いんじゃないか。」

「年は若くっても、あまりに人生は辛すぎた。……とても、もう、この先き生きようとは思われない。」

「何うしてそんなことを言うんだ。君のすぎて来たレイベン[*5]が辛くっちゃ、辛くない人は一人もいないぜ。僕なんかでさえ、君のレイベンよりは辛いと思っているぜ。」

「そうでない、そうでない。」

博士は手で振るようにして見せた。

暫くしてから、

「何と言っても、学校にいる時分が一番好かったな。無邪気で、何も知らないで……」

「それは、そうだがね。」

「まア、しかし、君なんか盛んで、丈夫で好い。長生《ながいき》をするんだな。」

「いやに心細いことばかり言うな。」

「でも、今度は、俺はとても治らない。治らない理由があるんだ。死ななければならない理由があるんだ。……しかし死ぬ以前に一つ是非しなければならないことがある。」と言って考えて、「ところが、これが中々大問題なんだ。今の僕には非常に重荷なのだ。しかし、これは是非やらなければならないと思っている。」

「治るよ、そんなにやきもき思わないでも……治って、一つゆっくりやるのだ。実際、君なんかにはやって貰わなければならない為事はいくらもあるんだから。」

其処に、治子はちょっと綺麗な美しい姿をして、莞爾《かんじ》*6して上って来た。あとから若い小間使がビイルに果物を運んで来た。

「奥さん、いつもお若いですね。」

「いいえ、もう。」

いくらかきまりがわるいという風で艶《えん》に笑って見せた。

病人はちょっと治子の方を見たが、そのまま眼を落して了った。さびしそうな表情がその顔を掠《かす》めた。

「でも、今日は好いようですね。僕は新聞で見て、もっとわるいのかと思って、心配して来た。これじゃ、もう少し気永《きなが》に養生すれば、全快近きにありだ……」

「何うも気が弱くばかりなって、為方がないんですよ。昔のことなんぞばかり考えるんですもの。」

「何うしても、病気をするとそうなりますな。」

二階の晴々した窓には、梅雨あがりの日影が麗《うらら》かにさして、新しい簾《すだれ》には緑の青い影が静かに揺《ゆらめ》いた。

五

博士の病気は次第に重くなって行った。滋養分を十分に摂取することが出来ないので、体は痩せるばかり、鼻はいやに尖り、頬はわるく骨立ち、脛《すね》などは阜蟖《バッタ》のように痩せこけて了った。もう一日二日持つか持たないかというような医者の口吻《こうふん》は、治子や周囲の人達や子供達を悲しませた。

それに、時々苦痛が起った。そうした時には、看護婦や治子達にも手に余るほどであった。力がなくなって体も自由に動かすことが出来ないほどであるにも拘らず、その時ばかりは、身もだえして、枕を何遍となく外した。

医者が来て、注射をして、いくらか楽になった時には、苦痛の名残のように呼吸をはずませて、「しかし……しかし……この苦しみよりは……これよりは、俺の送って来た一生の方がもっと苦しかった。」こう小声で独言のように言った。

「ああ、もう死ねそうなもんだ。……この位、苦しめば、俺の罪障《ざいしょう》も滅しそうなもんだ……しかし……しかし、」何か言おうとしてそしてまた急に口を噤《つぐ》んだ。

治子が見ていると、仰向けに寐《ね》ている痩せた土色の頬の上をおりおり涙が静かに伝わって流れた。

看護婦がいない時に、

「何か仰有ることがお有りになるなら……」こう小声で治子は訊いた。

「ウム、ウム。」

と言ったばかりで博士は何も言わなかった。涙はまた流れた。

治子にもいろいろのことが一杯に胸に押し寄せて来た。

この頃でも、おりおりNの夢は見るらしかった。そうした時には、手で払い退けるような形をしたり、何かに圧迫されるような状態を見せたり、微かに唸《うな》ったり、顔を苦しげに歪ませたりした。ある日、あたりを見廻していたが、決心したように、

「治。」

丁度、其処には、看護婦と総領の娘としかついていなかった。

「治。」

「母さんですか。」

こう娘が覗《のぞ》くようにして訊いた。

博士は点頭《うなず》いて見せた。

治子はやがて呼ばれて病床に来た。「何うかなさいまして？」

博士は眼を明いたが、あたりを見廻して、手で、皆な下に下りて行っていよというしるしをして見せた。

「私に、何か話すことでもおあんなさるのですか？」

博士は点頭いて見せた。

で、看護婦も、娘も下に下りて行った。

治子は近寄って、

「何か――」

「もう、誰もいないか、お前一人か。」

「え、誰も……」

博士はそれでも今一度そこらを見わたして、

「治。」

「はい……」

「俺は……俺は……是非、一つお前に言わなければならないことがある……」これだけ言うのも、苦しそうで、胸から肩へかけて呼吸が大きく刻むのを治子は見た。「俺は、俺はこの苦しみを一人墓に背負って行こうと思った。……お前のために、またあとに残して行く子供達のために。……しかし、それは俺には出来ない。……俺はそれを言わない中《うち》は、死ぬことが出来ない……」

「…………………？」

暫く博士の言葉は途絶えた。

「治。」

「はい。」

「俺は辛かった。そのために、俺の一生は虐《さいな》まれて来た。治。Nが水死したのは、俺が殺したようなものだ。」

「何うして？」

驚愕が治子の胸を轟《とどろ》かした。

「俺はあの時、救えば救うことが出来たのだ。……いや、それよりも、もっとわりい。Nをああした遠い海までおびき出したのは、俺がしたことだ。……俺はあの時、何んなにＮに対して嫉妬を抱いたであろう。……人知れない嫉妬、秘密と言うことは、何んなに恐ろしいものだったろう。……しかし、治。許して呉れ、俺はその重荷を抱いて一生苦しんだ。」

博士の顔には言うに言われない苦痛の色が漲《みなぎ》りわたった。

「でも……」

こう治子が言いかけるのを遮って、

「お前は、あの時ちゃんと見ていた。だからそんなことはないと言うんだろう。それは俺は手を下したというわけではない。しかし、救うつもりなら、無論、俺が救ってやることが出来たのだ。……しかも俺の心は、あの時、Ｎの死を喜んでいたのだ。そうすれば、お前は俺のものになると思っていたのだ。ああした楽しかった海岸の一夏にも、そうした恐ろしい毒の影が周囲を取巻いていたのだ。……だから、あの災厄が突然に来たように誰も思ったが、決してそうじゃなかったのだ。……そうした暗い人間の心からああしたことが出来たのだ。」

「でも、そんなことは……」

「いや、そう言って呉れるのは、こうして夫となり妻となったお前の情だ。手を下したのではないからと言うんだろう。しかしそれは同じことだ。……俺はお前のために、親友を深い危い海につれ出して、そして救うことの出来るのを見殺しにしたのだ。……お前はNと一生を暮すべきだったのだ。その方が幸福だったのだ。」

治子も驚愕の後の悲哀に堪えないというように深く低頭《うつむ》いた。この間から、博士が内心に苦しんでいたさまが一々わかって来た。治子は女の罪の深さを思わずにいられなかった。

「だから、あの時、お前のNに対して濺《そそ》いだ涙は、俺は見ているに忍びなかった。……実際忍びなかった。だから、あそこから帰ってからは、俺は成るたけお前を見ることを避けた。お前を俺の物にしようと思ったそのわるい心も、Nがいなくなってから、またお前の涙を見てから、すっかりさめた。俺はお前を妻にしなければ好かったのだ。けれど、俺は既に一度そうした毒に触れた。お前を妻にしなければならなかった。そして一生心の中で苦しまなければならない報酬は既にその時に醸《かも》されてあったのだ。考えて見ると、俺の一生は、その罪過のためにのみ暗くされて来た。Nが始終俺の心の中に生きていた。またお前の中にもNが生きていた。お前を見ると、何《ど》んな時でも、Nが俺にまつわって来た。夜の床の中までも入って来た。俺は辛かった。その辛いのをまぎらせるために、俺は書斎に没頭した。そしてそれが俺の名誉と富貴とになったと思うと、悲しまずにはいられなかった。」長い言葉に労《つか》れたように、またはこれだけのことを言うにも一方ならぬ努力であるように、最後の努力のように、博士は呼吸を深く切って、「治、許して呉れ、これは言わずに死のうと思ったが、それを言わない中は、俺は何うしても死なれない。許して呉れ、治。」

こう言った博士の頰には涙が静かに流れた。

（底本『田山花袋全集　第九巻』文泉堂、一九七四年）

＊1　徒爾　無駄、無意味なこと。

＊2　暮煙　夕方に立ちこめる靄のこと。

＊3　レクラム　文庫レーベルの一種。ドイツの出版社であるレクラム社より一八六七年から刊行された、レクラム百科文庫（Reclams Universal-Bibliothek）のこと。

＊4　ポウルとヴィルジニイ　『ポールとヴィルジニー』〈原題：Paul et Virginie〉。ジャック＝アンリ・ベルナルダン・ド・サン＝ピエール（一七三七〜一八一四）による恋愛小説。一七八八年刊。

＊5　レイベン　Leben　ドイツ語で人生、生活のこと。

＊6　莞爾　微笑む様子。にこにこ笑うさま。

叔母さん

正宗白鳥

古川玄一《ふるかわげんいち》は尾道《おのみち》の汽船待合所の二階で、寝たり起たりして、自分が乗るべき汽船の着くのを待ちあぐんでいた。前夜宿屋の一室で、雨の音を聞きながら煙草《たばこ》を吸ってのみ退屈な春の夜を過ごすのが詰まらなかったので、知り合いの女中の勧めを幸いに、隣室の客などと一緒になって、偕楽座《かいらくざ》という芝居小屋へ、西川《にしかわ》の名取連《なとりれん》の舞踊《ぶよう》を見に行ったのであったが、そのために夜を更《ふ》かした上に、今朝は乗船時刻に急き立てられて早く呼び起されたので、彼れは絶えず眠《ね》足らない思いをしていた。

春の明け方の快い夢を無理に破って、どしゃ降りの雨を冒《おか》して駆けつけたのに、大阪《おおさか》から神戸《こうべ》や高松《たかまつ》などを経て来る筈《はず》の内海《うちうみ》通いの汽船は、闇夜の雨に航路を妨げられたのか、待てども待てども姿を現さなかった。

近所の子供はこの待合所の二階を雨の日のいい遊び場として、飛んだり跳ねたり、喧《やかま》しく叫んだり笑ったりしていた。古川と同じように待ちあぐんでいる人々の中には、将棋を差したり碁を打ったりしているものもあった。因《いん》ノ島《しま》の造船所から渡って来たという四五人の職工は、この後の方針について互いに意見を述べ合っていた。皆んな一先《ひとま》ず呉《くれ》の工廠《こうしょう》*1へ行って様子を調べて見ようとしているのであったが、其処の待遇が果して今までの所に勝っているかどうかということが彼等の疑問となっていた。「とにかく、あんな豚小舎《ぶたごや》見たいな合宿所には居られんでな、給金が少々安うても、もっと人間らしゅうして手足を伸《のば》して寝られる所へ行きたいよ。」と、その中の一人は憤慨《ふんがい》した口調で云っていた。

古川も一先ず呉へ行くつもりで、其処《そこ》までの切符を買っていた。広島宮島岩国《ひろしまみやじまいわくに》など、その他曽遊《そうゆう》の土地未見の土地の差別なく、足の向くにまかせて、山陽の花の名所を見巡ろうと企てて、数日前に故郷を踏み出したのであったが、この気儘《きまま》な旅行に、自からつくった唯《た》った一つの束縛は、親戚の端くれと云えば云われる人を呉に訪ねようとすることで、予《あらかじ》め通知をして置いたのであった。其処へ行くについてはある用事をも秘《ひそ》かに持っていた。

彼れはその用事についても、呉にいる男女についても飽きるほど考えた。前夜見た温習会《おんしゅうかい》の踊り子の姿態や同じ観覧席にいた若い女どもの素振《そぶり》などをも頻《しき》りに思い出していた。直《す》ぐ目の下の岸に沿って店を出している煮売屋《にうりや》や鮨屋へ下りて行って、何となく汚らしいのに躊躇《ちゅうちょ》しながらも、無駄口を利き利き立ち喰いをしたり、近くの菓子屋から駄菓子を買って来て、ダラシなく貪《むさぼ》っていたりしたが、七時のが十二時になっても予定の船は来なかった。会社の無責任を憤って切符を返して停車場へ行く者もあった。

古川は雨に飽き眺めに飽き喰い物にも飽いて、周囲で騒いでいる町の子供等の悪騒ぎにも何の感じもなくなったが、既に汽船と定めた以上、行路を変えないで何時《いつ》までも待つ気になっていた。詰まらないことにでも最初の決心を動かさないような執拗なところが彼れの心にはあった。

一時過ぎになって、××丸という宇品《うじな》尾道間通いの小汽船に乗って、ようやく陸を離れることが出来たが、長い間待ち悩んだ甲斐があって、海上の眺めは刻々に美しさを増した。古川は繁吹《しぶき》のかかるのを関《かま》わずに、絶えず甲板に出て、雨に煙っている左右の島々を眺めていた。職工達は船員や他の乗客と所々の造船所や内外の航路のことを訊いたり訊かれたりしていたが、古川も待合所以来の顔馴染みなので、おりおり話の仲間に加《くわわ》った。

「一度欧洲航路へ乗り込めば確かに千円は攫《つか》んで来られるんだがね。そのかわり船が港に着くと、船長が外から鍵をかけちゃって、我々下級船員は一足も陸へは上れないんだから辛抱がしづらいそうだ。」と髯《ひげ》の濃い船員が云って、千円という声に心を動かした職工達は、てんでにそれに対する意見を述べだした。古川も金儲けの話には聞き耳を立てる方であった。そして、船乗りのような荒仕事は出来ないにしても、多少の冒険は厭《いと》わないから、自分に相応した面白い儲け仕事は何かないものかと考えたりしていた。

「呉の造船所は官立だから、因ノ島なんぞよりゃ厳重じゃ。特別手当も碌《ろく》に出りゃしない。夜勤で居眠りを二度見つけられると、もう給金を差し引かれるんじゃから溜らん。」と、先頃まで其処の砲熕《ほうこう》*2部で勤めていたという男が細かに内幕を話して、聴き手を失望させた。

風の無い日であったが、ところどころ船の動揺は免れないので、酔って青い顔した女客などで、部屋を匐《は》い出して甲板のベンチに凭《もた》れて風に吹かれているのもあった。雨足が繁くて間近な島さえ雲のかたまりのように茫漠《ぼうばく》たる姿を現していることもあったが、おりおりは桃畝《ももばたけ》の紅い色が鮮やかな島の春を見せていることもあった。

古川は路程の半ばを過ぎた頃から、甲板脇の小さな二等室へ入って、空席に身を横《よこた》えて快く一睡した。船の進みがのろくて春の長い日も暮れて、港々には燈火が朧《おぼ》ろげに見られた。呉の闇を照らしている無数の燈火は都会の賑《にぎわ》いを反射しているようで殊《こと》に美しかった。やがて汽船は吉浦《よしうら》という港に着いて、呉行の客は皆《み》んな其処で下ろされたが、呉の町へ行くには更に汽車に乗らなければならなかった。職工の一組は身仕度して、徒歩で市中へ向うような打ち合せをしていたが、古川は夜更けての訪問の不便を思って、吉浦の宿に一泊することにした。成るべく奇麗な宿をと、狭い土地を一巡して選んだのであったが、入って見ると、畳のべたべたした汚らしい家であった。襖《ふすま》もぴったり閾《しきい》に嵌《はま》ってはいないで隣りの座敷が隙間から見られた。電気が晃々《こうこう》と照っているにも関らず、何となく陰気くさかった。

古川は浴室へ案内されたが、板の間が気味の悪いほどぬるぬるして、浴槽の乏しい湯も汚い色をしているのに怖《お》じて、殆《ほと》んど手拭すら濡らさないで、爪立足《つまだてあし》をして其処を出た。食事にしても、見たばかりで箸を下ろす気のしないような物ばかりが膳の上に並んでいた。こんなことと知っていたら、呉まで行って宿を取るのであったのにと、一晩でも不快な寝床に就かねばならぬのを彼れは後悔していた。

が、適度な疲労のお蔭で、枕に就くと直ぐに熟睡に落ちて、夜具の汚なさや部屋の臭気などは夢の中にも感ぜられなかった。

翌朝目が醒《さ》めた時には春らしい冴えた光が障子に映っていて、肌に触れる風は稍々《やや》寒かった。さしもの宿雨《しゅくう》も名残りなく霽《は》れたらしいのに、古川は元気づいて、寝床の中から手を叩いて女中を呼んで、食事の仕度を急がせた。そして、一刻もこんな宿屋に留っているのを嫌って、箸を擱《お》くと直ぐに立ち上った。

二番の下りにはまだ余程の間があると云っている宿の者の注意をも聞き流して、表へ飛び出した。泥濘《でいねい》の町を低い下駄で歩き悩みながら彼方此方《あちこち》見物して停車場へ行った。停車場の桜も半ば花を開いて、雨後の朝日に光っていた。

古川はじっとしていると寒さを覚えるので、足に力を入れて待合室の内外を行きつ戻りつして、発車時刻を待っていた。近い所や遠い所の一本二本の桜の花を見上げたり、水溜りにきらきらしている日の光を見入ったりなどしていたが、そうしている間に、チクチクと何かで刺すような疼《いた》みが胃の腑に感ぜられた。寝冷えか食中《しょくあた》りかと思いをめぐらせたが、疼みはさしたることもないので、彼れは沈みかけた気を取り直して汽車に乗った。この駅にでも下車客の多くは、洋服に足駄を穿いて弁当箱を提げた職工達であった。

煙草一本吸い尽す間もなく、汽車は油煙《ゆえん》*3で空の汚れている県の町へ着いた。古川は前夜海上から見渡して想像していたほどの美しい土地ではないと思いながら停車場を出た。そして、職工募集の広告板などを傍見しながら電車道へ向っていたが、と、ふと、先《さ》っきよりも烈《はげ》しい、何かで抉《えぐ》られるような疼みが胃の腑に感ぜられだした。一歩も動けなくなった。

「昨夕の料理が変な味がした。今朝の飯蛸《いいだこ》も気味が悪かった。」と、彼れはその宿を憎んだ。そんな宿へ泊ったことを後悔した。道傍《みちばた》に蹲《かが》んで腹を圧《おさ》えていたが、たやすく収りそうではないので、通りがかりの俥を呼んで、これから訪問すべき筈の家へ、とにかく連れて行かせることにした。俥に乗ると目を瞑《つむ》って歯を喰い締めて、腹部を圧えて、程なく疼みの去るようにと念じながら、市街の有様をば殆んど目にも留めなかった。

××町は意外に近かった。目差している福田という家も雑作なく見つかった。古川は俥を下りて、教えられた家の格子戸を開けて入ると、遠慮もなく玄関先にうつ俯《ぶ》しになった。取り次ぎに出た小女は、怪しみながら名刺を持って奥へ行ったが、やがてあわてて出て来たのは、主婦のおきよであった。

「玄一さんですか。どうなすったんです。」と側へ寄って来たおきよの顔を、古川は蹙《しか》め面《つら》して見上げて、

「些《ちょ》っとお腹が疼むのですが、何処にでも少しの間寝かして呉れませんか。」と、苦

しげな声を出して頼んだ。

「じゃ此方へ入《い》らっしゃい、直ぐに床《とこ》を延《の》べますから。なんならお医者に診てお貰いなさるとよ御座んすよ。」

何か云っては慰めながら先に立ったおきよの後に随《つ》いて、古川は茶の間に通って、梯子段《はしごだん》を上った。二階は二室つづきであったが、「些っと其方《そちら》で横になってて下さいな。」と、おきよは広い部屋に客を待たせて置いて、狭い方へ寝床を延べた。

おきよが歳の割にまだ婆さん染みていないで、奇麗だった昔の影の残っていることや、長女のおさいの姿の其処等に見えなかったことや、二階の部屋の取り散らかされて拭き掃除も行き届いていないことなどを、古川は苦しい夢の中の光景として思い浮べていた。そして、おきよに招かれて寝床へ入ってからも、腹の疼みを忘れる手段として、此処の家庭のことに思いを馳せるように努めていた。

「も少しこうして我慢していましょう。」と、医者を勧められるのを断って、おりおり厠《かわや》へ下りて吐き出せるものは吐き出したりして、三畳の室に静臥《せいが》して、徐々に回復するらしいのを心頼みにしていた。

おきよは、腹を温めるための熱湯を詰めた麦酒罎《ビールびん》を持って来たり、仁丹《じんたん》や健胃丸《けんいがん》など持ち合せの売薬を持って来たりして、お愛相だけにでも病人の肩を揉《も》み脊《せ》を撫でた。

古川は他家へ厄介を掛けまいとする意気込みのために一時の病気に打ち勝ったのか、正午前に疼みは殆んど感ぜられぬくらいになった。

「吉浦の宿がいけなかったんです。座敷へ通った時から、何か災難に罹《かか》りそうな気がしましたよ。」と云って、その宿の給仕女の脂ぎった顔付や、粗末だった食物のことなどを細かに話した。郷を出てからの旅中の見聞や、東京での生活の近状などをも訊かれるままに話したが、此処の一家のことについては、まだ訊《き》き糺《ただ》そうとはしなかった。

「おさいは都合があって先月から岩国の方へ行ってるんです。」と云われて、古川は軽い失望を感じた。そして、今日一日は液体の一杯をも採らぬことにして、仮睡《うたたね》と空想とで時を過していた。六時頃に主人が帰って来るまでは誰れにも気兼ねをしないで寝ていればいいのだと、自から心を緩めていた。

　疼みが去った後は、先っきからぼんやり目に触れていた家の様子や人の様子が新たに考えられ出した。昔から叔母さんと呼び馴れているおきよについても、腹痛の介抱を受けたがためか、却《かえ》って異様な感じを加えて昔の記憶を一層明らかに思い浮べた。

……二十年も前に、古川がまだ十歳前後だったころ、この叔母さんは明石《あかし》に住んでいて、ある役目で支那か亜米利加《アメリカ》かへ出張している夫の留守を守っていたのだが、古川は海水浴をしたいために一夏其処に寄食して、叔母さんの世話になったことがあったのだ。

初めて会った叔母さんの顔は、生れて初めて美しい人を見たように美しく思われた。叔母さんは毎日お化粧をして奇麗な衣服を着て、琴を鳴らしたり海辺を散歩したりしていた。古川が海に漬る時には、彼女も蝙蝠《こうもり》傘を差して白い足を水に浸して見守って呉れた。叔母さんの家は鉄道線路の近くにあって、練塀《ねりべい》の上に柘榴《ざくろ》の花が垂れていた。……二十年前を回顧するたびにこの柘榴の花が、何よりも鮮やかに古川の目に浮んだ。が、彼れはこの「叔母さん」のおきよを無邪気な追憶にのみ関連させてはいなかった。未熟な慾望を頻りに唆《そそのか》されたことも忘れがたい記憶の一つであった。異性に対して子供らしからぬ考えを起させるように仕向けられたことも覚えていた。大人になってから二度や三度、小奇麗な女の目顔に魅せられて頓間《とんま》な真似をした時もあったが、そういう時にも、幼い頭に刻まれたおきよの美しい姿は、屢々《しばしば》影法師を前に映した。そして、居所が遠く離れて、手紙の遣り取りもしなければ、三年や五年噂を耳にすることさえなくっても、何時《いつ》何処《どこ》でも会いさえすればおきよの懐中に飛び込めるほどの親しみを持っているつもりでいた。岸本や根井の真正の叔母さんよりも、まさかの時には、この叔母さんの方が無理な願いをも聞いて呉れるであろうと、彼れは平生《へいぜい》頼みにしていたのであった。……あの女は度々亭主困らせをして身持がよくないとか、福田の家は年々逼塞《ひっそく》してるらしいとか、親類中で悪様《あしざま》に云っているのをたまに耳に触れたこともあるし、父祖《ふそ》の遺産は次第に摩《す》り減らすのみで、職務の上の出世は少しもしていないのをよく知っていたが、そんなことのために、この「叔母さん」や「叔父さん」を侮ったり憫《あわれ》んだりするような古川ではなかった。

「横須賀や東京に住んでいた時よりも、もっと貧乏していると見える。」と、彼れは吉浦の安宿にも劣らぬような畳襖の汚れた部屋を見詰めた。遺産を費《つか》い尽したと云われる家に似合ず、贅沢な品物はどの部屋にもなさそうであった。

「お腹《なか》の加減は？……」と、おきよは梯子段から顔を出して、「なんでも召し上りたいものがあればそう仰有《おっしゃ》いな。」と云って、閾に手を掛けて古川の顔をしげしげ見詰めながら、「まだ顔の色が青う御座んすよ。平生《ふだん》は御丈夫なんでしょうのに。とんでもない災難に会いなすったわね。」

「災難と云うほどじゃないが、こんなことで叔母さんの御厄介になろうとは思いませんでしたよ。先っきから不思議に思ってるんです。それに停車場から此処までは夢中で呉の市の様子を殆んど見ていないんですから、この部屋が余程不思議に思われますよ。」

「家がお粗末だから尚《なお》変に見えるでしょう。だけど、何時までこの土地にいられるやら分らないのだから、家なんぞ雨風が凌《しの》げさえすれば沢山《たくさん》だと思っているんです。……福田は零落《おちぶ》れて貧乏長屋に燻《くす》ぶってるなんて吹聴しちゃいけませんよ。」

「叔母さんにも似合ない、詰まらないことを気にしてるんですね。」

「でも、親類うちで悪くばかり評判されるのはいやなもんですからね。」と、おきよは邪気のない笑いを洩らして、「貴下《あなた》の先日の葉書には私に用事があるように書いてありましたが、どんな事なんです？」

「それはもっと気分がよくなってから緩《ゆっ》くりお話しましょう。此度此方《このたびこちら》へ伺うことは親爺にも母にも云って置かなかったんですよ。秘密にした訳じゃないんですけど。」

「じゃ、私思い違いしていましたよ。玄一さんお独りで思い立って訪ねて来て下すったの？　私は貴下がお母さん達と話し合いの上で、御自分でお使いになって入らっしゃるんだろうと思ってましたよ。」

「でも私が使いに立って此方へ伺うような用事のある筈はないじゃありませんか。」

「そう云えばそうですけれど。」

おきよは上り段の閾に腰を掛けた。ふと娘のおさいのことを想い出して、「あの子も東京へ行きたい行きたいと云ってましたから、貴下が入《いら》しってることを知ったら、お目に掛って東京のお話をどっさりお聞きしたいと思いますよ。貴下が幾日も御逗留なされるようなら、あれに知らせてやるとよろしいんですけど……。」

「どうせ私も宮島から岩国へは廻るつもりですから、差支えがなければおさいさんのいる所へお寄りしてもいいんです。」

「岩国は公園の桜がここ四五日の間が見頃だって云いますから、都合がつけば私が貴下のお伴をして岩国まで遊びに出掛けるんですけれどね。」

「それはよ御座んすね。差支えがあるんですか。」

「出掛けられないってことはありませんがね。……まあ考えて見ましょうよ。」

おきよは娘の寄寓した家のことや、岩国が近県に並びない桜の名所であることなどを話しながらも、口調や素振は例のように極めて冷やかだったが、古川は一種の興奮を覚えて聞いていた。明石以来自分の胸には深い馴染みとして刻まれているこの叔母さんと連れ立って、この叔母さんにそっくりだと云われている年頃のおさいを花の名所へ訪ねて行くのは、結果は兎《と》に角《かく》、今度の春季旅行の余興として、この上もない面白いことに思われた。

　彼れの寝ている狭い部屋は日が当らなくって陰気だが、襖を開けて次の室を見ると、其処は明るくて春の真昼らしかった。おきよがいなくなってから、古川はそっと起きて、気怠《けだる》い足を動かして広い部屋を歩き廻ったり、障子を開けて、向いの三階に遮《さえぎ》られて狭苦しく見える戸外を眺めたりして、疲れると、元の寝床に横《よこた》わった。下駄の音でも俥の音でも戸外のすべての物音が物珍しく耳に響いて、おりおりは異境に在るような気持をしながら、彼れはとろとろと眠りに落ちていた。

主人が帰って来たら一先ず起きて挨拶しなければならぬと思っていたためか、表の戸がガラット開くと、自から目が醒めて身体も夜具から乗り出るようになった。時刻が分らないので、二三度戸の音に欺かれて衣服を整えなどした。衣服を着直した次手《ついで》に粘っこい口の中を清めて来ようとして階下へ下りたが、例の小女の外には誰れもいなかったので、

「奥さんは何処かへ出て行ったんですか。」と訊くと、

「お風呂へ行きなさいました。」と小女は答えた。

古川は台所仕事をしている小女の側で顔を洗って、塩で歯を磨いたり口を漱《すす》いだりしたが、洗っても磨いても口中のいやな粘りのまだ取れないのでもどかしかった。で、諦めて寝床に横わるつもりで台所を出ると、意外にも主人の善助が帽子を被ったままに突立って、此方を見詰めていたのに驚かされた。たびたび気をつけていた肝心の戸

の音の聞えなかったのを不思議に思いながら、古川は不格好に膝をついてお時儀をした。

「玄一さんか、誰れかと思ったら。」と、善助は微笑して、茶の間の真中《まんなか》に腰をおろして、改って挨拶をした。顔はとにかく、その頭の著しく白くなっているのが、何よりも古川の目を惹いた。腹痛の話をすると、

「それはいかんね。遠慮せんで二階へ行って寝ていたまえ。」と主人が親身に云って呉れたので、古川はさして余計な話をしないで、二階へ上った。

長く正座しているには堪《た》えられないので、のびのびと寝床に手足を伸したが、階下《した》に主人がいるのだと思うと、今までとは異《ちが》って、多少の気兼ねが出ていけなかった。小女に命令している主人の尖った声の聞えるのも不愉快であった。

朝の間こそ薄ら寒かったが、次第に温かくなって、日は麗らかに照っているし、風は無いし、田舎道でも市中でもぶらぶら歩きながら見物するに相応《ふさわ》しい日であるのに、惜しいことをしたと、古川は眠気の取れた冴えた頭に、見て来た土地やまだ見ぬ土地の春景色を新たに描いていたが、するとそこへ、静かに階子段《はしごだん》を踏んで主人が上って来た。目を閉じて横へ向いて眠った風をしていると、主人は音のせぬように襖を開けて次の室へ入った。

主人が隣室で煙管《キセル》の音をさせたり咳をしたりするたびに古川は気詰まりな思いをしていたが、ふと寝返りしたために気づかれたのか、

「玄一さん、目が醒めてるんですか。」と声を掛けられたので、ドギマギしながら、

「ええ。」と、少し身体を持上げて返事をした。

「退屈だろうね。君が歩ければ市中を案内して、洋食でも晩に食べに行くんだが。

……この市には西洋料理なら中々旨く喰わせる家があるよ。」

「まだ食慾が起らないから駄目です。」

「じゃ、それは明日か明後日に延すことにして、……」と、主人は座を立って、竹細工の書翰《しょかん》入れを床の間から持って来て、見たい手紙を捜しながら、「君が旅行の次手に此方へ寄って呉れるという手紙を見た時から、丁度幸いだから、一つ頼まれて貰いたいと思ってることがあるんだがね。どうでしょう、頼まれて呉れますかな。」

「ええ……。」古川は即答はし兼ねて、「それは何です？」

「なに六ケ敷《むつかしい》ことじゃない。東京にいるある青年の素行《そこう》を調べて貰いたいと思ってるのさ。無論君が彼方へ帰ってからでいいんだがね。当人に知れないようにして調べて貰いたいのだ。」

「此家《こちら》で懇意《こんい》にしてる人ですか。」

「いや、そうでもない。君だから話してもいいが、家《うち》では縁談が出来かかってるんでね。」

「へえ、……おさいさんにですか。」

古川は意外に感じた。しかも気持の悪い意外な感じであった。腹痛後の衰弱した神経には殊にそれがいやに響いて胸の鼓動を早めた。心に隔てのない筈のおきよからは却って一言もそんな話を聞かなかったのも不思議であった。主人は捜し出した手紙を見て、その青年の現住所を云って、

「君は今何処に住って居るね。」と訊ねた。

「芝の××町です。」

「じゃ、慶應義塾へそう遠くはないのだろう。その男は去年慶應を出たんだそうだ。学校の成績は可なりよかったらしい。」

主人は青年について尚二三の問わず語りをしていた。古川は間を遮った古びた襖の方へ目を向けながら、好ましくもない頼まれ事について考えていた。

その青年の姓名をも、この家の者がその男と知り合いになった道筋をも、今は強いて訊ねなかった。がそういう男の影が彼れの目の前に現れて来たために、道すがら楽《たのし》んでいた夢のような楽みは著しく傷《きずつ》けられた。……まだ子供子供していた時分に

見たっきり、暫《しば》らく会わない間に、母親生き写しのおさいがどれほど美しい娘姿に生《お》い立っているかを見たかったので、あながち物慾《ものほ》しそうな若い思いをこの女に寄せているのではなかったが、それでも他の男と約束済みになっていると聞くと、不思議に興の削がれる気持がした。

自分一人の考えである用事を持って来たと叔母さんに云ったのだが、主人の先っきの話を聞いた上は、戯談半分のその用事をも明らさまに口から言い出せそうでなかった。……明石以来の親しみのある「叔母さん」のおきよに向って、自分がさも深く娘のおさいを慕っているらしい風をして揶揄《からか》うつもりの企らみも、これでは充分に果せそうでなかった。……出来かかっている幸福な縁談に暗い影を投げるような役目を古川自身演ずるのは、流石《さすが》に躊躇されるのであった。

「遠慮せんで気儘《きまま》にしとりたまえ。」と、主人は狭い部屋を通りながら云って階子段を下りた。古川は主人がいなくなると、云われなくても気儘なざまをして、次の室から煙草盆をも持って来た。

その夜夫婦は階下へ寝床を移した。古川は終日仮睡《うたたね》をしていたために、夜が更けるほど却って目が冴えていた。絶食後の饑《う》えも感ぜられ出した。便所へ下りると、小女の寝床の側をも夫婦の寝床の側をも通らねばならなかったが、それによってもこの一家の零落《れいらく》の様が古川には想像された。寝室へ客に踏み込まれるようじゃ厭だろうと、非常な不快なことのように独り極めにしていた。

　翌朝、海軍工廠の経理部とかへ奉職している主人が定刻に家を出るのを待って、古川は階下へ下りた。そして、茶の間の火鉢で、昨夕頼んで置いた牛乳を自ら温めて飲みながら、粗末な土地の新聞を読んで、その記事についておきよに訊ねたりしていた。腸《ちょう》窒扶斯《チフス》の蔓延を知って、

「この近辺で遊んでて伝染しちゃ堪らないから、早く遠方へ逃げましょうかね。」と云って、その次手に岩国行のことを訊ねた。

「玄一さんは案外臆病なのね。この近所には悪い病人はないんだから安心していらっしゃいよ。……そう云えば貴下は昨夜叔父さんに大変な用事を頼まれたのですってね。そんなことを真に向けて詰まらない目に会わないようになさいな。」

「だって叔父さんの話は事実なんでしょう。」

「それは多少事実なんでしょうけど、玄一さんに向うの男の身元調べなんぞして貰っちゃ気の毒ですからね。」

「私も貴女方のために役に立つのなら、そのくらいの労力は厭いませんが、その人は

どんな人なのです？　写真はありませんか。」

「写真はどうですかね。おさいが岩国へ持って行ってるかも知れませんよ。」

平気でそう云ったおきよの顔を見詰めながら、古川は微笑を洩らした。

岩国々々と、おさいがある岩国の裁判官の家へ寄宿していることや、岩国の公園の花が咲き盛っていることや、其処へは日帰りでも緩《ゆっ》くり遊んで来られることなど話している中《うち》に、おきよは、ふと、今直ぐにでもその岩国へ出掛《でかけ》たくなった。

「玄一さんの身体《からだ》がいいと、これから直ぐに仕度して行くんですがね。今年はまだ一度も他所《よそ》へ行ったことがないから、こういう折にでも出掛けなければなりませんよ。」

「貴女に差支えがなければ私は今だって構わないです。」

古川はまだ手足に力の入らないのを忘れて、面白ずくでそう云ったが、おきよは、

「本当にいいんですか。」と念を推して座を立った。急に元気づいて、笑いを含んだ目付はいや味なほどに若々しくなった。「そうと極《きま》ったら一分間でも早くしなければ。」と、小女を呼んで鏡台を出させたり湯を沸かさせたりしたが、その喜んでソワソワしている様子と云ったら、顔に小皺の寄りかけてる女の素振とは思われなかった。幼い女の子が祭見《まつりみ》に誘われてでもいるような風であった。

あまりに事が早く運ぶので、古川は却って気遣いながら、「叔父さんは承知してい

なさるんですかね。」と訊くと、「それは関《かま》わないんですとも。」と、事もなげに答えられた。

で、おきよが出仕度をしている間に、古川は二階へ上って夜具を片付けて、風邪をひかぬように有りったけの衣服を身に着けたが、五体はまだ懶《ものぐさ》くて、今一日ほどは横になっていたかった。それにおきよの思い立ちのいかにも突飛《とっぴ》なようなのが危《あやぶ》まれないでもなかった。

「邪魔な物は家に置いて手ぶらでいらっしゃいな。」と、おきよが化粧をして縮緬《ちりめん》の羽織なんか着て、呼びに来た時には、古川は後退《しりご》みしてはいられなかった。も一日延したいなどと悠長な口は利けなかった。

「旦那様が戻んなさったら、先っき私の云ったことを忘れないで云ってお呉れ。」

おきよは何の屈託もなく躊躇もせず、温かな晴れた日を喜んで家を出て、手土産に朝鮮飴[*4]を買って、停車場まで電車に乗った。発車間際で、改札口では乗客が列をつくっていた。古川は二人の切符を買って汽車に乗ったが、何だか後目《うしろめ》たいことをしているようで、予期したほどの楽みは得られなかった。車窓に映る春の海は何時もの通り美しく、顔に触れる汐風《しおかぜ》も相変らずいい気持で、狭苦しい三畳の室に寝ているよりも、却って衰弱の回復を早めそうであったが、この叔母さんと膝を並べて旅しているのがひそかに疚《やま》しくてならなかった。夫に無断で身を隠したことはおきよの過去には珍しくなかったので、娘に会いに行くくらいは何でもないのだろうけれど、古川はさも自分が誘い出したように叔父さんに思われるのが無気味であった。

おさいが岩国の豊村という裁判官の家で家事の手助けをしながら、其処の妻君に英語などを教えられていることや、その妻君には非常に可愛がられていて、親の側にいるよりも却って当人のためになることなどが、おきよの口から止切れ止切れに話されるのを聞きながらも、古川の心は充分におさいの方へ向かなかった。

切符は岩国までのを持っていても、広島で乗り換えなければならなかった。古川は待ち合せる間を利用して独り俥を駆って饒津《にぎつ》神社[*5]へ遊んだが、其処の桜も略々《ほぼ》見頃に咲いていた。淋しくもなく雑沓《ざっとう》もしないほどに人が寄っていて、花の下の掛茶屋も小ザッパリしていた。彼れは時計を見い見い可成《かな》りに広い境内を一まわりしたが、そうしている間に、出来ることなら叔母さんを放ったらかして、自由な一人旅をしたくなった。俥夫に促されて停車場へ帰って、おきよに促されて汽車に乗ることは乗っても、容易に落着かれなかった。

山陽線のこの下り列車には宮島や岩国などへの多くの遊覧客が乗り合せていて、室内は陽気であった。おきよはいい工合《ぐあい》に隣り同士になった話好きな女客と世間話をはじめた。古川は宮島近くまで来ると、「私だけ此処で下りて一泊して、明日岩国へ行っちゃいけないんですかね。宮島は無論私の旅行日程に入ってるんですから。」と云うと、

「私も久し振りで宮島さんへお詣りしてもよ御座んすよ。」と、おきよは無雑作に乗り出した。「終列車で岩国へ着いたって構やしません。」

「……いっそ帰りに寄ることにしましょうか。」

古川の考えの直ぐに変ったのをおきよは怪しみもしなかった。

「私も久し振りで出て来たんですから、日返りや一晩泊りじゃ詰まらないと思っていますよ。こうして汽車に乗ってるだけでも胸がせいせいして、もっと乗りでのする所へ行って見たいと思われるんですもの。……玄一さんは丁度いい時に来て下すったのね。こうして出て来られるようになったのもつまりは貴下のお蔭なのよ。四五日前から東の方へでも西の方へでも行きたい行きたいと思っていたんですけど、一人では思い切って出られなかったの。」

「しかし岩国へ行っても、私は貴女に随いて豊村さんの家へ行くことは出来ませんね。」

「じゃ、貴下だけ別に宿を取っていらっしゃいな。私がおさいを連れて遊びに行きま

すから。」

「日が長いから、今日中にゆっくり花見が出来るでしょう。」

古川は病後の衰弱で心が弱くなっているためか、何でもないことを独りで疚しがっている自分を笑ったりしたが、明石以来この叔母さんに会うと感ぜられる恣《ほしい》ままな妄想が、今日はことに激しく起って、叔母さんの態度次第で、傍からどんな疑いを受けても言い解けないようになるかも知れんと思われた。そしてあの叔父さんの力のない目付も怖そうに光った。

宮島で遊覧客の下りた後では、多少の空席が出来たので、古川はおきよの側を離れて身を横えて目を瞑っていた。「貴下はまだ顔色が悪くて元気がなさそうだから眠っていらっしゃい。汽車が着いたら私が起して上げますから。」と、おきよが風呂敷包で枕をつくって呉れたり、外套を裾へ掛けて呉れたりするのが、一々古川の妄想を刺《し》戟《げき》して、遠い昔の明石の夏の夜をまざまざと思い出させた。

「この土地くらい人気の悪い土地は珍しい。」と、周防境《すおうさかい》のある町を過ぎている時に枕許の客の話している言葉が、彼れの耳に入ったのでふと頭を持上げて窓外を一瞥《いちべつ》したが、人気の悪いといわれている町の後ろの丘は、一帯の桃畝で美しい色をしていた。

岩国に着いた時には、おきよの方が仮眠をしていて、却って古川に呼び醒まされた。

汽車を下りて電車の乗り場へ向っていると、車掌台へまで客の溢れている電車が、町の方から勢一杯の速力でやって来た。下りた客は停車場を差してわれ勝ちに急ぎ出したが、その大勢の男女の中の一人がふと古川の目を惹き寄せた。古川は気の迷いかと黙っていたが、その女は笑顔で駆け寄った。

「電報が届いたの？」おきよはそう云って些《ちょ》っといやな顔をした。

「電報はお父さんが打ったらしいのね。私、間に合ないかと思って、こんな服装《なり》で大急ぎで……。」と、不断着《ふだんぎ》のおさいは粉飾《めか》している母と並んで、人に見られるのを気にしていた。

古川は明石の頃の「叔母さん」に生き写しのおさいの顔形を見ぬような風で、絶えず目に留めながら、先っきまでの妄想の恐れから免れかけた。

「お父さんも後から来なさるんでしょうけれど、おまつ一人でお留守が出来るか知ら。」と、おさいは云ったが、母の来たこと、父の来ることについてさして喜んではいなかった。

「でも、お父さんにはお勤めがあるんだから、遠方へ出る訳には行くまいよ。」と、おきよの言葉は空々しかった。

電車に乗ってから、古川は自分一人の泊るべき宿を二人に相談したり、空模様の当てにならない明日を待たずに、この夕暮れまでに、おさいに案内させて一緒に公園へ花を見に行く約束をしたりしていたが、おさいが自分の側にいるようになってからは、叔母さんに対しての不思議な恐れはますます消えるばかりで、晴々した力は新たに彼れの心に湧き立った。

あの叔父さんが後からやって来て、叔母さんとの間にいやな諍《いさか》いが起ったって、自分に取っては最《も》早《はや》何でもないように思われた。

（底本『正宗白鳥全集　第七巻』福武書店、一九八四年）

＊1　工廠　軍隊直属の工場のこと。武器などの軍需品を生産した。

＊2　砲熕　大砲のこと。

＊3　油煙　油や松ヤニが不完全燃焼する際に生じる細かい炭の粉。

＊4　朝鮮飴　求肥餅の一種で熊本県の銘菓。

＊5　饒津神社　広島県広島市にある神社。一八三五年創建。藩祖である浅野長政を主神とする。

「指紋」の頃

佐藤春夫

この頃は昔話ばかりしている。昔と云ったところがせいぜい一昔か二昔より自分の過去はない。その若さでストオブの前に噛《かじ》りついているという状態なのだから、まさに憫笑《びんしょう》に価する。

僕は時々人から探偵小説を書けといって勧められる。自分もその気になって書くつもりなら書けるがなと思って見るが、愈々《いよいよ》となると、どうして所謂《いわゆる》心境小説などを書くように、おいそれととても出来るものではない。一晩位考えた末に歎息一番して結局止める事にする。それではなぜ人が僕に探偵小説を勧めるかというと、僕に「指紋」という作があるからだろうと思う。丁度十年前の作である。

その頃僕は殆《ほと》んど何にも書いていなかったが、谷崎潤一郎が僕に何か書かせようと頻《しきり》に鞭撻《べんたつ》していてくれた。僕は何にも書けそうにもなく、と云って他に職業を求められそうもなく、洗うが如き赤貧《せきひん》で大いに参ったすえ、

「愈々何も書けないとすると、僕には他に出来る仕事もないのだが。」

　というと、谷崎は暫《しばら》くして、

「君に出来る仕事が、先《ま》ず二つあるね。一つは、文学雑誌の編輯《へんしゅう》主任、もう一つは、先ず探偵だ。」

「探偵！　なる程、その手下《てした》位にはなれるかも知れんが、なりたい職業じゃないな。それよりも、確実になれる職業が一つあるんだがな。」

「なんだ。」

「王様だよ。」

　なんでもこんな会話をしながら、散歩した憶えがある。谷崎はその頃ポオを読み耽《ふけ》って、「モルグ街の殺人」にひどく感心していた。

　それで、慢性神経衰弱でヒステリー的に神経過敏になっている僕を見て、探偵にしたらいいかと思ったのかも知れぬ。一体、探偵小説の主人公には、健全な意味で頭脳明晰なると、病的に頭脳鋭敏なると、二通りあり得るような気がする。前者を科学的というなら、後者を芸術的といってもよかろうか――まアそんな議論は止めにしよう。

それで、谷崎の続きだが、確かその年の二月か三月頃、彼が「中央公論」の滝田に会うと、滝田が、

「雑誌の増刊号に一度みんなに探偵小説を書いて貰い度《た》いという思いつきがある。まだ確定したわけではないが、若《も》しその時には谷崎さん、あなたには真先に頼むつもりだが勿論《もちろん》異議なくやってくれるでしょうな。」

というので、谷崎は承知した序《つい》でに、

「無名の人でいいなら一人探偵小説を書かして見たいのがいるのだがな」と云うと、滝田は、

「ははア、佐藤春夫ですか」と、谷崎が何にも言わぬ先から先方でそう訊いたという事である。滝田は、別に僕にそんな才能があると思った訳けではなく、僕と谷崎とが仲好《なかよ》くしているので、直感的に気がついたのかも知れぬ。

滝田の思いつきは、その年の七月に愈々実現される事になった。その年の五月に、作品を一つ出して貰った上に、七月臨時増刊号の探偵小説を書かして貰えるという幸運を僕は担う事になった。それで、その号の予告には、僕は「セロを弾く男」という題を発表して置いた。実は、題だけ出来ていて中味は未だなかった。芥川龍之介も矢張り書く事になっていた。

その雑誌が出来て了《しま》ってからであったか、それとも、吾吾が未だ作品を書かぬ中《うち》であったか、それは分明《はっきり》憶えないが多分後であったろう。僕と芥川とで探偵小説の話をした。芥川は、「父の讎《あだ》」のようなものも探偵小説として読んでよかろうという説であった。僕は、「WH氏の肖像」のような味はどうだというと、芥川は大賛成を表した。

老人振って昔話を始めたからには、序でに大いに老人振りを発揮するが、どうも近頃の若い者は不勉強でいかん。この間から、文学に熱心な青年三四人を捉えて、ワイルドの「WH氏の肖像」というのを知っているかというと、これを知っていたのがたった一人。しかし、この一人も及第というまでは印象に残していない。一遍読めば、充分忘れ得ないだけの風変りのテーマなのだのに。事の序でに、森鷗外訳の「父の讎」というのを知っているかというと、これは四人とも皆な知らない。それではというのでもう一つこれも森鷗外訳の「鑑定人」という短篇はというと、これまた同じく誰も知らない。僕は、大いに彼等のものを知らないのに憤慨するところであったが、そこは流石《さすが》に聡明な僕の事で気がついたのだが、ワイルドの流行ったのは、もう二十年も前の話、文学青年が鷗外の翻訳を争うて読んだのも矢張りかれこれ二昔にはなろう。そんなものを読む暇があったら、スウリアリズムの宣言[*1]でも翻訳しようとか、フアンユイヒル[*2]でも耽読したり、或は新興ロシヤの近況でも研究しようという今日だから、ここに気がつくと憤慨するどころか、転吾《うたたわれ》老いたりと、半時ばかり悄然とした程であった。

「父の讎」「鑑定人」は、今もいう通り鷗外漁史の訳があり、「WH氏の肖像」の方も屹度《きっと》二つや三つの翻訳があろうと思う。好学の士は、それぞれ探して御覧になってよかろうと思う。そこで、余り好学でない諸君のために、ほんの五六行ずつ荒筋を言ってみるが、先ずワイルドの方は、

シエクスピア学の方で、前世紀末から大分《だいぶ》喧ましい問題になった例のシエクスピアの十四行単詩集[*3]の巻頭に著者が其集を献じているWH氏とは、何人であるかという問題を取扱ったものである。この問題は、伝記の全く不明なシエクスピアの生涯を知るためには、仲々重大な興味と必要とあるものらしい。この面白い問題を取扱ってワイルドは、時の架空的学説をこの小説の中で組立てているのである。どういう風にかそいつを喋っていると、とても長くなるから止める事にするが、この小説は、所謂探偵小説と言えない迄《まで》も、尠《すくな》くとも探偵小説に必要な位の鋭敏な脳で嘘の学説を熱心に論理的に創造している。ワイルドの余り上等でもない長短の小説の中では、これなどは面白いものではなかろうかと思う。その学説が架空のものであったと解るとなんだか

読んでいてもがっかりする程熱情的に書かれている。これ以上は、原作或は翻訳に就《つい》て見らるべし。

次に、「父の讎」は、これは分明そうは書いてないが、旧ロシヤのテロリストと見える男がパリから北欧の方へ逃げている途中で、偶然にも汽車の食堂の中で十三の少年と十一の少女という珍らしい少さな一組の夫婦（つまり許嫁《いいなずけ》でしょう）と一つ食卓に向い合って坐る。それが、この男の殺して来た貴族の後継の娘たちだという事が、犯罪者と読者とにぼつぼつ解って来る。犯罪者は、小供達の無邪気な、この上なく上品な様子を見て、自分の殺して来た人にはこんな可愛い小供がいたのかと思ってちょっと憐憫の情を動かす。今迄あちらこちら巧みに逃げ廻って来た大胆不敵な犯人の、目にも見えないこのちょっとした変った表情を、十一の少女は一瞬間眼を止めて注意したが、そのまま不意にその場へ卒倒してしまう。小供のお母さんやお附きの者共が驚いて介抱する。その少年少女の動作が、小供の無邪気さと、社交界で訓練され切って人間離れがした程、礼儀正しく上品なので、彼等はなんとなく不思議なフェアリーかなんかみたような気がして来るばかりに、少年少女をよく書いてある。だから、父の讎を一眼で見破って卒倒する少女が変に神秘的な気持がする。そこが仲々面白い。芥川が感心したのは多分ここだろう。殺人者は、どさくさまぎれに、次に着いた停車場に降りて、目を皿のようにした探偵が改札口で厳重に見張っている中を、平気な顔をして行って了うというのが終《おわり》になっている。無心な小供が見破り、探偵達がまるで気づかないと云うのも、わざとらしくなくこの話を生かしている。原作者は Aage Madelung[*4] という名だが、どこの人であるかは愚か、それの読み方も知らぬ——どうも近頃老人はものを知らなくていかぬ。

そこで最後にもう一つ「鑑定人」だが、この作者は、フランスのポール・ブウルジエ[*5]である。今迄の二つは、どうも本格的に探偵小説とは言えないようだが、これは、作者或は訳者がどういうつもりであろうとも、僕の観るところでは確かに探偵小説である。しかも、甚《はなは》だ立派なものである。批評をする必要上荒筋をいうと、一人の精神病鑑定のプロフェッサーがいる。この人の仕事の責任は仲々重い。狂人を罪に陥れてはならないし、罪人を狂人と見誤ってもならない。このプロフェッサーは、重い任務を自覚しながら、しかし炬《たいまつ》のような眼光で罪人の精神鑑定を間違いなくやる。ここに一人非常に難かしい罪人がいる。時計屋を殺して大金を盗んだのだが、犯人は母から癲癇《てんかん》の遺伝を受けていて、彼が犯罪の時には発作的に無自覚でやったのだというのである。そして、犯罪前後の事情を具《つぶさ》に訴えるのだが、それが全く精神病患者諸症状にそっくり当てはまる。どうも、本当に精神病であったと思われるのである。唯《ただ》余り何にもかもよく当てはまるのでそれが反って可訝《おかし》い位である。教授は助手に使っている学生の一人に向って骨董商人から聴いた話だといって、「よく出来た贋物は真物《ほんもの》よりも、余りに真物としての条件を備え過ぎる」と教える。この教授には二人の学生の助手がいる。一人は忠実な平凡な学生だが、も一人は仲々いい脳をしてるのに、此頃《このごろ》どうも懶《なま》ける。今日の面白い精神鑑定にも遅刻して間に合わなかったのだ。教授は、帰りがけに忠実な学生と歩きながら今日の鑑定の話をして、あの無学な職人はどうも誰か医者から精神病の講義を聴いて教え込まれた知識を応用して偽《にせ》狂人の振舞をするらしい。それを見破るには、自分が新しく発見して自分一人より知らない精神病学の新しいセオリイがある。精神病者は過敏性を現した時には、話の詞《ことば》に韻を合せる癖を生ずるものだ。今日あの男の状態は、痴鈍性を現していた。過敏性と痴鈍性は交互に現れるから、孰《いず》れ明日あたりは過敏性を現す事だろう。その時詞に韻があるかどうか試してやろう。それに就ては、あの男の様子を今晩一晩監視しておく必要がある。そこで教授はこの頃懶ける方の助手に、色々の事情を話した上で、この監視の役をさせる事を、忠実な助手に言付《ことづけ》する。

翌朝になる。博士が研究室へ出て見ると、昨夜監視の任に当った助手の姿が見えないで置手紙がしてある。「患者は過敏性を現した」とあるのだが、その手紙を見て教授は非常に不機嫌になる。そして、問題の男を研究室へ伴《つ》れ出しほんの少し問答を始めただけで、教授は「よし」と言って問答を打ち切る。問題の犯罪者は余りに呆気ないので不安そうな様子で出て行く。教授は、この問題の男が過敏性を現し、詞には韻が合っているが、しかし無理に韻を合せようとした結果、前日の取調べと全く反対の告白をしてしまった事を直《す》ぐ見破ったのだ。その日、研究室から帰りがけに、再び忠実な学生と歩きながら、懶ける方の助手が近頃悪い女と関係しているだろうと言い出す。忠実な助手は、その通りだと云うと、教授は、あの助手を即刻自分の所へ寄こしてくれと、忠実な助手に再び言付けする。

それで、懶け者の助手が教授の私宅へ呼ばれる。教授は学生の顔を見るなり非常に怒って、

「鑑定人たる者を騙そうとは不届きな話だ。貴様は悪党だが、まだまだ幼稚なものだ、今朝の置手紙の書き様《よう》はどうだ、後暗《うしろぐら》い事があるものだから手が震えているじゃアないか。お前は、あの人殺しに金を分けて貰う相談でもして、俺の学説を教えてやったろう。悪い女に引掛って金を強請《ゆす》られているのだな、そんな女とは即刻別れろ。悪いと思ったのなら泣く事はない、わしの云う事をきいて直ぐにもこれからウインのプロフェッサー某の所へ行くのだ。紹介状も書いてやってある。汽車の切符の用意もあ

る。ウインのプロフェッサーは学ぶに足る人だ。即刻行くのだ、立つ前にもう一遍女になぞと言ってはいけない。時にあの男をあれ程に仕込んだのは、何という医者だか名はきかなかったか」と問うと、学生は、

「名をきかなかったが、何んでも猥褻《わいせつ》罪で入獄していた同監房の医者からきいた事だった」と答える。教授が言う。

「別にその男の名を知ってどうこうというのではない。唯あんな無学な職人をあれ程仕込むには、よほど造詣の深い医者で屹度《きっと》沢山の患者を手かけた事があるだろう。そう思ってわしは羨《うらやま》しいのだ。」――これでお終いである。

ところで、この小説には、観察力の鋭い何にものをも見透しのきく、人の心理の隅々まで知っている、そして温い心を持ってはいるが愛には溺《おぼ》れない、そして学問に熱心な豪《えら》い学者の一つの性格が、実に見事に描き出されている。そして、この主人公は、一つの企《くわだて》を利用して二つの事件をうまく見破って了った。それからまた、そのデテイルにしても、時計屋で人殺しをして大金を盗み偽狂人になる事から、悪い女に引掛って金をせしめられている前途有望な学生やら、猥褻罪に問われている医者だとか、一つ一つを取って見ると実際ありそうな出来事が、話の奥の方へ巧みな遠近法になって連《つらな》っている。五分の隙もないというのは、こういう作品をいうものだろう。

ほんの五十枚前後と思う短篇だが、三遍や五遍読んでも、飽きるものではない。僕は、探偵小説は好きだ。しかし、どうも探偵小説のための探偵小説愛好家ではないようだ。奇怪な筋が、たといどんなに科学的に組立てられていても、その機械の動力として作者たる芸術家の思想的熱情なり、詩趣なり、人間的観察なり、其他凡《すべ》ての芸術に必要な何ものかをその根底に持っていないものは、筋を知って了うと面白くないものである。吾々が十年前に、探偵小説を試みた時には、本当の話、誰も本格的な探偵小説は書き得なかった。「指紋」などは、唯文学の神経衰弱性あるのみと言わざるを得ない。それに比べると、吾国の今日の作家は探偵小説的に随分進歩していると感心せざるを得ない。唯多くの作品が、どちらかと言うと、矢張り探偵小説の為めの探偵小説に終るかの観があるのが、多少残念である。例えば、まア文体などにしても、探偵小説などでは、悪く刺戟の強い文章などよりも、事もなげにすっきりと書けていて、しかし読んで了った後に残る印象が濃密な方が効果も多い。丁度、尤《もっと》もらしい顔の人間が冗談をいう方が効果が多いようなものだ。

（初出『新青年』大正九年四月号
底本『定本　佐藤春夫全集　第二〇巻』臨川書店、一九九九年）

＊1　スウリアリズムの宣言　『シュルレアリスム宣言』〈原題：Manifeste du surréalisme〉。フランスの詩人アンドレ・ブルトン（一八九六〜一九六六）が、自身が提唱したシュルレアリスム（超現実主義）の定義を説いた著作。一九二四年刊行。

＊2　ファンユイヒル　『ファニー・ヒル』〈原題：Fanny Hill〉または『ある遊女の回想記』〈原題：Memoirs of a Woman of Pleasure〉。イギリスの作家ジョン・クレランド（一七〇九〜一七八九）による小説。一七四八、九年刊行。最初の近代的性愛小説として知られ、作中の性愛描写により国内外で幾度となく発禁処分を受けた。

＊3　シエクスピアの十四行単詩集　『ソネット集』〈原題：Shakespeare's sonnets〉。ウィリアム・シェイクスピア（一五六四〜一六一六）によるソネット形式で書かれた詩集。一六〇九年刊行。冒頭の献辞には、「唯一の生みの親　W・H氏」と記されている。

＊4　Aage Madelung　オーエ・マーゼリング（一八七二〜一九四九）。スウェーデン出身のドイツ系デンマーク人作家・冒険家。

＊5　ポール・ブウルジェ（一八五二〜一九三五）。フランスの批評家・著述家。小説のみならず批評本や詩、劇脚本など様々な分野で活躍した。

解説　大正七年　滝田樗陰と作家たち

北村　薫

一、半分法王、滝田樗陰

——時の扉が開いた！

と、すっかり嬉しくなりました。令和三年、さいたま文学館で《江戸川乱歩と猟《りょう》奇《き》耽《たん》異《い》》という企画展がありました。展示の中に、何とそれがあったのです——大正七年七月の『中央公論　臨時増刊　秘密と開放号』。

その目次が開かれ、置かれていました。上段の天馬のカットや文字が、赤い字で刷られています。幻の雑誌をまじまじと見られたのです。

この雑誌を知ってから、もう五十年以上経ちます。高校生になった頃、江戸川乱歩の評論集『幻影城』が、わたしの垂涎の書でした。神田神保町まで、なんとか出掛けて行き、古書店の棚の高いところにあるのを見つけ、取ってもらって買いました。置いてある場所も高かった、値段も――ね。

中に「一般文壇と探偵小説」という一文がありました。そこに、この増刊号のことが出ていたのです。《創作欄には芸術的新探偵小説と銘うって、谷崎潤一郎「二人の芸術家の話」佐藤春夫「指紋」芥川龍之介「開化の殺人」里見弴「刑事の家」の四篇が、また秘密を取扱える戯曲と小説という題下に中村吉蔵「肉店」久米正雄「別筵」田山花袋「Nの水死」正宗白鳥「叔母さん」の四篇が列んでいる。当時の名編輯長滝田樗陰の企劃であった》――と。

この大正七年というのが、実に味のある年なのです。まず、乱歩はといえば、ひたすら日常を描く自然主義文学に反感を抱きつつ、事務員をやっていました。処女作「二銭銅貨」が、雑誌『新青年』に掲載されるのは大正十二年のこと。まだ小説家としては、何者でもなかった。そういう平井太郎――即ちのちの乱歩が、この増刊号を手にした時のわくわく感が伝わって来ます。

――見たいものだなあ、この『中央公論』。

と思っていましたが、神保町を歩いても、そんな昔の雑誌の、しかもピンポイントの一冊には出会えません。だからこそ深く、心に残りました。

――名編輯長滝田樗陰の企劃。

とありますが、今の人にはなじみのない名前でしょう。わたしは菊池《きくち》寛《かん》を読むようになり、すぐその名と出会えました。

菊池寛といえば、文壇の大御所にして出版界の大立者、文藝春秋の生みの親。彼が世に広く認められるようになったのが、この年、大正七年なのです。

その頃、菊池は時事新報社に勤めていました。短編こそ書いていましたが、まだ一人前とはいえなかった。住んでいたのも路地裏の小さな借家です。ある時、勤めから帰って来ると、家の前に自家用人力車が停まっていました。菊池は、胸をおどらせます。

——滝田さんだっ！

その頃、滝田樗陰の人力車といえば、新人作家にとって、かぼちゃの馬車のように夢の世界へ導く魔法の乗り物でした。菊池は『半自叙伝』の中で、その時を回想し、当時の《滝田氏の文壇に於ける勢威は、ローマ法王の半分位はあったと思う》と語っています。

現在の『中央公論』に文芸誌というイメージはありません。しかし、大正期の滝田は、積極的に小説を載せることにより、その発行部数を飛躍的にのばしました。彼によって、総合雑誌『中央公論』の地位は確立されたのです。つまりは文芸の檜舞台。

当時、天下の『中央公論』に作品が載るのは、滝田樗陰の眼鏡にかなったということであり、一流の作家になった証しでした。

実はやって来たのは、滝田その人ではありませんでした。使いでした。しかし、菊池はめでたく依頼を受け、『中央公論』七月号に「無名作家の日記」を発表します。その好評により地位が確立します。

滝田樗陰とは、そういう、おおげさにいえば作家の、生殺与奪の権を握った人物だったのです。

その滝田が、菊池の出世作となる作品を取り上げた七月。一方で、『臨時増刊号』として出したのが、この一冊でした。

二、筆をとる樗陰

『滝田樗陰　『中央公論』名編集者の生涯』杉森久英（中公文庫）によれば、樗陰はかつて夏目漱石に懇望し、何とか執筆の約束を取り付けると熱烈な予告文を書きました。

《先生の霊感《インスピレーション》の動く処、何処《いずく》に筆を染めらるるも必らず先人未想到底の詩境に於て大傑作を得らるべきことに候》《必らず我文壇の驚嘆《ワンダース》を贏《か》ち得べく候》——といった調子。

漱石は苦りきり、一時、書く気をなくしたといいます。これが樗陰のやり方なので、予告の原稿は時間をかけ、彼一流の情熱をこめ《こまかい桝目に毛筆の細字でギッシリ》書くのが常だった――といいます。それこそが彼の《苦心と良心》の表れだったのです。

では『秘密と開放号』の予告文はどんなだったか。菊池の「無名作家の日記」の載った『中央公論』七月号を見ると、こうなっています。読める機会など、まずないでしょうから、全文引いておきましょう。

> 暑を山に避け、涼を水に趁《お》う人が、本誌を携うれば眼前に展開する自然美の中にあって、深奥微妙なる人生味を精察沈思するの楽を縦《ほしいま》まにするを得べく
>
> 炎熱の裡《うち》・黄塵の巷《ちまた》に在って、平凡なる俗務に悩殺せらるる人士も、一度本誌を手にすれば、其怪奇異常なる事件と思想に、心機一転の爽快感を飽喫《ほうきつ》し得ん。
>
> 斯界空前の奇抜斬新な着想！

内政に・外交に・家庭に、多くの場合に於て「秘密」は腐敗と陰険と暗黒との源泉にして、之を「開放」して人生をあらゆる方面に於て、公正と光明と和楽との発現たらしむるは、是れ近世文明の特徴の一にして、殊に現代人の最も痛切なる要求たるを疑わず。而《し》かも「秘密」は或意味に於て、毒酒の如く又魔曲の如く、其妖《うる》わしき色・烈しき香は何となく人の心を迷わし、其幽かなる響・すすり泣く音は却て人の魂を悩さんとす。

されば我等は、過去より現在に亙って存在する「秘密」の一大事実に対して、「開放」の鉄槌を揮って其掃蕩に努力するの、社会的・理想的方面を高調すると同時に、又其一種不可思議なる「誘惑」と「甘美」を人心の奥に植えつけたる「秘密」の心理的・芸術的方面を看過することをなさず、以て此『秘密と開放』の一巻を編することを得たり。我等は其着想の奇抜にして内容の斬新なるに於て、我読書界空前のものたることを、密かに自ら快とするを公言するを憚らざるなり。

いかがです？

途中で読むのが面倒になるかも知れません。しかし、短軀、赤ら顔で太っていたという、この編集者の情熱は伝わってくるでしょう。

樗陰が、なぜこういう増刊号を出したか。中島河《なかじまかわ》太郎《たろう》はいっています。――早くも大正中期にこういう企画があったことは興味深く、《自然主義や白樺派の文学のマンネリズムを打開しようとする動きを、なによりも谷崎の出現がその可能性を暗示したものと思われる》（「日本探偵小説史」）と。

文学史的にいうなら、自然主義全盛から世はプロレタリア文学の時代へと移っていきます。その間に、谷崎潤一郎が登場しました。谷崎は樗陰が愛した作家の一人です。

佐藤春夫の「「指紋」の頃」は、この増刊号の企画が早くから滝田の頭にあったことを伝える貴重なものです。そして滝田の《その時には谷崎さん、あなたには真先に頼むつもりだが勿論《もちろん》異議なくやってくれるでしょうな》という、うむをいわせぬ言葉を伝えています。いいですねえ。いかにも、その人らしい。

何が幸いになるか分からない。この年、他の雑誌が廃刊となり、谷崎の長い作品が宙に浮きました。棚からぼたもち、渡りに舟。

――これを軸にすれば、増刊号が成立する。

滝田、にんまり。創作のラインナップは、こうなりました。

夏期忘暑の絶好無二の読物！

【我国最初の計画　芸術的探偵小説】
二人の芸術家の話　谷崎潤一郎
子ころし　里見弴
セロをひく男　佐藤春夫
開化の殺人　芥川龍之介

【秘密開放に因める戯曲】
肉店　中村吉蔵
別筵　久米正雄

【秘密を題材として描ける小説】
貴婦人　徳田秋声
蛇　正宗白鳥
不思議な事件　田山花袋

予告は予告。実際の増刊号との違いを見比べると面白い。

佐藤は書いています。――《僕は「セロを弾く男」という題を発表して置いた。実は、題だけ出来ていて中味は未だなかった》と。

三、第一里見第二サトウ

同様の作家が何人もいたわけですね。田山花袋の「不思議な事件」など、あとから何を思いついても大丈夫です。徳田秋声はついに書けませんでした。

さて、滝田はなぜ、こういう企画を立てたのか。もう一つの解は、いうまでもない。

――売れるだろう。

です。

辣腕編集者ならではのことですが、何と樗陰は本給のほかに、雑誌の売れ高に応じて歩合を取っていたというのです。その結果、信じられないほどの収入を得ていました。樗陰はますます張り切り、雑誌はますます売れた――というわけです。

昭和に入ってもかなりあとまで一般大衆には、探偵小説といえば卑俗な読み物の代名詞のように思われていました。だからこそ、目の付け所として【我国最初の計画芸術的探偵小説】というのはうまい。

芥川龍之介は、大正七年六月十九日の夏目様方松岡譲宛の書簡に《中央公論に探偵小説を書く約束をしたのでいやいやへんなものを書いている　どうも才能をプロステイテユウトするような気がして心細くっていけない》と書いています。心ならずも金で身を売るような、というところには「恥」の思いがあるに違いないのです。そこに氷のてんぷらのように《芸術的》というところもを付す滝田のセンスこそ、まさに敏腕編集者のものです。

前半の四編は、これまでにも、この並びで再び世に出る機会はありました。ゆまに書房から出た『編年体　大正文学全集　第七巻　大正七年』です。「解説・解題」で紅野敏郎《こうのとしろう》は、四編中、特に佐藤の《「指紋」は、「阿片に溺《おぼ》れて不思議なる苦悩と悦楽とに全生活を委ねつつある人間の病的な心の波動」（江口渙《えぐちかん》）が描かれ、しかも作品に「活動写真」を取り入れるなどの技巧を施し、純文学作家の手による「探偵小説」の魅力を存分に伝えた。本巻でも、この四作をあわせて採録したかったのだが、個人全集も刊行されている作家たち故、省くことにした》と書いています。紅野先生の特徴ある声が耳によみがえり、まことになつかしい。

しかしですね、《個人全集も刊行されている作家たち故》というのはどうでしょう。谷崎、芥川の二作は確かに、何を今さら——といいたくなるぐらい簡単に手に入ります。佐藤の全集も県立図書館クラスにまで足をのばせば読めるでしょうし、二〇〇二年に『ちくま文庫』で出た、行き届いた一冊『怪奇探偵小説名作選―4 佐藤春夫集』もあります。

問題は——里見弴の「刑事の家」なのです。里見の戦後の全集には、これが入っていない。かといって、戦前のそれは、かなりの図書館にまで足をのばさないと、見られないでしょう。

それなのに芥川がこの年、七月二十五日、久米正雄と連名で出した江口渙宛の葉書には、増刊号のできを評して《第一里見第二サトウだよ》と書かれているのです。

どうです、里見の「刑事の家」が読みたくなりませんか。

四、芥川と佐藤

無論、後半の中村吉蔵、久米正雄、正宗白鳥、田山花袋も、今となっては手に入りにくく、気になります。

一体どんな作品が並んでいたのか、重い時の扉を開け、奥まで見せてくれる出版社といえば中央公論新社しかありません。

ただし、一冊に収められる作品数には限りがあります。この臨時増刊号中、『中央公論』の表看板である「公論」「説苑」には、《秘密と開放》というテーマのもと、三《み》宅雪嶺《やけせつれい》を筆頭に中野正剛《なかのせいごう》、安部磯雄《あべいそお》、片上伸《かたがみのぶる》、吉野作造《よしのさくぞう》ら十五人がずらりと顔を見せる豪華さ。次に滝田は、変化を持たせようと女性を対象として「秘密の楽み・秘密の苦み」というアンケートを行い、岡本かの子ら十七人から回答を得ています。そこは大正の女性たちとあって、あたりさわりのない答えばかりですが、生田花世《いくたはなよ》から若《わか》山喜志子《やまきしこ》までの、名前を並べられただけで成功でしょう。残念ですが、とてもここまでご紹介はできない。――それに続くのが「創作」です。

最も長い作品が、谷崎潤一郎の「二人の芸術家の話」。これは、のちに「金と銀」と改題され、すでに中公文庫『潤一郎ラビリンス X 分身物語』に収録されています。文庫版で百数十ページにもわたるこれを、重ねて収録する必要はありません。そのスペースがあれば、幻の作品群まで入れ、一冊にまとめることができるのです。

――開け、ごま。

胸がはずむではありませんか。

「金と銀」に関しては『潤一郎ラビリンス』に譲るとして、芥川の「開化の殺人」もまた、何度かアンソロジーに採られた作品です。すでにお読みの方もいらっしゃるでしょう。新理知派といわれた彼らしく、犯行の動機についての、心の不可思議を中心にすえた物語です。

前述の通り、芥川は今回の小説では《第一里見第二サトウ》と評したわけですが、《僕の事は敢て弁じない》と添えています。内心自分が一番——だったようにも思えますね。

芥川龍之介は、ご存じの通り、論じられることの多い作家です。「開化の殺人」にも、いろいろ緻密な分析があります。最初にあげた、さいたま文学館の図録では、明治大学准教授小谷瑛輔氏が解説を寄せています。氏に『小説とは何か？　芥川龍之介を読む』（ひつじ書房）という著作があることをあげれば、わたしなどがあれこれ語ることもないでしょう。

目に触れにくいものを紹介するなら、二十世紀には誰もが知っていた話術の大家、徳《とく》川《がわ》夢《む》声《せい》の言葉になります。『徳川夢声の世界』（深夜叢書社）に収められた対談『問答有用』中に、こうある。

> 芥川龍之介あたりでも、むずかしい字をつかってるな。（中略）「開化の殺人」てぇ短編にも、むずかしい字がやたらに出てますよ。たとえば、「あいつァ豚野郎だ」という意味で、「肥《ひ》大《だい》豕《い》の如き彼」とくる。これ、放送で読んだって、わ

かりゃあしない。

語りの専門家ならではの言葉です。

ここは、初出の増刊号では《肥大豚》という字になっています。そしてこの対談の相手が、実は——里見弴なのです。里見は続けて、フランスのアランのことなどを引き、いかにもこの人らしく散文精神について語っています。面白いのですが、今はそこまで触れている余裕がありません。昭和二十九年の対談です。若い読者を考えたところで、これを引きました。芥川が、《開化の》ということで、わざわざ難しく書いている文章に抵抗があるのでは——と思うからです。

ご心配なく、昔々の徳川夢声でさえこういっているのですよ。

さて、佐藤春夫が「指紋」を書き上げたのは土曜日でした。

当時、若手作家、批評家たちが集まる会が土曜にありました。夜明かしで仕事をした佐藤は、原稿を渡すと昼寝をしました。目覚めて、

——まだ、間に合うかな。

と、会場となった店に出掛けて行きました。夜の八時頃でした。その日は、雑誌の締め切りの関係か集まりが悪く、いたのは芥川と久米正雄、赤木《あかぎ》桁平《こうへい》だけでした。

『中央公論』の原稿なら書き上げた、というと芥川が《早く出来たのだね、一たい何枚ぐらい書いた？》と聞きました。

どうして分かるか？　佐藤が「若き日の久米正雄」という文章に書いているのです。

「百枚を何枚ぐらい越したかな？」

「いいな！　それ位の分量を書き上げた後の気分は、爽快で生きているような気がするだろう」と久米が云う、僕は、

「いやへんにくたびれただけだよ。ろくに構想も出来ていないところを書き飛ばしたのだから」と答えると、また芥川が、

「どんな大作を書いた？」

まだ頭のなかに残っているその筋を端折ろうにも端折る事も出来ずに僕はぬらりくらりとすっかり一とおり話して探偵小説にも何もなってはいないでたらめだ。と僕は謙遜とか云うものではなく過度の疲労のなかで、書き上げた作品に対する不安不満をいろいろと思い出しているのであった。

「本格の探偵小説でなく一種の気分で行こうというのだね、面白いじゃないか」と久米は僕の気を引立てるように云った。

大正七年の、若き彼らの姿が生き生きと伝わって来ますね。《その次の折に芥川に会うと芥川は「指紋」を久米の云うとおりに気分的な探偵小説として認めると云い、成程文章は少しあわただしいがあの場合あの文体は似合わしい。話で聞いた時より読んだ時の方が面白かったとも云ってくれ（以下略）》たそうです。

当時一般にあった、探偵小説とは俗悪な犯罪読み物というイメージから離れて、書き手の彼らは近代的な理解を示しています。

今はミステリの取り上げる謎の幅も広い。優れた評論家が作品に迫る謎解きもまた、一編の探偵小説です。そういう例はいくつもある。わたしは『源氏物語』についての、思いもよらぬ解釈を読み、曇天に日がさしたような快感を覚えたことがあります。

そういう意味で、佐藤の「「指紋」の頃」は実に面白い。佐藤があげている「WH氏の肖像」が、まさにその手の作品なのです。特に初めのあたりで、ワイルドが展開する論理の、力強い快感といったらありません。

芥川が、これを探偵小説とするのに《大賛成》だったのも嬉しい。餅は餅屋です。田端文士村記念館の木口直子さんにうかがうと、芥川は帝大時代、このWH氏問題について書いているそうです。大正四年六月、試験に関して友人に送った手紙に《シエクスピアのソネットはW・H・にささげてあるがそのW・H・は誰だと云う推測を十ばかり書いてそれを一々誰の説にして誰の反対説ありと云うような調子で批評すると一題でも随分長くなる》――と。

　ワイルドは当時、随分流行りました。谷崎も佐藤も、勿論、よく読んでいますが、芥川はさらに、試験にも役立てたのかも知れません。

　ワイルドのこれの、評論研究としての価値については、一九八九年二月に出た、青土社版『オスカー・ワイルド全集　第四巻』における西村孝次の解題では《シェイクスピア専攻者にほとんどまったく無視されている》となっています。一方、七か月後に出た『W・H氏の肖像』（工作舎）の井村君江の解説では、《最近出版される種々の「ソネット研究」に参考文献として必ずといっていいほど掲げられている》《価値のある評論》とされています。後者であってほしいと願いつつ、読み比べることをおすすめします。

　いずれにしても、佐藤春夫は、探偵小説の本質について、いたって近代的な見方をしていました。江戸川乱歩は、佐藤の「オカアサン」を純探偵小説のひとつにあげていますが、これは買ってきた鸚鵡《おうむ》の話す言葉から、以前、どういう家で飼われていたかを推理する物語なのです。さらに「家常茶飯《かじょうさはん》」になると、我々が感じることのある、

――今かけていた眼鏡、どこに行ったっけ？　さっきまで持っていた、あれ、どこに置いたっけ？

といった種類の、心理のエアポケットが題材となっています。実に魅力的な、日常の謎の物語です。

さて、芥川の方からあげたという海外短編「父の讎《あだ》」には、江戸川乱歩が「スリルの説」でいう《理智文学を愛する心とスリルを愛する心とは、別物であって別物でないような気がする》といった感が横溢し、「鑑定人」などは、まさに典型的な探偵小説的展開を見せる作品です。ここでも、佐藤と芥川の探偵小説理解の深さが分かります。

なお、鷗外の翻訳文の魅力については、太宰治の「女の決闘」冒頭何ページかを読んでみてください。太宰の短編なら今でも簡単に手に入ります。そこに、見事に語られています。

五、里見弴、喜ぶ

いよいよ本題です。というわけは、今回、わたしの解説のお役目は、二十一世紀の読者になじみの薄い、ここからあとの人たちについて説明すること――だからです。

まずは里見ですが、戦前は巧《うま》い作家の代表のように見られていました。その巧さとは即ち、語りの妙です。

紅野敏郎が『編年体　大正文学全集　第七巻　大正七年』から、里見の「刑事の家」を落としたことを書きました。個人全集があるから——というのは無理な説明です。しかし説明は説明。判断は、全く正しいのです。

「刑事の家」は、この並びに置かれるから意味を持つ作です。

紅野先生が『大正文学全集』で、この年の里見の作として採ったのは七月発行『中外新論』に載った「河岸のかえり」です。この選択が見事です。なぜか。

この大正七年、里見にとって、まことに嬉しいことがあったのです。

里見が深く傾倒した作家が、泉鏡花でした。惚れていた——といってもいい。その『鏡花全集　第二十八巻』（岩波書店）の「雑記」を見ると、大正七年三月に、「煙管を持たしても短刀位に」という文章が書かれています。

鏡花は、雑誌『白樺』が出た頃の作で、いまだに忘れないものが二つある——といいます。

一つは理髪店の親方が病気の為に気が苛々して客の咽喉《のど》を西洋剃刀でズブリと遣るのと、一つは魚屋に奉公して、よぼよぼに成った親仁《おやじ》が、河岸の買出しの帰りに、若親方の車を後押をしながら、アリヤアリヤと懸声をする、其の工合が実によかった。誰のだか知らないがと、然う言って何時《いつ》か、里見さんに話すと、剃刀の方は志賀君ですよ、と言って、一つの方は擽《くすぐ》ったそうに笑って居たっけ。此でお分りでしょう。魚屋は御自分のさ、よく忘れさせませんでしたね、いい腕です。

友であり、しかし創作者として圧迫感を感じていた志賀直哉の、世評高い「剃刀」と共に、自分の作品をあげてもらったのです。天にものぼる思いがしたことでしょう。

わたしが学生時代、古書店で見つけた『現代文豪名作全集』（河出書房）の『里見弴集』冒頭は、「河岸のかえり」でした。わずか四ページの小品です。里見はこれを、いの一番に置いた。それだけに印象深い。『鏡花全集』で、前記の文章を読んだ時、私は内容から考えて、すぐに、

――「河岸のかえり」のことだな。

と思いました。

そのまま調べもしなかったのですが、『大正文学全集　大正七年』に載っているのはおかしい。その疑問は、いかにも紅野敏郎らしい丁寧な解題により氷解しました。

これは、《一九一一（明治四十四）年五月一日発行「白樺」第二巻第五号に発表した

ものを大幅に推敲、訂正》となっています。憧れの鏡花先生の《いい腕です》という言葉に感奮、里見は初出の原稿に手を入れ、再び、舞台に出したのです。

解題にはそんな説明はありませんが、大正七年が里見にとって、大いなる喜びの年だったことは確かです。

で、何がいいたいかというと、里見は《いい腕》を持っているということです。芥川は増刊号中《第一里見》といいました。どこがいいのか。こう語られています。《里見のは題にかまわず是非よんで見給え　大したものではないがあの人の才能が最もよく動いた作の一つだと思う》。

要するに、樗陰から出された《芸術的探偵小説》というお題に対して、最もよく応えている——ということです。舌を巻くほどの器用さです。作中に出て来る《レザレクション》とは、当時流行したトルストイの『復活』のこと。戯曲化され、島村抱月《しまむらほうげつ》の芸術座の人気演目となりました。日本最初の大女優といっていい松井須磨子《まついすまこ》の主演、その歌う「カチューシャの唄」が大流行し、新劇初の全国巡演が行われました。

この芸術座で次々と脚本を書いたのが、続く「肉店」の作者中村吉蔵ということになりますが、それはともかく、流行の素材もそつなく取り込み、一方、お得意の落語まで持ち出して来る。現代でも、柳家三三《やなぎやさんざ》などにより見事に演じられる「杭盗人《くいぬすっと》」

が出て来るのです。どうしてここに――と思います。《探偵小説》というから当時の常識で、殺人を扱うのかと思えば、切実な盗みの話になり、練れた会話で運びつつ、きちんと伏線として出した「杭盗人」を使って落ちをつける。

この辺りが要するに、芥川のいう《あの人の才能が最もよく動いた作》であり、里見の《腕》がうかがえるところです。しかしながら、この並びからはずしてしまえば、後世に残る名品とはいえません。確かに《大したものではない》。

しかし里見は、「みごとな醜聞」など現代でも十分に読める短編を、数多く書いています。ほかの作も読んでいただけたらと思います。

六、アンゴラ兎をお飼いなさい。

大正期には、読むものとしての戯曲が誌面を飾ることが珍しくありませんでした。レーゼ・ドラマと呼ばれます。

イプセン劇の紹介者でもある中村吉蔵は、前述の通り、島村抱月の芸術座により創作劇を上演したりして、日本の演劇史に大きな足跡を残した人です。代表作といわれるのが、「剃刀」（大正三年七月『中央公論』臨時増刊号）です。

筑摩書房の『現代日本文學大系91　現代名作集一』の小《お》田《だ》切《ぎり》進《すすむ》の解説によれば、

大正三年《九月、芸術座の松井須磨子によって初めて上演された。この戯曲は、理想と現実の大きなくいちがいに、人間として生きることの実感をもてない主人公が、ついに憤りを爆発させて剃刀を一閃させるという社会劇ふうの作品で、その社会性が新しく、酌婦《しゃくふ》上りの女房を演じる須磨子の人気と相まって上演回数三百三十五回という芸術座きっての人気演しものとなった》といいます。須磨子といえば、多くの人が、カチューシャや『人形の家』のノラを思い浮かべるでしょう。しかし、こういう役も演じていたのです。

　題名を見るだけで、誰もが前にあげた志賀直哉の「剃刀」を連想するでしょう。観客の共感を呼ぶ主人公の満たされぬ思いが見事に描かれ、破局に向かってひた走りいく作劇術が巧みです。

　大正七年は、世界的に見れば第一次世界大戦の終わった年です。この年から始まるスペイン風邪の流行も、それを速めたのではないかといわれます。中村吉蔵にとっては、このスペイン風邪が思いがけない魔の手となりました。芸術座の柱であった島村抱月が十一月五日、それによって逝き、愛する人を失った松井須磨子が翌年早々、自ら命を絶ってしまうのです。

　行く手に暗雲の待つこの年、樗陰の依頼に対して中村が書いたのが、この「肉店」

です。掲載誌も同じ『中央公論 増刊号』。中村は、ここで、意識して「剃刀」の変奏をしたように思えます。よりグロテスクになっていますが、評判の前作を越えることはできませんでした。

中村はその後も戯曲を書き、大学で教鞭もとりました。彼に関しても、何か珍しい文章を紹介したいところです。『大正人物逸話辞典』森銑三《もりせんぞう》編（東京堂出版）にある、大倉燁子《おおくらてるこ》の「中村吉蔵先生の思い出」を引いてみます。小説を書こうとする大倉へのアドバイスです。

　先生は、「小説家は、飛行機に乗って飛んでいるようなものです。墜落する時、落下傘があれば安全に地上に降りられるが、何もなかったら、死ぬより外はない。小説家になるには、何か副業を持って、食べられなくなった時の用意をしておくことが必要です」といわれた。それで先生は私に、アンゴラ兎を飼うようになどと、金になる副業を勧めて下すった。

中村本人は、話下手で真面目一方なのに、次々と戯曲を書く。《新国劇は、先生のものを上演しさえすれば当るといわれた》そうです。

七、久米正雄の叫び

大正七年が、絶望の年になったのが久米正雄です。

久米は、芥川ら大学時代の仲間と共に夏目漱石の家に出入りしていました。漱石没後、長女筆子と結婚できるものと思い込み、そのように雑誌に書いたりしました。これが早とちりで、夏目家の怒りをかいました。

夏目筆子は、この年四月二十五日、久米の友人松岡譲と結婚しました。前にあげた、芥川の松岡宛六月の葉書が《夏目様方　松岡譲様》となっているのをご覧ください。それ以前のものでも夏目様方となっています。

久米は以後も、次々とこの失恋問題を書き続けます。わたしは、菊池寛のこの件に関する作も、久米自身の『破船』も読んでいましたが、現代の読者にはなじみのない出来事でしょう。この辺りのことは、『久米正雄伝――微苦笑の人』小谷《こや》野《の》敦《あつし》（中央公論新社）を読んで頂くのが一番です。

これを踏まえた上で、「別筵」を読んでください。久米が、夏目家令嬢と友との結婚直後に、これを発表していることに驚きます。

芥川は、この作について何もいっていませんが、書かなければいいのに――と思ったのではないでしょうか。

最後の独白を、久米は比喩ではなく泣きながら書いていたのではないかと思えてきます。最後に《佐竹は悠々と出て行く》とあります。そう思える読者は、あまりいなかったでしょう。

ちなみに「別筵」とは、別れの宴――という意味です。

八、結び

さて、許された枚数をすでにかなりこえてしまいました。終わりを急ぐことを、お許しください。

文学史で「蒲団」を知り、それだけを読んだ読者には田山花袋の「Nの水死」が意外かも知れません。無論、花袋も私小説だけを書いているわけではないのです。これについては、『花袋全集　第九巻』（臨川書店）の解説で、松波治郎が《田山先生が、如何に人生を愛して居たか、（中略）。「Nの水死」は、此の意味に於て、解脱への暗示であるとも云えよう》と書いていますが、わたしには、《秘密を取扱える》というテーマによる『新青年』的作品に思えました。

正宗白鳥は、予告した「蛇」とはかかわりなく、しかも、この人らしく、自分の書きたいものを書いています。どちらかといえば『中央公論』の七月号本誌に書いた「老僧の教訓」の方が、救いのない、犯罪とはいえぬ犯罪の物語として、この増刊号にふさわしいようにも思えます。

　白鳥は評論などでも尊重された人です。野球にたとえるならホームランバッターではないが常に打率を残す選手といわれ、一般の読者よりも玄人からの評価が高かった。樗陰に愛された作家の一人です。

　その出世作となった「微光」は、明治四十三年の『中央公論　特別号』に載りました。『文壇的自叙伝』の、それについて語る文章を引いて、結びにしたいと思います。

　　この原稿を読んだ滝田君は、直ちに俥を飛ばして私を訪問して、唾を飛ばしながら激賞したので、私も安心したのであった。作家にかかる幸福を与えた編輯者は古来滝田樗陰一人であったと云っていい。

（きたむら・かおる　作家）

注記　佐藤春夫、正宗白鳥については、複数の個人全集を参照したため、ひとつの出典を記さなかった。

著者略歴（掲載順）

江戸川乱歩（一八九四～一九六五）
三重県生まれ。小説家、評論家。一九二三年「二銭銅貨」でデビュー。六一年に紫綬褒章、六五年に勲三等瑞宝章をそれぞれ受章。主な作品に「D坂の殺人事件」「怪人二十面相」など。

佐藤春夫（一八九二～一九六四）
和歌山県生まれ。詩人、小説家、評論家。谷崎潤一郎の推挙により文壇に登場し、様々な分野で活躍した。一九六〇年文化勲章を受章。主な作品に「田園の憂鬱」「美しき町」など。

芥川龍之介（一八九二～一九二七）
東京生まれ。小説家。一九一六年発表の「鼻」が夏目漱石に激賞され、その門下となる。主に古典を題材とした短編小説で人気を集めた。主な作品に「羅生門」「藪の中」など。

里見　弴（一八八八～一九八三）
神奈川県生まれ。小説家。一九一〇年志賀直哉らと「白樺」を創刊するも後に離れ、一五年「晩い初恋」で文壇デビュー。五九年文化勲章を受章。主な作品に「善心悪心」「多情仏心」など。

中村吉蔵（一八七七〜一九四一）
島根県生まれ。小説家、劇作家、演劇研究家。小説家として文壇デビューするも、欧米留学中にイプセンに影響を受け、帰国後は劇作家として活躍した。主な作品に戯曲「剃刀」「井伊大老の死」など。

久米正雄（一八九一〜一九五二）
長野県生まれ。小説家、劇作家、俳人。夏目漱石に師事し、自身の失恋を題材に数多くの作品を執筆、通俗小説の第一人者となった。主な作品に「蛍草」、戯曲「牛乳屋の兄弟」など。

田山花袋（一八七一〜一九三〇）
栃木県（現・群馬県）生まれ。小説家。尾崎紅葉、江見水蔭に師事する。一九〇七年発表の「蒲団」によって、自然主義文学の代表作家としての地位を確立した。主な作品に「田舎教師」「百夜」など。

正宗白鳥（一八七九〜一九六二）
岡山県生まれ。小説家、劇作家、評論家。島村抱月に師事し、一九〇七年発表の「塵埃」、翌年の「何処へ」で文壇に認められた。五〇年文化勲章を受章。主な作品に「寂寞」「泥人形」など。

編集付記

一、本書は『中央公論　秘密と開放号』（大正七年七月臨時増刊号）に掲載された作品を中心に編集したものである。中公文庫オリジナル。

一、作品の収録にあたり、全篇とも著者の作品集を底本とした。また、収録作の底本については、各作品末に明記した。

一、底本中、明らかに誤植と思われる箇所は訂正した。また、新字・新仮名遣いに改めた上、難読と思われる漢字にはルビを付した。

一、本書には、今日の人権意識に照らして不適切な語句や表現が見受けられるが、著者が故人であること、執筆当時の時代背景と作品の文化的価値に鑑みて、底本のままとした。

中公文庫

開化《かいか》の殺人《さつじん》
——大正文豪《たいしょうぶんごう》ミステリ事始《ことはじめ》

2022年３月25日　初版発行
2022年４月10日　再版発行

編　者　中央公論新社《ちゅうおうこうろんしんしゃ》

発行者　松田陽三

発行所　中央公論新社
〒100-8152　東京都千代田区大手町1-7-1
電話　販売 03-5299-1730　編集 03-5299-1890
URL https://www.chuko.co.jp/

ＤＴＰ　平面惑星
印　刷　三晃印刷
製　本　小泉製本

Printed in Japan　ISBN978-4-12-207191-9 C1193